源氏物語五十四帖　現代語訳

紫式部の物語る声［一］

桐壺・帚木・空蟬・夕顔・若紫

原作　紫式部

現代語訳　月見よし子

幻冬舎MC

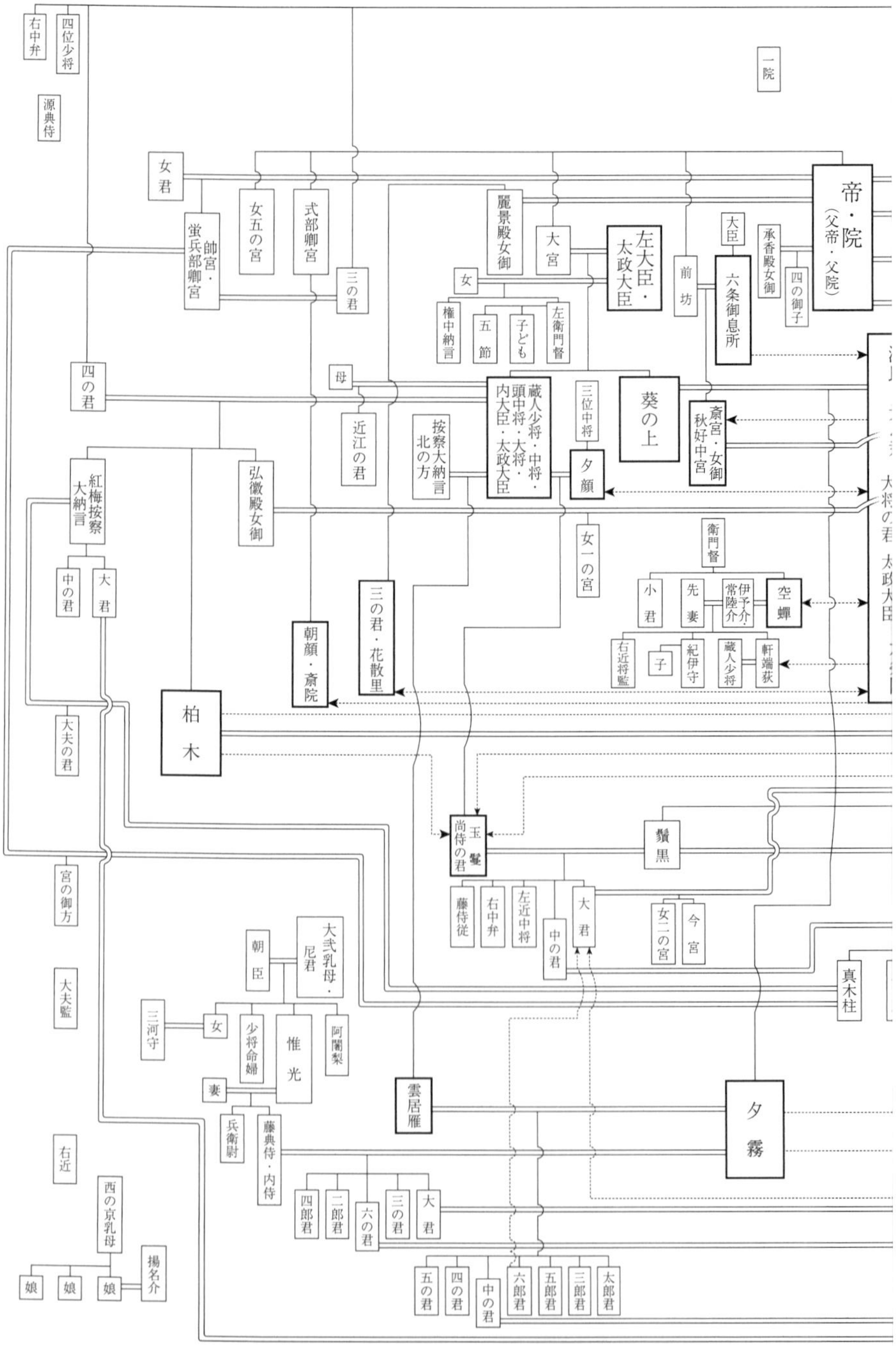

右中弁
四位少将
源典侍
一院
女君
女五の宮
式部卿宮
蛍兵部卿宮・帥宮
三の君
麗景殿女御
大宮
左大臣・太政大臣
前坊
大臣
六条御息所
承香殿女御
四の御子
帝・院（父帝・父院）
女
権中納言
五節
子ども
左衛門督
四の君
母
近江の君
蔵人少将・中将・頭中将・大将・内大臣・太政大臣
按察大納言北の方
三位中将
葵の上
斎宮・女御・秋好中宮
夕顔
紅梅按察大納言
弘徽殿女御
女一の宮
衛門督
小君
先妻
伊予介・常陸介
空蟬
中の君
大君
三の君・花散里
朝顔・斎院
右近将監
子
紀伊守
蔵人少将
軒端荻
柏木
大夫の君
玉鬘・尚侍の君
鬚黒
宮の御方
藤侍従
右中弁
左近中将
中の君
大君
女二の宮
今宮
朝臣
大弐乳母・尼君
真木柱
大夫監
三河守
女
少将命婦
惟光
阿闍梨
妻
兵衛尉
藤典侍・内侍
雲居雁
夕霧
右近
西の京乳母
四郎君
二郎君
六の君
三の君
大君
五の君
四の君
中の君
六郎君
五郎君
三郎君
太郎君
揚名介
娘
娘
娘

源氏物語五十四帖　現代語訳

紫式部の物語る声　［一］

桐壺・帚木・空蟬・夕顔・若紫

まえがき

「『源氏物語』は、世界最高峰の文学である」

この言葉を胸に、『源氏物語』を読み始めて、気がつけば、三十年の歳月が流れました。当初、何が書かれているのか、まったく知らず、頭の中は、真っ白な画用紙のようだったと記憶しています。今思えば、「千年の歳月を生き残っている理由を知りたい」、その興味が出発点でした。

まったくの素人である私が、書籍を出版する烏滸《おこ》がましさを感じながらも、原文を一言一句、色鉛筆を使い、言葉を可視化する手法で読み解く、「源氏物語原文分解分類法」を、独学で編《あ》み出し、それゆえに見える、「紫式部の眼《まなこ》」による、この世の中を俯瞰《ふかん》する視点の緻密《ちみつ》さに驚き、二十一世紀を生きる、日本人女性の一人として、生活目線で体当たりした軌跡《きせき》を、お伝えさせて頂きたく、挑戦した次第です。

本書は、前著『源氏物語五十四帖　紫式部の眼《まなこ》』に基づき、現代語訳をしております。既刊『源氏物語原文分解分類法　心の宇宙の物語　千年の時を超えて』の改訂新版です。

原文は、膨大《ぼうだい》な量で、複雑で、古語は外国語にさえ思えることがあります。しかし、一言一句、丁寧に読み進めると、紫式部は、七十年の歳月、五百人を超える登場人物の関係性によって作り出される物語世界を、理路整然《りろせいぜん》と語っていることが伝わってきます。その世界観を、言葉で表現することは、とても難しいのですが、敢《あ》えて言うならば、「森羅万象《しんらばんしょう》を、人類《じんるい》の普遍《ふへん》的価値観《てきかちかん》で洞察《どうさつ》し、言葉で表現している」、そのような感覚でしょうか。紫式部は、この世のすべてを言葉で表現することに挑《いど》み、千年の時を超えて、人間として「生きる意味」を、後世の私達に伝えています。紫式部にとって、千年先は、永遠にも思えたことでしょう。その永遠の先を、現代の私達は、見つめながら生きています。紫式部の視点に立って物語を読み進める時、それまでの千年の日本の歴史が蘇《よみがえ》ると同時に、彼女の死後、現代に至る千年の日本の歴史が、まざまざと浮かび上がって来ます。物語を通して、二千年の日本の歴史を体感することができます。

彼女は、自分の死後の、千年の日本の歴史について、知るはずもなく、物語には、勿論《もちろん》、反映されていません。読者である私達は、まずは、千年の歳月を飛び超えて、彼女の生きた時代、生活環境、物語に書かれている世界に没入し、真っ白な心で向き合うことが大切です。評価や論評は、物語に書かれていることを読み、理解した上での話です。まずは、純粋な気持ちで、物語世界をご一緒に、お楽しみ頂ければ幸いです。

五十四帖を、色分けしながら、分解・分類し、俯瞰《ふかん》して読み解いた結果、『源氏物語』の設計図、文体、構造、目的……、様々なことが分かって来ました。例として、幾《いく》つか項目に挙げたいと思います。

・『源氏物語』は、「紫式部の物語る声」。
・五十四帖は、首尾一貫《しゅびいっかん》した一連《いちれん》の物語。
・物語の「結末」は、「冒頭」に回帰《かいき》する。
・「五十四帖人物相関図」……一枚展開図作成。
・「五十四帖序章《じょしょう》」……「桐壺」「帚木」「空蟬」「夕顔」四帖、序章である根拠。
・「雨夜《あめよ》の品定め《しなさだめ》」……『源氏物語』の設計図である根拠。
・「雲隠《くもがくれ》」の巻……源氏の虚無《きょむ》の人生を断罪《だんざい》し、白紙とされた根拠。
・「我は我」……人は「自分」を、どのように獲得《かくとく》し、「生きる意味」とは何か。
・学問・政治・経済・宗教・生活・文化・自然・地名……多角的考察。
・歴史上の人名・事実・文献……多角的考察。

本書は、「紫式部の物語る声」を、感じ取りながらの現代語訳です。話し言葉を、書き言葉で表現することの難しさを感じております。読者の皆様に、五十四帖の物語が、一連の流れである構造をお伝えするために、書き方に工夫をしております。紫式部、登場人物、訳者の立ち位置を意識して、読み進めて下さい。

会話の「」記号表記の他に、内心描写にも「」を使用しています。また、紫式部の著者としての言葉は〈〉、現代語訳者である私の言葉には（読者として……）と表記し、言葉の意味を、明確にご理解して頂けるように心掛けました。また、文体は、音読に適《かな》う文章を、できる限り目指しました。声を出しながら、味わって頂ければ幸いです。

最高峰が、社会に及ぼす影響力の裾野《すその》は広いと実感しています。千年の歳月、日本人は、無意識のうちにも、『源氏物語』に描かれる様々な事象から、影響を受けて生活していることに気が付きます。一方で、これまでの源氏物語解釈には、見落としや誤解、間違いの多かったことにも気が付きます。

『万葉集《まんようしゅう》』で万葉仮名《まんようがな》が生み出され、草仮名《そうがな》から平仮名《ひらがな》が確立し、平安時代中期、紫式部は、世界最高峰の文学を書き残しました。すべての日本人の皆様にとって、共に味わうことのできる、千年の時を超えた、「宝玉《ほうぎょく》文学遺産」であると、実感、確信しております。

紫式部の願いは、物語が、読む人の悲しみを生きる力に変え、人生の道標《みちしるべ》となることであったと感じています。『源氏物語五十四帖　現代語訳　紫式部の物語る声』、最後まで辿《たど》り着けるか、挑戦ではありますが、お付き合い頂けましたら幸いでございます。

尚、独学により、原文は、『新編日本古典文学全集源氏物語①～⑥』（小学館）、言葉の意味については、『広辞苑』（岩波書店）及び、『全訳読解古語辞典』（三省堂）を、使用させて頂きました。日本の長い歴史で築き上げられた日本語の、言語としての尊い価値にも感謝申し上げる次第です。心より御礼申し上げます。

現代語訳者　月見よし子

目次

源氏物語原文五十四帖構成分類

〈序　章〉　桐壺《きりつぼ》・帚木《ははきぎ》・空蟬《うつせみ》・夕顔《ゆうがお》

〈本　編〉（一）若紫《わかむらさき》・末摘花《すえつむはな》・紅葉賀《もみじのが》・花宴《はなのえん》・葵《あおい》・賢木《さかき》・花散里《はなちるさと》・須磨《すま》・明石《あかし》・澪標《みおつくし》・蓬生《よもぎう》・関屋《せきや》・絵合《えあわせ》・松風《まつかぜ》・薄雲《うすぐも》・朝顔《あさがお》

（二）少女《おとめ》・玉鬘《たまかずら》・初音《はつね》・胡蝶《こちよう》・蛍《ほたる》・常夏《とこなつ》・篝火《かがりび》・野分《のわき》・行幸《みゆき》・藤袴《ふじばかま》・真木柱《まきばしら》・梅枝《うめがえ》・藤裏葉《ふじのうらば》

（三）若菜《わかな》（上下）・柏木《かしわぎ》・横笛《よこぶえ》・鈴虫《すずむし》・夕霧《ゆうぎり》・御法《みのり》・幻《まぼろし》・雲隠《くもがくれ》

（四）匂宮《におうのみや》・紅梅《こうばい》・竹河《たけかわ》

〈宇治十帖〉（一）橋姫《はしひめ》・椎本《しいがもと》・総角《あげまき》・早蕨《さわらび》・宿木《やどりぎ》

（二）東屋《あずまや》・浮舟《うきふね》・蜻蛉《かげろう》・手習《てならい》・夢浮橋《ゆめのうきはし》

※文献によっては、「若菜」を「若菜（上）」「若菜（下）」と分けて二帖とし、白紙の「雲隠」を含めずに五十四帖として解釈しているものもありますが、私は、「若菜（上下）」を一帖とし、「雲隠」を含めて五十四帖と解釈しています。

※〈序章〉の位置付けと、〈本編〉〈宇治十帖〉の分類は、私の独自の考え方によるものです。次の視点で五十四帖を考察しています。

〈序　章〉源氏物語導入部

〈本　編〉源氏物語展開部
（一）源氏青年期　（二）源氏壮年期　（三）源氏晩年期　（四）源氏死後

〈宇治十帖〉源氏物語集成部
（一）薫と匂宮物語　（二）浮舟物語

源氏物語原文分解分類法①〜⑱

「源氏物語原文分解分類法①〜⑱」をご紹介します。『源氏物語』の世界を、この①〜⑱の視点で、分解・分類しながら読み進めると、「紫式部の心の宇宙」が見えてきます。

①物語の場面設定
②物語の中心軸「源氏の光と闇」
③登場人物の外見
④登場人物の内心
⑤言葉の二面性
⑥人間関係と問題点
⑦紫式部の評論と人生観

⑧学問——読書始《ふみはじめ》・大和魂・大学など
⑨政治——朝廷・世の政《まつりごと》・身分など
⑩経済——庄・牧・券・装束・布・引出物・禄など
⑪宗教——神仏・祈禱《きとう》・祭・祓《はらえ》・修法《ずほう》・誦経《ずきょう》・願・神事・宿曜《すくよう》・方違《かたたが》えなど
⑫生活——衣・食・住・子育て・生活雑貨・病・死など
⑬文化——歌・書・絵・紙・琴・笛・香・碁・舞・鞠《まり》・調度品など
⑭自然——草木花・山川海・空雲風・虫魚鳥・動物・天候・季節・天体など
⑮地名——日本《ひのもと》・大和《やまと》の国・大八洲《おおやしま》・宮城野《みやぎの》・武蔵野・筑波嶺《つくばね》・富士山など
⑯歴史上の人名——聖徳太子《しょうとくたいし》・伊勢《いせ》・紀貫之《きのつらゆき》・小野道風《おののみちかぜ》など
⑰歴史上の事実——楊貴妃《ようきひ》の例《ためし》・宇多帝《うだのみかど》の御誡《いましめ》など
⑱歴史上の文献——日本紀《にほんぎ》・かぐや姫の物語・三史五経《さんしごきょう》・長恨歌《ちょうごんか》・史記《しき》など

一

桐壺《きりつぼ》

［一］

いつの時代のことか、はっきりしない、「物語」のはじまりです。
多くの女御《にょうご》や更衣《こうい》が、帝《みかど》に仕《つか》えている中に、それほど身分は高くないものの、ひと際《きわ》、帝の寵愛《ちょうあい》を受けている女方《おんながた》がいました。

もともと、「自分こそは帝に最も愛されている」と、誇《ほこ》り高く思い込んでいた妃達《きさき》は、この女方を目障《めざわ》りに思い、軽蔑《けいべつ》して憎《にく》み、妬《ねた》んでいる。この女方と同じ身分、または、それよりも下《か》位《い》の更衣達は、言うまでもなく、心穏《こころおだ》やかではいられない。朝夕の宮仕《みやづか》えの際にも、この女方ばかり、帝のお召《め》しがあるので、周りの人々は、苛々《いらいら》として、気が気ではなく、恨《うら》みを買《か》って、心労《しんろう》が重なったのだろう、女方は、日に日に、身体《からだ》の具合が悪くなり、頼りなく不安な様子で、里帰りすることも増えてゆくと、帝は、ますます、飽《あ》きることなく、愛《いと》しさが募《つの》り、世間の非《ひ》難《なん》を気にもせず、噂《うわさ》の種《たね》になるほどの、格別《かくべつ》な待遇《たいぐう》で、この女方をもてなしている。上達部《かんだちめ》や上人《うえびと》（殿上人《てんじょうびと》）などの役人たちが、「困ったことである」と、目を背《そむ》けるほど、帝の寵愛《ちょうあい》は眩《まぶ》しいほどである。

「唐土《もろこし》でも、このようなことが発端《ほったん》となり、世の中が乱れて、不穏《ふおん》な事態になった」と、徐々《じょじょ》に、世間でも不満が高まって、人々の噂の種となり、楊貴妃《ようきひ》の例《ためし》も引き合いに出されるようになると、女方は、きまり悪くなるばかりであったが、帝の、畏《おそ》れ多《おお》くも、身に余《あま》るほどの意向《いこう》を頼みにして、宮仕えをしている。

女方の父大納言は、すでに亡くなっている。母北の方は、その昔、かなり由緒《ゆいしょ》ある家柄《いえがら》の人で、帝に仕える他の妃達の、両親も揃《そろ》い、目下《もっか》、世間の評判の華やかな様子に比べても、「娘が、決して、見劣《みおと》りすることのないように」と、宮中の、どのような行事にも、支度《したく》を整えて、送り出していたのであるが、特別、際立《きわだ》った後見人《こうけんにん》も無く、難しい問題を抱える時には、頼る人も無く、心細い有様《ありさま》である。

［二］

前世でも、帝と、この女方の宿縁《しゅくえん》は、深かったのだろう。この世のものとは思えないほど、清らかで、美しい、玉のような皇子《みこ》までもが、第二皇子《おうじ》として生まれた。

帝「皇子の顔を、早く見たい」

と、待ち遠しく思い、急ぎ、宮中に上がらせて、ご覧《らん》になると、滅多《めった》にないほど、美しい顔立ちの皇子である。第一皇子は、右大臣の娘、弘徽殿女御《こきでんのにょうご》が母親で、後見《こうけん》の勢いもあり、誰も疑うことのない皇太子《こうたいし》として、まことに、大切に育てられていたのであるが、この度《たび》の、第二皇子の美しさには及《およ》ばず、並びようもなかったので、帝は、通《とお》り一遍《いっぺん》の、捨ててはおけない程度に、第一皇子を可愛がる一方で、この第二皇子を、秘蔵《ひぞう》っ子のように、可愛がる様子はこの上ない。

この女方は、もともと、身分の低い女官のように、帝の傍《そば》に仕える者ではなかった。世間の評判も良く、貴人《きじん》のように振《ふ》る舞《ま》っていた。けれども、帝が、度を越えて、この女方を、絶《た》えず、傍《そば》に居させるようになり、立派な管弦《かんげん》の遊びの時々など、何事につけても、趣《おもむき》のある催《もよお》し事の度《たび》に、まず、誰よりも、この女方を呼び寄せ、また、ある時などは、一晩共に寝て過ごし、翌朝になっても、そのまま仕えさせるなど、しつこいほど、傍《かたわ》らから離さず、寵愛するので、周りの人々からは、自然と、軽い女のように、見られていた。そして、この第二皇子が生まれると、帝は、ますます特別な思いで、女方を扱うようになり、「皇太子には、ひょっとすると、この第二皇子が就《つ》くのではないか」と、第一皇子の母、弘徽殿女御は、疑念《ぎねん》を抱いている。女御は、他の妃の誰よりも先に、入内《じゅだい》して、帝の寵愛も格別で、並一通りではなく、皇女達《こうじょたち》も生まれているので、この女御からの諫《いさ》めの言葉には、帝とはいえ、「厄介《やっかい》で、嫌《いや》なものだ」と、頭を悩ませていた。

この女方は、畏《おそ》れ多《おお》くも、帝の庇護《ひご》だけを、頼りにしているのであるが、一方で、軽蔑《けいべつ》して、粗探《あらさが》しをする者も多かった。本人自身も、弱々しく、か細い有様で、寵愛を受けるがゆえに、却《かえ》って、気苦労の絶えない思いをしている。

この女方に、宮中で与えられた局《つぼね》（部屋）は「桐壺《きりつぼ》」。それにより、桐壺更衣《きりつぼのこうい》と、呼ばれるようになる。帝が、多くの妃達《きさきたち》の部屋の前を通り過ぎ、絶え間なしに、桐壺更衣の部屋を訪れるので、人々が、怒りのあまりに、理性《りせい》を失ってしまうのも、なるほど当然のことと思える。桐壺更衣が、帝のお召《め》しで、御前《ごぜん》へ向かう際、あまりにも、頻繁《ひんぱん》に呼ばれる時などには、打《うち》橋《はし》や渡殿《わたどの》など、通り道のあちらこちらに、意地《いじ》の悪い、いたずらをして、送り迎えの女房達の、着物の裾《すそ》が汚れて、我慢《がまん》ならなくなるような、常識外《じょうしきはず》れのいじめもする。また、ある時には、避《さ》けては通れぬ、通り道の廊下《ろうか》の戸に、鍵《かぎ》をかけ、桐壺更衣を閉《と》じ込《こ》めて、こちら側とあちら側から、辱《はずかし》め、困らせることも多かった。何かにつけて、数え切れないほどの、苦しいことばかりが、増えてゆき、桐壺更衣の、ひどく悩み、思い煩《わずら》う様子を、帝は、ますます可哀想《かわいそう》に思い、後涼殿《こうろうでん》に、以前から仕《つか》えていた更衣の部屋を、他の場所に移させて、その部屋を、桐壺更衣に、上局《うえつぼね》（控えの間）として与えた。他所《よそ》へ移されてしまった更衣の恨みは、言うまでもなく増《ま》して、慰《なぐさ》めようのないほどである。

［三］

この第二皇子が、三歳になる年、帝は、御袴着《おんはかまぎ》の儀式《ぎしき》を、第一皇子の時の様子に、劣《おと》ることなく、朝廷《ちょうてい》の内蔵寮《くらづかさ》、納殿《おさめどの》の財物《ざいぶつ》を、出し尽《つ》くすほど、盛大《せいだい》に執《と》り行《おこな》わせる。そのような、特別な扱いを、帝が、すればするほど、世間の人々の、桐壺更衣への批判は、高まるばかりであった。しかし、一方で、この第二皇子は、成長するにつれて、美しい顔立ちと、気立《きだ》ての良さが、この世のものとは思えないほど、珍しく、素晴らしく見えるので、人々は誰も、憎《にく》み、妬《ねた》むことはできない。物事の道理《どうり》を弁《わきま》えているような人物でさえ、「これほどの人が、この世に生まれるものなのか」と、情《なさ》けないほどに、目を見張《みは》り、驚いている。

［四］

その年の夏、御息所《みやすどころ》（桐壺更衣《きりつぼのこうい》）は、心身《しんしん》ともに弱り、実家に帰りたい旨《むね》を、申し出るが、帝は、決して暇《ひま》を許《ゆる》さない。この数年、いつも具合が悪く、見慣《みな》れてしまい、

帝「もうしばらく、様子を見るように」

と、それだけを、言っているうちに、日に日に、容態《ようだい》は悪くなり、ほんの五、六日の間にも、ひどく弱ってしまったので、桐壺更衣の母君が、泣きながら懇願《こんがん》したことで、帝は、更衣を、実家へ退出させる。宮中から退出する際、桐壺更衣は、皇子が、周りの者達から、ひどい嫌《いや》がらせのいじめなど、辱《はずかし》めを受けることのないようにと、気を配《くば》り、宮中に皇子を残して、こっそりと出立《しゅったつ》することとなる。

帝には、決まり事の掟《おきて》が多くあり、いつまでも、しつこく、桐壺更衣の退出を引き留《と》めてばかりもいられず、また、見送ることさえも、思うようにできず、もどかしく、言いようのない悲しみを嘆《なげ》いている。桐壺更衣は、たいそう艶《つや》やかな、美しい人であったのに、ひどく面《おも》やつれして、とてつもない悲しみを、心に深く抱き、一途《いちず》に物事を考えているにもかかわらず、口に出して、言葉で伝えることもできず、すっかり衰弱《すいじゃく》し、はかなく息絶《いきた》えてしまいそうな有様に、

帝は、傍《そば》で見ているうちに、過去のことも未来のことも、冷静に考えることができず、様々な事を、涙を流しながら、約束し、語り掛《か》けるが、桐壺更衣は、返事をすることもできない。眼差《まなざ》しなども、ひどくだるそうで、いよいよ弱々しくなり、憔悴《しょうすい》しきって、我を失う有様で、うつ伏《ぶ》しているので、

帝（内心）「どうしたら良いものか」

と、途方《とほう》に暮《く》れている。

帝は、桐壺更衣が、実家まで乗って行く手車《てぐるま》を許し、宣旨《せんじ》などを、伝えてからも、再び、部屋の中に入ってしまい、ますます、更衣の出立を、許そうとしない。

帝「死に逝《ゆ》く時は、一緒にあの世へ行くと、約束をしたではないか。まさか、私を見捨てて、さっさと逝《い》ってしまうことなど、できないだろうな」

と、言葉を掛けると、桐壺更衣も、あまりに悲しく、帝の顔を見上げながら、

桐壺更衣「**かぎりとて別るる道の悲しきにいかまほしきは命なりけり**

（これが最期《さいご》かと思うと、お別れして死に逝《ゆ》く道が、悲しくてなりません。私が歩んで行くことを望んだ人生は、命あっての生きる道でした）

まったくこのようなことになると、分かっていましたならば……」

と、息《いき》も絶《た》え絶《だ》えで、何か続けて言いたいことが、ありそうで言えず、ひどい苦しみと辛《つら》さで、

このまま死んでしまいそうな有様に、帝は、桐壺更衣の傍《そば》で、ずっと最期まで見届けたいと思うものの、更衣の里から来た、迎《むか》えの供人《ともびと》が、
供人「本日から、里邸《さとてい》で、加持祈禱《かじきとう》を始めるにあたり、立派な修験者《しゅげんじゃ》の方々が、承《うけたまわ》っておられます。今晩から、行《おこな》うことになっておりますので」
と、知らせて、出発を急がせるので、帝は、耐《た》え難《がた》く思いながらも、桐壺更衣を里邸へ退出させる。
帝は、悲しみで、胸がいっぱいに塞《ふさ》がり、まったく眠ることもできず、夜を明かすことさえもできない。見舞いの手紙を送り、使いの者が、行って戻って来る間《ま》さえも待つことができず、ますます、心の晴れない苦しみが、尽《つ》きることはない。次の使いの者にも伝えていたところ、
里邸人々「夜半《やはん》過ぎの頃、とうとう、桐壺更衣は、お亡くなりになりました」
と、言って、泣いて騒《さわ》いでいる様子に、帝の使いの者は、ひどく落胆《らくたん》して、帰って来た。帝は、桐壺更衣の死去《しきょ》の知らせに、心は乱れ、何の分別《ふんべつ》もつかない状態となって、部屋に、籠《こも》りきりとなってしまう。

［五］

帝（内心）「皇子を、このまま傍《そば》に置いて、ずっと見ていたいものだ」と、強く望みながらも、母親の亡くなった皇子を、宮中に留《とど》める例は無く、故桐壺更衣の里邸へ、退出させることにする。皇子はまだ幼く、「何が起きたのだろう」と、考えることもないのだが、傍で仕える人々が、取り乱して泣き、帝も、涙を止めどもなく流して、悲しんでいる様子を、ただ、不思議そうな顔をして見ている。母親を亡くした子供が、悲しみを覚えぬはずはないのに、悲しみを感じることさえもできないほど、幼いうちに、母親と死に別れたのであるから、なおさら、帝は、この皇子のことが、可哀想《かわいそう》でたまらず、悲しみに暮れる姿は、情けないほどの有様である。

［六］

弔《とむら》いには、決まり事があるもので、通例《つうれい》にならい、故桐壺更衣《きりつぼのこうい》を葬《ほうむ》るのであるが、母北の方「更衣（娘）と共に、同じ煙となって、空へ昇《のぼ》って行きたい」と、泣いて、焦《こ》がれる思いが強いあまりに、葬送《そうそう》へ向かう、女房の車の後《あと》を追って、乗り込み、愛宕《おたぎ》という場所で、厳《おごそ》かに、葬儀《そうぎ》の執《と》り行われている最中、到着した。その時の、母北の方の心情は、どれほど、辛《つら》いものであっただろうか。

母北の方「魂《たましい》の抜けてしまった亡骸《なきがら》は、見れば見るほど、やはり、まだ、生きているのではないかと、思ってしまうものですが、それも甲斐《かい》のないことです。荼毘《だび》に付《ふ》され、遺灰《いはい》となって、それを見れば、今となっては、更衣も、亡き人になってしまったのだと、間違いなく、思うことができるでしょう」

と、気丈《きじょう》に振る舞っていたものの、車から落ちてしまいそうになるほど、苦しさに転《ころ》げ回り、嘆き悲しむ様子に、

供人達「やはり、こうなると思ったよ」

と、煩《わずら》わしく面倒《めんどう》に思っている。

宮中から、帝の使者がやって来た。故桐壺更衣に、「三位《みつ》の位《くらい》」を贈《おく》るとの旨《むね》で、勅使《ちょくし》が、宣《せん》命《みょう》を読み上げるのであるが、母北の方にとっては、悲しみが募《つの》るばかりであった。帝は、桐壺更衣の生前、「女御《にょうご》」とさえも、称《しょう》してやれないまま、亡くなってしまったことが、心残りで、悔しくてならず、もう一段階上の位を、せめてもの慰《なぐさ》みに、贈ったのだった。しかし、この待《たい》遇《ぐう》についても、憎《にく》み妬《ねた》む妃達は多かったのである。

物事の道理の分かる人々は、故桐壺更衣の生前の様子について、容姿や顔立ちの、素晴らしいほどに美しく、思慮《しりょ》深く、気立ての優しい、感じの良い、憎めない人柄であったことなど、今になって、思い出している。帝の、異常とも思える寵愛ぶりが、原因となって、他の妃達から冷たく扱われ、憎まれたのであるが、人柄は優しく、思い遣《や》りの深い、心遣いのできる人であったことを、帝に仕える女房達も、思い出すと恋しくて、互いに、悲しんでいる。

〈「なくてぞ」とは、古歌に由来し、「亡くなって初めて分かる」という意味であるが、正《まさ》に、このような場合、当てはまる言葉に、思われた〉

［七］

虚《むな》しくも、日々は過ぎ、帝は、故桐壺更衣の、里邸《さとてい》での法要《ほうよう》に、心を込めて、弔問《ちょうもん》の使いを送る。時が、経《た》てば経《た》つほどに、帝は、どうにもならない深い悲しみに襲《おそ》われるのだが、他の妃達《きさきたち》に、宿直《とのい》など、夜を共に過ごすこともさせず、ひたすら、泣き明かして暮らしている。周りの人々にとっても、涙を流すばかりの、秋である。

弘徽殿女御《こきでんのにょうご》「亡くなった後まで、人の心を、苛々《いらいら》とさせるほどの、寵愛《ちょうあい》であることよ」と、依然《いぜん》として、許せぬとばかりに、悪口を言っている。帝は、第一皇子を見る度に、第二皇子を、愛《いと》しく思い出すばかりで、信頼のおける女房や乳母などを、故桐壺更衣の里邸に遣《つか》わせて、第二皇子の様子を尋《たず》ねている。

［八］

野分《のわき》（台風《たいふう》）のような強い風が吹き、急に肌寒《はだざむ》さを感じる夕暮れの頃、帝は、いつにも増して、故桐壺更衣を、思い出すことが多く、靫負命婦《ゆげいのみょうぶ》という女房を、更衣の里邸《さとてい》に遣《つか》わせる。夕方、月の美しい頃、靫負命婦は、宮中を出立《しゅったつ》し、帝は、そのままぼんやりと、物思いに耽《ふけ》っている。このような、風情《ふぜい》のある夕べには、管弦《かんげん》の遊びなどをしたものである。桐壺更衣は生前、格別美しい琴《こと》の音《ね》を奏《かな》で、頼りなく呟《つぶや》く言葉遣いは、他の女方には見られない雰囲気で、その容姿が、帝には、幻《まぼろし》となって、傍《かたわ》らに、寄り添っているように感じられるものの、「闇《やみ》の現《うつつ》」の言葉には、やはり、及《およ》ばない。亡き人には、暗闇の中でも会えない寂《さび》しさが、現実である。

靫負命婦は、故桐壺更衣の里邸に着くと、門の中に牛車《ぎっしゃ》を引き入れる。邸内《ていない》の、悲しみに包まれている様子が、伝わってくる。更衣の母北の方は、夫を亡くしてから、寡《やも》暮《め》らしの身ながら、娘を大切に育て、入内《じゅだい》させると、後見人として、あれやこれやと、綺麗《きれい》に手入れをして、見苦しくないように、生活をしていた。しかし、娘が亡くなってからは、子を思う、親の心の闇《やみ》に暮《く》れて、寝込み、悲しみに沈んでいるうちに、庭は、草の丈《たけ》が伸び、野分の強い風で、いっそう荒れ果ててしまったようにも見える。月の光だけは、生い茂った草木にも、優しく、降《ふ》り注《そそ》いでいる。

靫負命婦《ゆげいのみょうぶ》を、南正面の座敷《ざしき》に迎え入れたものの、母北の方は、直《す》ぐに、話をすることもできない。

母北の方「娘桐壺更衣が、亡くなりましてから、これまでの間、生き長らえているのでさえ、憂《ゆう》鬱《うつ》な思いをしていましたのに、このように、帝の使いである貴女《あなた》が、生い茂る草の露を、かき分けながら、ここまで、訪ねて下さるとは、まことに、気の引ける思いでございます」

と、言いながら、本当に、悲しみに耐えられない有様で、泣いてしまう。

靫負命婦「典侍《ないしのすけ》が、こちらを訪ねた際の様子を、『ますます辛《つら》く、心の中は、魂《たましい》も、尽《つ》き果《は》てるような寂《さび》しさでした』と、帝に報告していました。それを、耳にして、物事の弁《わきま》えがない、私《わたくし》のような者の心にも、本当に、耐《た》え難《がた》い悲しみを感じております」

と、言うと、少し気持ちを落ち着かせてから、帝の仰《おお》せ言《ごと》を伝える。

靫負命婦「帝は、私に、『桐壺更衣の亡き後、しばらくの間は、夢を見ているのではないかと、それればかり、あれこれと考えていたが、漸《ようや》く、心が落ち着いて来るにつれて、夢の覚《さ》めるはずもない、現実に気がつき、この耐《た》え難《がた》い悲しみを、どのようにすれば良いのかと、尋ねることのできる人さえ、見当たらないのであるから、桐壺更衣の母北の方に、人目を忍んで内密《ないみつ》に、宮中に上《あが》ってほしいと思っている。第二皇子の若宮が、まったく心細い有様で、悲しみの涙に暮《く》れる住まいの中、暮らしていると思うと、不憫《ふびん》でならないゆえに、早く参内《さんだい》するように』などと、はっきりとは言えないご様子で、咽《むせ》び泣きながらも、一方では、周りの仕える者達に、気《き》弱《よわ》に見られてはならないと、お気持ちを、包み隠さぬでもない、気配りをされるお姿が、おいたわしく、私は、仰《おお》せ言《ごと》を、最後まで聞き終わらぬまま、宮中を退出して、こちらにやって参りました」

と、言うと、帝からの便りを、母北の方に差し出す。

母北の方「悲しみに暮れて、涙で、目も見えませんが、このような、帝からの仰せ言を頂けるとは、心の支えの光に致します」

と、言いながら、手紙に目をやっている。

帝（手紙）「時が経てば、桐壺更衣の死の悲しみを、少しずつ、紛《まぎ》らわすこともできるかと、待ちながら過ごしてきたが、月日が流れても、この耐えられないほどの悲しみは、どうにもならず、変わることがない。幼い皇子が、どのように過ごしているかと思うと、両親に育てられていないことは、気掛《きが》かりでならず、この際、やはり、私や皇子を、桐壺更衣の形見として思い、宮中に上《あが》り、暮らすように」

などと、細《こま》やかな気持ちまで、丁寧に書かれている。

帝　**宮城野《みやぎの》の露吹きむすぶ風の音《おと》に小萩《こはぎ》がもとを思ひこそやれ**

（宮城野の萩のように、宮中に露を吹き結ぶ風の音に、小萩のような皇子のことを思っている）

と、歌にも詠《よ》まれているが、母北の方は、悲しみで、最後まで読み通すことができない。

母北の方「長生きが、なんと辛《つら》いものかと思い知らされ、高砂《たかさご》の松を思い浮かべるだけでも、我が身が、恥《は》ずかしくてならず、宮中へ参内《さんだい》することは、なおさらのこと、気掛かりなことも多く、気兼《きが》ね致します。帝からの畏《おそ》れ多いお言葉を、何度も、頂いておりますが、私としては、決心することができずにおります。皇子は、どこまで分かっているのか、参内《さんだい》ばかりを、『早く、早く』と、願っているようです。皇子にとっては、住み慣れた宮中ですから、それも当然の気持ちではありますが、私にとりましては、別れを意味することで、悲しい思いで、お世話をしています。内心、そのような複雑《ふくざつ》な思いでおりますこと、帝にお伝え下さい。私は、娘に先立たれた、不吉《ふきつ》な身の上ですから、皇子が、私の傍《そば》で暮らしていますのは、縁起《えんぎ》の悪い、畏《おそ》れ多いことでございまして……」

と、母北の方は、靫負命婦に話す。

靫負命婦と北の方が、対面している間、皇子は眠ってしまった。

靫負命婦「皇子にお会いして、ご様子を詳《くわ》しく、帝に、お伝えしたいものですが、帝は、私の帰りを、待ち兼《か》ねておられるでしょう。その上、夜も更《ふ》けて参りましたので」

と、言って、宮中への帰りを、急がねばならぬ様子である。

母北の方「私が、桐壺更衣の母親として、娘の死を思う、途方《とほう》に暮《く》れる心の闇《やみ》の耐《た》え難《がた》い苦しみを、その一端《いったん》だけでも、気晴らしに、お話させて頂きたく思います。帝のお使いとしてではなく、私人《しじん》として、お付き合い頂き、のんびりと、また、いらして下さい。この数年、娘桐壺更衣の、晴れがましくも、嬉しい知らせを、あなたが、宮中からの使者として、訪ねて下さいましたのに、このような、帝の悲しみの手紙の使者として、あなたと、お会いすることになるとは、本当に、悲しい運命でございます。

亡《な》き娘は、生まれた時から、親の願いを懸《か》けた人で、故父大納言は、死の間際《まぎわ》まで、ひたすら、『この娘を、宮仕《みやづか》えに出す宿願《しゅくがん》を、必ずや成《な》し遂《と》げるように。私が死んだとしても、気落ちなどして諦《あきら》めてはいけない』と、何度も繰り返し、厳しく言いながら、亡くなりましたので、私は、頼りになる後見人もいない中で、宮仕えは、却《かえ》って、しない方が良いと思いながら、ただ、夫の遺言《ゆいごん》に背《そむ》いてはいけないと思い、娘を宮仕えに出しましたところ、もったいないほどの、帝のご寵愛を受け、何事につけて畏《おそ》れ多《おお》く思いながら、身分の低い恥《はじ》を、隠《かく》しつつ、仕《つか》えていたのですが、人々の妬《ねた》みがひどくなり、心の休まらぬことも多くなって、異常とも思える精神状態で、とうとう、亡くなってしまいましたので、却《かえ》って辛《つら》いのは、畏《おそ》れ多《おお》い帝の愛情ゆえであると、思ってしまうことなのですが、それも、娘を失った親の『心の闇《やみ》』というものでして……」

と、最後まで、言い尽《つ》くせぬまま、激《はげ》しく咽《むせ》び泣《な》くうちに、夜《よ》も更《ふ》けていった。

靫負命婦「帝も、同じ気持ちでおられます。帝は、『自分の気持ちのままにとった行動が、あまりにも、しつこく、周りの者を、驚かせるほど一途《いちず》であったが、長く続くはずのない、今思えば、辛く悲しい夫婦の縁《えにし》であったことよ。決して、僅《わず》かばかりでも、人の道に反したことは無いと思っているが、ただ、この桐壺更衣を思うあまりに、多くの受けなくてもよい、人の恨《うら》みを買うこととなって、挙句《あげく》の果《は》てには、このように先立たれ、後《あと》に残された私は、心の動揺《どうよう》を鎮《しず》めることもできず、ますます体裁《ていさい》も悪く、みっともない姿になってしまったのも、前世でどのような縁《えにし》があったのか、知りたいものだ』と、何度も繰り返し、お話をされながら、涙を流してばかりおられます」

と、話は尽《つ》きることがない。泣きながら、

靫負命婦「夜もすっかり更けてきましたので、今夜はこちらで過ごさず、これから宮中へ戻り、帝に、お返事をお伝えしましょう」

と、言って、急ぎ宮中へ帰って行く。

月の沈む頃で、空は、すっきりと澄《す》み渡《わた》り、風も、たいそう涼《すず》しく吹いて、草むらの虫の声々も、「行かないで」とばかりに、涙を誘《さそ》うように聞こえ、靫負命婦は、ますます、立ち去り難《がた》い思いになるような、草むらの風情である。

靫負命婦　**鈴虫の声のかぎりを尽くしても長き夜あかずふる涙かな**

（鈴虫のように、命を懸《か》けて、声の限り泣き尽くしても、悲しみの長い夜は、明けることなく、私の涙は、いつまでも流れ続けることでしょう）

命婦は、どうしても、車に乗り込むことができない。

母北の方「**いとどしく虫の音《ね》しげき浅茅生《あさぢふ》に露おきそふる雲の上人《うへびと》**

（けたたましいほど、虫の音が、激しく鳴く、草の生い茂る詫《わ》び住まいに、あなたは、悲しみの涙を置いたまま、宮中へ帰ってしまうのですね）

弱音《よわね》を吐《は》きたくなりまして……」

と、女房に、車の中の靫負命婦へ伝えさせる。

風情のある贈物などを、渡している場合でもなく、ただ、故桐壺更衣の形見として、「形見分けをすることもあるだろう」と思い、残しておいた装束一揃《しょうぞくひとそろ》いに、御髪上《みぐしあげ》の道具のようなものを、添《そ》えて渡す。

　桐壺更衣に仕えていた、若い女房達の悲しみは、言うまでもないほどである。宮中の暮らしに、朝夕の仕事を通して慣れていたので、ここでの暮らしは、心寂《こころさび》しく物足《ものた》りず、帝のご様子などを思い出して、若い女房達「早く内裏《だいり》（宮中）に参《まい》られますように」

と、急《せ》き立てるものの、

母北の方（内心）「娘を失った、縁起《えんぎ》の悪い私のような者が、皇子に付《つ》き添《そ》って、参内《さんだい》すれば、世間から、悪く言われるに違いない。その一方で、皇子が一人で参内し、会えなくなってしまえば、少しの間であっても、気掛《きが》かりで、耐《た》えられないことである」

などと、思いを巡《めぐ》らして、悩みのない清々《すがすが》しい思いでは、宮中へ上がることも、できそうにない様子であった。

［九］

靫負命婦《ゆげいのみょうぶ》が、故桐壺更衣の里邸から宮中へ戻ると、帝は起きておられた。

靫負命婦（内心）「未《いま》だに、お休みになっておられなかったとは……」

と、しみじみと、帝の胸中《きょうちゅう》をお察《さっ》しする。御前《おんまえ》の中庭、壺前栽《つぼせんざい》の秋の風情が、美しい盛りの頃で、帝は、それを眺めながら、人目につかないように、嗜《たしな》みのある女房を四、五人、傍《そば》に仕《つか》えさせて、話をされているのだった。

近頃、帝は、明けても暮れても、『長恨歌《ちょうごんか》』の絵を眺めている。それは、亭子院《ていじいん》（宇多《うだ》上皇）が、絵を描かせ、そこに、伊勢《いせ》や紀貫之《きのつらゆき》に詠《よ》ませた歌が、書き加えられた屛風《びょうぶ》で、帝は、大和《やまと》言葉《ことば》の和歌や、唐土《もろこし》の漢詩などを、いつも口にして、話題にしているのだった。

帝は、帰って来た靫負命婦に、たいそう細かなことまで、桐壺更衣の里邸の様子をお尋ねになる。命婦は、しみじみと、寂《さび》しく覚《おぼ》えた邸内の様子を、静かに報告する。母北の方からの返書を、帝は、ご覧《らん》になる。

母北の方（手紙）「帝から、たいそう畏《おそ》れ多いお手紙を頂戴《ちょうだい》し、身の置き所のない思いでおります。頂いたお言葉につきましても、どのようにすれば良いのか、心は暗くなるばかりで、取り乱しております。

あらき風ふせぎしかげの枯れしより小萩《こはぎ》がうへぞ静心《しづこころ》なき

（荒々しい風を防いでいた大木が枯れてしまうように、母親を失った小萩のような皇子の身の上が心配で、静かな気持ちではいられずにおります）」

などと、取り乱した様子で書かれている。

帝（内心）「未《いま》だに、娘の死を、受け入れられずにいるのだろう」

と、乱れた書き方の手紙を見ても、無礼《ぶれい》とは思っていないようである。

帝（内心）「我が身の、嘆き悲しむ姿を、決して人には見せまい」

と、心を落ち着かせようと、すればするほど、耐《た》えられない気持ちになって行く。桐壺更衣と、初めて出会ってから、これまでの歳月、あれもこれもと、様々な事を思い出し、

帝（内心）「ほんのひと時でさえも、離れていられないほどであったのに、これほど悲しみに暮れても、無情《むじょう》にも、月日は経ってしまうものなのか」

と、嘆《なげ》かわしく思っている。

帝は、母北の方への思いを、靫負命婦に、語り伝える。

帝「故大納言の宿願《しゅくがん》である遺言《ゆいごん》に背《そむ》くことなく、更衣の宮仕えの願いを果してくれた礼《れい》には、『甲斐《かい》のあることであった』と、思われるようにすることだと、考えているうちに、桐壺更衣は、

亡くなってしまった」

と、そっと呟《つぶや》いて、母北の方を、しみじみと心配している。

帝「しかし、そうではあるが、やがて、時が経《た》てば、皇子の成長とともに、その礼を果せる時も、来るであろう。それまで、長生きできるように、祈りながら待っていて貰《もら》いたい」

などと、言っている。

靫負命婦は、母北の方から受け取った贈物《おくりもの》を、帝に見せる。

帝（内心）「亡くなった桐壺更衣が、あの世で、住む家を見つけた、証拠《しょうこ》の釵《かんざし》ならば、良いのに……」

と、思っているが、まったく甲斐《かい》の無いことである。

帝　**たづねゆくまぼろしもがなつてにても魂《たま》のありかをそこと知るべく**
（故桐壺更衣は、どこへ行ってしまったのか。訪ねることのできる魔術師《まじゅつし》が、いてほしいものだ。人伝《ひとづて》にでも、桐壺更衣の魂の在《あ》り処《か》がどこなのか、知ることもできるだろうに）

絵に描かれた楊貴妃《ようきひ》の顔立ちは、どんなに優れた絵師《えし》でも、筆の技《わざ》には限りのあるもので、美しさに欠けるのだろう。本来は、もっと美しかったのだろう。太液池《たいえきち》の蓮《はす》の花や、未央宮《びおうきゅう》の柳に、いかにも似通《にかよ》う顔立ちは、唐土《もろこし》の雰囲気の、麗《うるわ》しい美しさだったのだろうと思いながら、帝は、桐壺更衣の、愛《いと》しく、可愛《かわい》らしい様子を思い出している。花や鳥の、色にも声にも、比《ひ》類《るい》なき素晴らしい女方であった。帝と桐壺更衣は、朝夕、いつも口癖《くちぐせ》のように、『長恨歌《ちょうごんか》』「比翼《ひよく》の鳥、連理《れんり》の枝」と、約束をしていたのに、願いの叶《かな》わなかったことは、何時《いつ》までも、悔《くや》しくてならない。

帝は、風の音《おと》や虫の音《ね》を聞く度《たび》に、もの悲しさばかりが込み上げてくる。一方で、弘徽殿《こきでんの》女御《にょうご》は、長い間、帝の住まいである清涼殿《せいりょうでん》の中に与えられている、自分の部屋に、やって来ることもなく、自邸の弘徽殿で、月の美しい頃には、夜の更けるまで、管弦《かんげん》の遊びなどをして、楽しんでいるようである。

帝（内心）「まったく無礼《ぶれい》で、不愉快《ふゆかい》だ」

と、思っている。このところ、帝の悲しみに耽《ふけ》る様子を、ずっと見ていた殿上人や女房達は、帝の気持ちを思えば、気の毒でならず、心を痛めながら、弘徽殿から流れてくる音色を聞いていた。弘徽殿女御は、強引《ごういん》に自分の意思を押し通す、とげとげしい性格の人で、桐壺更衣の死を悲しむ、帝の気持ちなど、「何ほどのことでもない」と、無視《むし》をして、振る舞っていた。

月も沈んだ。

帝　**雲のうへも涙にくるる秋の月いかですむらん浅茅生《あさぢふ》の宿**

（雲居《くもい》である宮中にいてさえも、涙に暮れて、美しいはずの秋の月が、よく見えない。あの草の

生《お》い茂《しげ》る住まいでは、月が澄《す》んで見えるはずもなく、皇子も悲しみに暮れて、過ごしていることだろう）

と、帝は、故桐壺更衣の里邸に、思いを馳《は》せながら、灯火《とうか》をかき立て、辺りを明るくして、夜遅くまで起きている。宮中の右近衛府《うこんえふ》の役人が、時を告《つ》げる宿直奏《とのいもうし》の声が聞こえてくる。丑《うし》の刻《こく》、午前一時になっているのだろう。帝は、周囲の目を気にして、寝室《しんしつ》に入ってからも、うとうとと、眠ることもできない。朝になり目覚めても、

帝（内心）「桐壺更衣の生前は、夜を共に過ごし、夜の明けたことも気付かずに、寝入っていたものだ」

と、思い出に耽《ふけ》ったりしている。未《いま》だに、朝廷の朝の政務《せいむ》は、休んでいるようである。食事も喉《のど》を通らず、軽食に、気持ちばかり箸《はし》をつけるだけで、清涼殿《せいりょうでん》の御座《ぎょざ》での、正式な食膳《しょくぜん》などには、まったく無理であると召《め》し上《あ》がりもせず、給仕《きゅうじ》を担当する者達は、皆、帝の苦しい胸の内を、傍で感じて、溜息《ためいき》をついている。仕える者達は、誰もが、男も女も、

供人達「本当に、悲しいことですね」

と、互《たが》いに、口にしながら嘆《なげ》いている。

供人達「このようなことになる、前世からの宿縁《しゅくえん》がおありだったのでしょう。帝は、多くの人々の、非難や恨みを気にすることもなく、故桐壺更衣を思い出すと、平常心を失っておられま

す。今では、すっかり、この世の政治のことも、お忘れになってしまったかのようで……。全く困ったことです」

と、他国の朝廷《ちょうてい》の例を引き合いに出しながら、噂をして、嘆いていた。

［一〇］

月日は流れ、若宮（第二皇子）が、参内《さんだい》した。皇子は、まるで、この世のものとは思えないほど、気品が高く、美しく成長していたので、帝は、不吉な不安感を、抱くほどであった。

翌年の春、皇太子を決める際、帝は、第一皇子を差し置いて、この第二皇子を皇太子にしたいと考えるが、祖父も、母親も亡くなり、後見人となる人もおらず、また、世間の承知《しょうち》するはずのないことであり、却《かえ》って、第二皇子の身の上に、危険があってはならぬと心配し、内心の思いを、決して顔色には出さなかった。

世間の人々「あれほど、第二皇子を、可愛がっておられるが、世の中には、帝とはいえ、守らねばならぬ、決まり事があるということだ」と、噂《うわさ》していた。弘徽殿《こきでんの》女御《にょうご》は、息子の第一皇子が、皇太子となり、心から安堵《あんど》した。

あの第二皇子の祖母北の方は、皇子が参内《さんだい》してしまうと、心の慰《なぐさ》みもなくなって、気落ちしていた。

母北の方（内心）「娘のいる死後の世界へ、尋《たず》ねて行きたい」

と、願っていたことが、叶《かな》ってしまったかのように、とうとう、亡くなってしまった。再び、帝は、悲しみに暮れて、嘆くこと、この上ない。第二皇子は、六歳になる年である。母桐壺更衣の死去の際は、三歳で、何が起きたのかさえも、分からずにいたのであるが、この度の、祖母の死去の知らせには、その意味を理解し、恋しさのあまり、泣いている。祖母北の方は、何年もの間、この皇子を、親しみを込めて、大切に可愛がり、育ててきたので、後《あと》に残して置いて行く悲しみを、何度も何度も繰り返し、言い残して、亡くなって逝《い》った。

［一一］

皇子は、今では、宮中の、帝の傍《そば》でばかり、暮らしている。七歳になると、帝は、「読書始《ふみはじめ》」などの儀式をさせる。学問を始めてみると、これまで、聞いた例《ためし》のないほど、聡明《そうめい》な、賢《かしこ》い子供に育っているので、帝は、あまりのことに、恐ろしさすら、感じながら見ている。

帝「今となっては、誰もが、この皇子を、憎《にく》むことはできないだろう。母親のいない子です。せめて、それを思って、可愛がってやって下さい」

と、言いながら、弘徽殿《こきでん》へ、出向く際などにも、皇子を供《とも》として連れて行き、そのまま、御簾《みす》の中に入れてしまう。恐ろしげな武士や、憎い敵であっても、見ると微笑《ほほえ》まずにはいられないほど、皇子が可愛らしいので、弘徽殿女御《こきでんのにょうご》も、遠ざけることはできない。女御は、第一皇子の他に、二人の皇女を授《さず》かっているが、この第二皇子の美しさには、並び立つこともできなかった。その他の、女御や更衣の方々も、皇子の前では、物陰《ものかげ》に隠れることもない。七歳の今頃から、皇子は、すでに優雅《ゆうが》で、見ている者の方が、恥ずかしくなるほどの優美《ゆうび》な雰囲気《ふんいき》を、醸《かも》し出している。何とも可愛らしく、親しい遊び相手のように、誰もが皆、思っているのだった。

正式な学問も、もちろん優秀で、琴や笛を奏《かな》でれば、宮中に素晴らしい音色を響かせている。

〈しかし、「これから始まる物語の中で、その本性が、すべて明かされると、まったく、情けない有様の人物である」、ということであった〉

（読者として……紫式部は、物語の筆者でありながら、どこかで、聞いた話であるかのように、述べる言葉を、文章の末文に挿入することがよくあります）

［一二］

その頃、日本を訪れた、高麗人《こうらいじん》の中に、優《すぐ》れた相人《そうにん》のいることを、帝は、耳にして、宮中に外国人を召《め》すことは、宇多帝《うだのみかど》の誡《いまし》めにより、禁じられているので、周りの目を忍び、この第二皇子を、鴻臚館《こうろかん》（外国使節を接待する宿舎）に遣《つか》わせた。皇子に、後見人の役目として仕《つか》えている右大弁《うだいべん》が、自分の子供であるかのように振る舞って、連れて行くと、その相人は驚いて、何度も、何度も、首を傾《かし》げて、怪《あや》しく思っている。

高麗相人「この子は、国の親となり、帝王として、最高位に即《つ》くべき相《そう》のある人ですが、そうなると、世の中は乱れ、嘆きや不満の生じる事態となるかもしれません。朝廷の柱石《ちゅうせき》となって、天下の政治を後見する方として見れば、それもまた、違うようです」

と、言う。

右大弁も、とても学識のある賢明な博士で、高麗相人と交わした会話の、様々な話題は、とても興味深いものであった。漢詩などを互いに作り、交換《こうかん》していた。相人は、今日か、明日にでも、帰国しようとする時に、このように、滅多にないほど素晴らしい子供に会えたことを喜び、それゆえに、却《かえ》って辛く、悲しい別れの気持ちを、趣《おもむき》深い詩にしたところ、子供の方も、たいそう風情のある詩句を作ったので、相人は、この上なく褒《ほ》め称《たた》え、立派な贈り物を献上《けんじょう》する。相人に、皇子の身分が打ち明けられたのだろう。朝廷からも、高麗相人に、多くの品々が、贈られる。このことは、いつの間にか、世間にも知れ渡り、帝が、自ら口外《こうがい》することはないのであるが、皇太子（第一皇子）の祖父右大臣などは、
右大臣（内心）「帝が、第二皇子を、高麗相人に、占《うらな》わせるとは、一体どういうおつもりなのだろうか」
と、疑念《ぎねん》を抱いていた。

帝は、思慮《しりょ》深い性格で、以前、倭《わ》の相人にも、占《うらな》いを命じたことがあった。その際にも、同じような話を聞いていて、これまで、この第二皇子を、親王《しんのう》にさせなかったのである。この度の、高麗相人の言葉には、
帝（内心）「実に、賢明な判断をしてくれたものだ」
と、思っていた。
帝（内心）「第二皇子を、無品親王《むほんしんのう》として、外戚《がいせき》の後見も無い、不安定な身分には、したくないものだ。我が治世《ちせい》も、いつまで続くか、分からないのであるから、第二皇子を『ただ人』として、臣下《しんか》の立場に下《くだ》し、朝廷の後見《こうけん》をさせることが、この先、最も安心できるだろう」

と、考えて、これまで以上に、ますます、皇子に、あらゆる分野の学問を、学ばせる。

帝は、第二皇子が、格別に賢《かしこ》く、「ただ人」にするのは、たいそう惜《お》しい気持ちではあるものの、もし、親王《しんのう》になれば、皇位継承《こういけいしょう》について、世間から、疑いの目を、負《お》うことにもなりかねない。さらに、別の宿曜《すくよう》に優《すぐ》れた占い師にも、会わせてみたところ、同じような判断を下したゆえ、第二皇子に、「源氏《げんじ》」の姓《せい》を、与えることに決めたのだった。

［一三］

年月が経つほどに、帝は、ますます、故桐壺更衣《きりつぼのこうい》のことを、片時も、忘れられなくなっている。慰《なぐさ》めにと、それなりに選び抜かれた女方を、傍に呼ぶが、

帝（内心）「故桐壺更衣に並ぶと思える人さえ、滅多《めった》にいない世の中であることよ」

と、何もかもが嫌《いや》になる思いを、抱《いだ》いていたところ、先帝の四の宮（藤壺）の噂《うわさ》を耳にする。美しい顔立ちで、世間の評判も良く、その母后《ははきさき》が、この上なく、大切に育てている姫宮とのことである。帝に仕える典侍《ないしのすけ》は、先帝にも、仕えていた人で、噂の四の宮にも、親しみを込めて仕え、幼い頃から見ていた人である。今でも、ちらりと見かける折もあり、その様子を、帝に伝える。

典侍「故桐壺更衣の顔立ちに、よく似ていると思えるような、女方について、私は、三代の帝に仕えて参りましたが、思い当たる方は、おられません。ところが、この先帝の四の宮については、大変よく似ている方で、今では、成人もされています。滅多にないほどの、美しい容姿《ようし》の方です」

と、伝えたところ、

帝「本当の話か」

と、心の惹《ひ》きつけられる思いで、早速《さっそく》、入内《じゅだい》の申し入れをした。

四の宮母后「まあ、なんと、恐ろしいこと。皇太子の母弘徽殿女御《こきでんのにょうご》は、たいそう意地悪《いじわる》な方で、桐壺更衣は、公然《こうぜん》と、酷《ひど》いいじめを受けて、それゆえに、亡くなったというではありませんか。入内とは、何と恐ろしいお話で……」

と、遠慮《えんりょ》して、すんなりとは、認めずにいたところ、そのうちに、母后も、亡くなってしまった。後《あと》に残された四の宮が、心細く、不安な気持ちでいるところへ、
帝「とにかく、私の皇女達《こうじょたち》と同じように、大切にお世話いたしましょう」

と、丁寧な言葉で、再び、入内の申し入れがあった。

四の宮に仕える女房達や後見人、兄の兵部卿親王《ひょうぶきょうのみこ》などは、
人々「このような、心細い有様で、ここで暮らして行くよりも、宮中に入内する方が、寂《さび》しさも、紛《まぎ》れるに違いない」

などと、考えて、入内させることにした。


四の宮は、藤壺《ふじつぼ》と、呼ばれる。

〈なるほど、容姿や雰囲気が、不思議なほど、故桐壺更衣を思い出すほどに、よく似ている。藤壺は、身分が高く、世間の評判も良く、周りの人々は、誰も軽蔑《けいべつ》しないので、気兼《きが》ねすることもなく、満ち足りた様子に見える。故桐壺更衣は、周囲の人々から、認められていないにもかかわらず、帝の寵愛が、甚《はなは》だしかったゆえに、あのような、酷《ひど》いいじめを受けて、亡くなることになってしまったのである。藤壺の入内で、帝の故桐壺更衣への愛《いと》しい思いが、紛《まぎ》れるということは無いのであるが、自然の流れで、考え方は変わり、殊《こと》の外《ほか》、気持ちの晴れる思いでいるように見えるのも、藤壺にとっては、気の毒な事の次第《しだい》であった〉

（読者として……「藤壺」は、内裏《だいり》（宮中）清涼殿《せいりょうでん》の北、「弘徽殿《こきでん》」の西にある局《つぼね》（部屋）で、飛香舎《ひぎょうしゃ》の別名です。中庭に藤が植えられ、四の宮は、この局を賜《たまわ》ったとされて、藤壺と、呼ばれます）

［一四］

源氏の君は、いつも、帝の傍《そば》にいるのが当然となっている。さらに、帝が、頻繁《ひんぱん》に通う先へもついて行く。女方達は、慣れてしまい、源氏に顔を見られても、恥《は》ずかしがることはない。どの方も、自分が、他人に劣《おと》るとは思っていない様子で、それぞれ、美しい人ではあるものの、源氏にとっては、やはり、大人の女方に見える。そのような中で、藤壺は、とても若く、美しく、頻《しき》りに顔を隠そうとしているが、源氏は、自然の流れで、物陰《ものかげ》に、その姿を見てしまう。母御息所《みやすどころ》（故桐壺更衣）の面影《おもかげ》さえ覚えていないので、

典侍《ないしのすけ》「藤壺は、母君に、とてもよく似ていらっしゃるのですよ」

と、言うので、幼心《おさなごころ》に、しみじみと、心を動かされ、

源氏（内心）「いつも、藤壺の部屋へ行きたいな。仲良くして、傍で見ていたいな」

と、思っている。

帝にとって、源氏と藤壺は、この上なく、大切なふたりである。

帝「どうか源氏に、余所余所《よそよそ》しく、しないでやって下さい。不思議なほど、あなたを、故桐壺

更衣に、準《なぞら》えてしまいます。無礼《ぶれい》と思わずに、可愛がってやって下さい。故桐壺更衣と源氏は、顔付きや目元《めもと》が、とてもよく似ていましたので、源氏が、あなたの部屋へ通い、親しくしたとしても、似合わないことはないでしょう」

などと、頼むように言われる。傍で聞いていた源氏は、幼心《おさなごころ》に話を本気にして、季節のちょっとした花や紅葉《もみじ》を見つけると、藤壺に届けて、親しみの気持ちを伝えるようになる。

このように、帝が、藤壺に対しても、格別《かくべつ》な扱《あつか》いで、好意を寄せるので、弘徽殿女御《こきでんのにょうご》は、再び、この藤壺にも、険悪《けんあく》な態度をとっている。さらに、もともとの、故桐壺更衣と、源氏への憎しみも、湧《わ》き起《お》こり、

弘徽殿女御（内心）「不愉快《ふゆかい》でたまらない」

と、思っていた。

弘徽殿女御（内心）「この世に、並ぶ者はいない、我が皇子」

と、思い込んでいる。第一皇子は、世間でも評判の高い、皇太子である。しかし、やはり、源氏の照《て》り輝《かがや》く美しさは、譬《たと》えようもないほどに素晴らしいので、世の人々は、源氏を、「光る君」と呼んでいる。そして、藤壺も、それに並び立ち、帝の心にも様々な思いがあるようで、「輝《かがや》く日の宮」と、呼ばれている。

［一五］

帝は、この源氏の君の可愛らしい童姿《わらわすがた》を、「成人の姿に変えてしまうのは、たいそう寂《さび》しいことである」と、思っているが、十二歳になり、元服《げんぷく》となる。帝は、じっとしていられず、自《みずか》ら、準備に世話を焼き、決められた儀式を、さらに盛大にしようと、工夫《くふう》を凝《こ》らしている。

先年の、皇太子の元服の際、紫宸殿《ししんでん》で執《と》り行われた儀式は、盛大で、立派であったとの世間の評判であるが、それにも、劣《おと》らないようにさせる。あちらこちらで行われる祝宴《しゅくえん》なども、内《く》蔵寮《らづかさ》や穀倉院《こくそういん》など、役所の仕事として執《と》り行うと、質素なものになりかねず、特別な指示により、善美《ぜんび》を尽《つ》くして、準備されている。

元服の当日、清涼殿《せいりょうでん》の東の廂《ひさし》の間に、東向きに、玉座《ぎょくざ》の倚子《いし》（椅子《いす》）を立て、冠者《かんじゃ》である源氏の席と、加冠役《かかんやく》の左大臣の席が、帝の御前《ごぜん》に、配置されている。申《さる》の刻《こく》（午後四時頃）、源氏が参殿《さんでん》する。少年の髪型の角髪《みずら》を結《ゆ》った顔つきや、顔立ちの、つややかな美しさが、冠《かんむり》をつけ、変わってしまうのは、惜《お》しいほどである。大蔵卿《おおくらきょう》が、理髪《りはつ》役を務《つと》める。源氏の清らかで美しい御髪《みぐし》を、削《そ》ぎ落とすほど辛《つら》い役目はない様子である。

帝（内心）「御息所《みやすどころ》（故桐壺更衣）が生きていて、一緒に見ることができれば良かったのだが……」

と、昔を思い出し、耐《た》え難《がた》い悲しみに襲《おそ》われるが、気丈《きじょう》に耐《た》え忍《しの》び、気を取り直している。

源氏は、加冠《かかん》の儀《ぎ》を終え、休息所に退出する。装束《しょうぞく》を成人のものに着替《きが》えると、清涼殿東庭に降りて、帝への謝意《しゃい》を込めた拝舞《はいぶ》をする。その姿に、誰もが涙を落としている。帝も、当然のこと、感極《かんきわ》まり、ますます、我慢《がまん》することのできない思いでいる。藤壺の入内《じゅだい》により、気の紛《まぎ》れる折はあるものの、やはり昔のことが思い出されて、悲しい思いに浸《ひた》っている。源氏が、まだ、たいそう幼い年齢で、早くも元服をすることに、

帝（内心）「髪を上げると、見劣《みおと》りするのではないか」

と、心配していたものの、意外《いがい》にも驚くほど、愛らしい美しさが増したのだった。

加冠役の左大臣の妻は、帝の妹で、皇女《こうじょ》である。この夫婦の間には、ただ一人、大切に育てている娘（葵《あおい》の上）がいる。皇太子から娘に、入内《じゅだい》の申し入れがあるにもかかわらず、思案してためらっているのは、この源氏の君に、娘を嫁《とつ》がせたいとの考えがあるからであった。左大臣は、すでに、帝に、娘の源氏への輿《こし》入れを願い出て、帝からの内意は示されていた。

帝「それならば、源氏の、この元服《げんぷく》に併《あわ》せて、後見人もいないようであるから、添臥《そいぶし》にするのが良い」
と、承諾《しょうだく》の意向が示されたので、左大臣も、そのつもりになったのである。

源氏が、休息所に退出すると、そこでは、人々が、帝からの祝いの酒を、酌《く》み交《か》わしていた。源氏は、親王達《しんのうたち》の並びの末席《まっせき》に着座《ちゃくざ》した。左大臣が、娘との結婚について、源氏に、それとなく、ほのめかして説明するが、まだ気の引《ひ》けてしまう年齢で、どうして良いのか分からず、挨拶《あいさつ》をすることさえもできない。

帝からの宣旨《せんじ》を、内侍《ないし》（後宮役所の女性職員）が承《うけたまわ》り、左大臣に伝える。御前に参るようにとの仰《おお》せで、左大臣は、参上する。加冠役を務めた労《ねぎら》いの褒美《ほうび》の品を、帝に仕える命婦《みょうぶ》が、取り次いで、左大臣に贈られる。白い大袿《おおうちぎ》に、御衣《おんぞ》を一揃《ひとそろ》い。これは慣例通《かんれいどお》りである。

帝　**いときなきはつもとゆひに長き世をちぎる心は結びこめつや**

（源氏の元服の儀式では、初元結《はつもとゆ》いに、あなたの娘との末永い夫婦の仲を誓《ちか》い、願いを込めて結んだのであろうか）

と、結婚について、直接、意向《いこう》が示され、左大臣は驚かされる。

左大臣　**結びつる心も深きもとゆひに濃《こ》きむらさきの色しあせずは**

（源氏の君の元結に、深い願いを込めて結びました。夫婦の仲が、濃《こ》い紫《むらさき》の紐《ひも》の色のように、いつまでも変わらぬことを願いまして。源氏の君の心も、変わることがなければ、嬉しいのですが）

と、申すと、長橋《ながはし》から清涼殿《せいりょうでん》の東庭に降りて、拝礼《はいれい》を舞う。左馬寮《ひだりのつかさ》の馬と、蔵人所《くろうどどころ》の鷹《たか》を止まらせて、その場で拝領《はいりょう》する。御橋《みはし》の下では、親王達や上達部《かんだちめ》が立ち並び、祝儀《しゅうぎ》の引出物《ひきでもの》を、それぞれの身分に応じて、頂戴《ちょうだい》している。

当日、帝の御前に並べられた献上品の、折櫃物《おりびつもの》や籠物《こもの》などは、本来ならば、元服者の後見人が、準備するものであるが、源氏には、後見人がいないので、帝から右大弁《うだいべん》が、命じられ、意向を踏まえて、準備したものである。屯食《とんじき》、禄《ろく》の唐櫃《からびつ》の数々など、置き場のないほどたくさん並べられ、皇太子の元服の儀式の際よりも、その数は上回《うわまわ》り、むしろ、際限《さいげん》のないほどに、盛大な様子である。

その日の夜、帝は、左大臣家の邸に、源氏の君を退出させる。左大臣は、娘婿《むすめむこ》として、源氏を迎え、その儀式を、例がないほど素晴らしく整え、大切にお迎えしている。源氏は、まだ、ほんの子供であるが、左大臣家人々「不吉なまでに、美しい君であること」と、思いながら噂をしている。花嫁である女君（葵の上）は、源氏よりも少し年上で、源氏のことが、かなり年下に見えるので、

葵の上（内心）「釣《つ》り合《あ》わず、恥《は》ずかしい」

と、思っていた。

［一六］

この左大臣は、帝からの信頼が、とても厚《あつ》く、妻（女君の母宮）は、帝と同じ母后の兄と妹の関係であるから、娘の女君（葵の上）にとっては、両親どちらも華やかな家柄である上に、この源氏の君までもが、婿《むこ》となり、身内となったのであるから、安泰《あんたい》である。一方、皇太子の祖父で、権勢《けんせい》を握《にぎ》るはずの立場であった、右大臣の勢いは、問題にもならないほど、気圧《けお》されてしまった。

左大臣は、何人もの子供を、多くの女方との間に儲《もう》けている。女君の母宮との間には、もう一人、蔵人少将《くろうどのしょうじょう》の身分になっている、若々しくて、立派な青年がいる。女君の兄である。左大臣と右大臣の仲は、まったく良くない関係ではあるが、右大臣は、左大臣の権勢を見逃すこともできず、大切に育てている娘、四の君に、この蔵人少将を婿《むこ》として迎えることにした。

左大臣が、源氏を婿として迎え入れたのに対し、右大臣は、蔵人少将を婿として迎え入れ、劣ることなく大切にもてなしている。

〈どちらも、理想的な、婿と舅《しゅうと》の関係であると、言えるだろう〉

［一七］

源氏の君は、帝がいつも、傍に呼び寄せるので、気軽に、左大臣邸で、暮らすこともできずにいる。心の中では、

源氏（内心）「ただ一人、この世で一番素晴らしい女方は、藤壺だなあ」

と、思い込んでいて、

源氏（内心）「藤壺のような女方と結婚したいなあ。あれほど素晴らしい方はいないと思うけれど、どこかに、似ている人はいるのかなあ。大殿《おおとの》の君（正妻葵の上・左大臣の娘）は、たいそう美しく、大切に育てられた人であると思うけれど、自分の好みの方ではないなあ」

と、思いながら、幼心《おさなごころ》に、藤壺のことだけを考えて、胸《むね》が痛《いた》く苦しくなるほどの思いを抱《いだ》いていた。

源氏が元服してから後、帝は、これまでのように、御簾《みす》の中には入れさせない。源氏は、管弦《かんげん》の遊びの折々《おりおり》に、琴《こと》や笛《ふえ》の音《ね》を奏《かな》で、かすかに、物を隔てて聞こえてくる、藤壺の声を、心の慰《なぐさ》めにして、宮中での暮らしばかりを、心地良く思っている。

帝の傍で、五、六日仕《つか》えて、左大臣邸では、二、三日過ごすような生活である。左大臣家に

とっては、源氏が、途切《とぎ》れ途切《とぎ》れに、宮中から退出して来るような印象で、内心、複雑《ふくざつ》な思いではあるが、今はまだ、幼い年頃であるから、「致《いた》し方《かた》ない」と、悪くは思わず、生活の世話を、丁重《ていちょう》にしている。左大臣邸で、源氏が過ごす際には、世間でも評判の良い、優《すぐ》れた女達を選び抜き、女房として、仕《つか》えさせている。源氏が退屈《たいくつ》しないように、気に入るような遊び事も用意して、至《いた》れり尽《つ》くせりの、もてなしに、精《せい》を出している。

宮中では、故桐壺更衣の使用していた淑景舎《しげいしゃ》（桐壺）を、源氏の宿直所《とのいどころ》にしている。故桐壺更衣に仕えていた人々を、散《ち》り散《ぢ》りにならないようにと、引き続き、源氏に仕えさせている。故桐壺更衣の里邸は、修理職《すりしき》、内匠寮《たくみづかさ》に、帝が宣旨《せんじ》を下し、この世に二つとないほど立派な邸《やしき》（後の二条院）に、造《つく》り替《か》えられている。もともとの立ち木や、築山《つきやま》の風情《ふぜい》の素晴《すば》らしい辺《あた》りを、池の面《おもて》を掘り下げて、立派に造り直し、大々的《だいだいてき》な騒《さわ》ぎとなっている。

源氏（内心）「このような、素晴らしい邸《やしき》で、藤壺のような理想の女方と、一緒に暮らしたいものだなあ」

と、そればかり、嘆き悲しみながら、思い続けている。

〈「『光る君』という呼び名は、高麗人《こうらいじん》が、源氏の容姿《ようし》や才能《さいのう》に感嘆《かんたん》して名付けたと、言い伝えられている」とのことである〉

二　帚木《ははきぎ》

〔一〕

〈光源氏なんて、名前が大袈裟《おおげさ》なものだから、誰も信じずに、うやむやになっているけれど、本当は、罪《つみ》の多い人なのよ。彼のひどくなるばかりの色恋沙汰《いろこいざた》を、後世《こうせい》に伝えて、彼が、軽い男であることを、世の中に広めて、彼が人知れず、隠《かく》していることさえも、話してしまおうとする人がいるけれど、口が悪いわね。実はそれ、筆者の私のことよ。実際、彼は、ひどく、世の中の自分の評判を気にして、真面目《まじめ》に振る舞っているけれど、本当のところは、優美《ゆうび》さも、風《ふう》流《りゅう》な趣《おもむき》もなくて、色男《いろおとこ》で評判《ひょうばん》の、交野《かたの》の少将《しょうしょう》にも、笑われてしまいそうな人なのよ。

まだ、中将《ちゅうじょう》の身分の時には、帝の傍《そば》にばかりいて、左大臣家の娘で、源氏の正妻、葵《あおい》の上《うえ》の所へは、滅多《めった》に行かなかったの。だから左大臣は、源氏が、人目《ひとめ》を避《さ》けて、他所《よそ》に女でもいるのかと、疑《うたが》ったこともあるけれど、もともと源氏は、浮気っぽくて、見慣れた感じの、軽率《けいそつ》で好色《こうしょく》めいた女には、興味の無い性格だったの。でもね、時には打《う》って変《か》わって、一方的に、しつこいほど、女に、物思いの限りを尽くして、何時《いつ》までも、執着《しゅうちゃく》する癖《くせ》が、とにかくひどくて、あってはならないような振舞《ふるまい》も、色々とあったのよ〉

［二］

長雨《ながあめ》が続き、晴れ間のない季節。宮中では、物忌《ものい》み（一定期間、家に籠《こも》って身を慎《つつし》むこと）が続いて、源氏は、いつも以上に、長く留《とど》まっている。左大臣家では、待ち遠しくて、恨《うら》めしく思っているが、源氏の為に、あらゆる装束《しょうぞく》を、あれやこれやと、滅多《めった》にないほど、素晴らしい物ばかりを整えて、準備して待っている。左大臣の息子達も、宮中の源氏の宿直所《とのいどころ》に出向いて、宮仕《みやづか》えに励《はげ》んでいる。左大臣と妻北の方大宮の息子中将は、葵の上の兄で、兄弟の中でも、特に源氏と親しく、遊び事の時などは、誰よりも気軽に、親しく接している。中将は、右大臣の大切な娘、四の君を正妻にしている。しかし、源氏が、葵の上の所へ、通わないのと同じように、中将も、四の君の所へ通うことを、面倒《めんどう》に思っているような、色恋事の好きな、浮ついた人である。

中将は、実家である左大臣邸の、自分の部屋を飾《かざ》り立《た》て、源氏が、左大臣家に、出入《ではい》りする際には、いつも連れ立っている。昼夜《ちゅうや》を問わず、学問をするのも、遊びをするのも一緒で、何事もほとんど、源氏に劣《おと》らず、どこへ行くにも、傍《そば》にいるので、何時《いつ》の間《ま》にか、遠慮《えんりょ》もなくなり、心の中で思っていることを、隠《かく》さずに、話してしまうほど、源氏に親しく懐《なつ》いていた。

長々と雨の降り続く中、源氏と中将は、宮中で過ごしている。日が暮れて、しっとりと、宵《よい》の雨音《あまおと》のする頃、清涼殿《せいりょうでん》の殿上《てんじょう》の間《ま》には、ほとんど人影《ひとかげ》もなくなり、源氏の宿直所《とのいどころ》も、いつもより、のんびりとした雰囲気で、大殿油《おおとのあぶら》（灯火《とうか》）を灯《とも》して、近くに寄せ、ふたりは書物などを見ている。傍《そば》にある御厨子《みずし》（戸棚《とだな》）に入っている、色とりどりの手紙を、中将が、いくつか取り出して、しつこく見たがるのに応《こた》えて、

源氏「見せても、差《さ》し支《つか》えのないものならば、少しは、見せようかな。恥《は》ずかしい手紙も、中にはあるからね」

と、中将の思い通りには、触《さわ》らせないので、

中将「その、本音《ほんね》をさらけ出して、恥ずかしく思われるような手紙こそ、私は見たいのですよ。普通の、ありきたりの手紙ならば、私のような、取るに足らない者でも、相手の身分に応じて、やり取りをして、時には見ることもできるのです。男女の仲が、互いに、恨《うら》めしさを感じている時々の手紙や、女が、男を待ち遠しく思っている、夕暮れ時に、書かれたような手紙こそ、見《み》応《ごた》えがあるというものですよ」

と、恨めしそうに言っている。

〈源氏にとって、相手の女が高貴な身分で、大切に、秘密にして、隠しておくべき手紙などは、このような普通の御厨子《みずし》に入れたまま、気楽に仕舞《しま》って置くはずはない。重要な手紙は、別の

奥深い場所に、仕舞ってあるのだろうから、中将に見せた手紙は、その女には及ばない、二番手の女達の手紙だったに違いない〉
〈読者として……筆者は、源氏と藤壺の秘事の関係を暗示していると、後に分かります〉

中将は、ぱらぱらと手紙を見ながら、
中将「よくまあ、こんなに、色々な女からの手紙がありますね」
と、言って、あれこれ推《お》し量《はか》り、
中将「この手紙の差し出し人は、あの女か、それとも、こっちの女か」
などと、尋ねる中に、言い当てている者もいれば、まったく見当違《けんとうちが》いなことを、あれこれと思い合わせて、疑いの目を向けることもあり、そんな中将の様子を見ながら、
源氏〈内心〉「面白《おもしろ》い奴《やつ》だなあ」
と、思っているが、口数は少なく、余計《よけい》な事も言わず、誤魔化《ごまか》すようにしながら、手紙を集めて、仕舞《しま》い込《こ》んでしまった。
源氏「中将、あなたこそ、多くの女からの手紙を、集めているのではないですか。私も、少しは、見たいものですよ。そうしたら、この厨子《ずし》も、快《こころよ》く開けるのですが」
と、言うと、

中将「お見せできるほど、見応《みごた》えのある手紙は、滅多《めった》にありませんよ」

などと、言いながら、話の序《つい》でに、

中将「女の中で、これこそ欠点の無い、素晴《すば》らしい人というのは、滅多にいないことが、やっと分かってきました。手紙を、ただ、上辺《うわべ》だけの思いで、趣深《おもむきぶか》く、さらさらと書いて、届けて寄越《よこ》し、その時々の返事にしても、嗜《たしな》みがあって、手際《てぎわ》良くできる者は、身分それぞれに応《おう》じて、結構《けっこう》な女も、多いとは思うのですが、それにしても、『この女こそは、妻にしたい』と、選び出して、見逃せないと思うほどの人は、滅多にいないものですよ。自分が、得意なことだけを、見せびらかして、他人を軽蔑《けいべつ》するような、みっともないことをする女は、多いですね。親達が、いつも傍にいて、甘やかし、箱入り娘に育った女の、ほんのちょっとした長所を、噂に聞いて、男の方が、心を動かされてしまうのです。顔立ちが良く、おっとりとした人柄《ひとがら》で、若々しく、結婚前の、家事に追われることのない女は、ちょっとした習い事でも、人の真似《まね》をして、夢中《むちゅう》になっているうちに、いつの間にか、一つぐらいは、情緒《じょうちょ》も身につくものです。周りの女房達が、女の欠点を隠して言わず、良い所だけを取《と》り繕《つくろ》って、話をするのですから、男の方は、『それは、本当の話だろうか』と、疑いながらも、本人を、見もせずに、どのように推《お》し量《はか》り、蔑《さげす》むことなどできるでしょうか。『本当に、素敵《すてき》な女なのだろうか』と、思いながら付き合ってみて、がっかりしない女は、まず、いなかったですね」

と、溜息《ためいき》をつきながらも話す様子が、源氏には、得意気《とくいげ》にも見えて、すべて同じ思いを経験している訳ではないが、自分なりに、思い当たることは、あるのだろう。笑みを浮かべながら、

源氏「そのように、一つも長所の無い女なんて、いるものだろうか」

と、言うと、

中将「本当にそのような女がいるとしたら、そんな所へは、誰も調子に乗って、寄《よ》り付《つ》くものですか。なんの取柄《とりえ》も無いつまらない女と、素晴らしいと思える優《すぐ》れた女は、数は同じようなものでしょう。上流に生まれた女は、周りの人に大切に育てられ、欠点を隠されることも多く、ひとりでに、人柄の格別《かくべつ》な女ということになるのです。中流の女は、それぞれに自分の個性があって、取柄《とりえ》も様々で、違いが多いものです。下流の身分の女には、特に興味はありません」

と、言いながら、何でも知《し》り尽《つ》くしているかのような顔をしているので、源氏は、興味をそそられて、

源氏「その身分とは、どのように考えれば良いのか、教えて貰《もら》いたい。上中下の三つの身分のうち、どれに当てはまるのか。次の二つの例はどうだろう。一つ目は、もともと、上流の、高貴な身分に生まれながら、落ちぶれて低い身分となり、一人前《いちにんまえ》の扱《あつか》いをされなくなった者の場合だ。二つ目は、平凡《へいぼん》な家柄《いえがら》の者が、上達部《かんだちめ》などまで、立身出世《りっしんしゅっせ》をして、自信を得て、得意顔《とくいがお》に、家の中を飾《かざ》り立て、誰にも負けまいと、気負《きお》っている者の場合だ。その身分は、どのよう

に、区別すれば良いのだろうか」

と、源氏が中将に、尋《たず》ねているところへ、左馬頭《ひだりのうまのかみ》と藤式部丞《とうしきぶのじょう》が、物忌《ものい》みの為、宮中に泊まるとのことでやって来た。世間でも知られた色好《いろごの》みで、よく弁《べん》の立《た》つ人達なので、中将は、「待っていました」とばかりに、迎え入れた。

〈これから、この男達四人で、女を、身分によって判別《はんべつ》する話を始めるのであるが、女である筆者の私には、聞いていると、不快に思うことばかりである〉

（読者として……後に、この場面は、「雨夜《あめよ》の品定《しなさだ》め」として回想されます。左馬頭と藤式部丞は、この場面のみに登場する人物です）

［三］

中将が、先ほどの源氏の質問に答える。

中将「まず、二つ目の例からですが、立身出世《りっしんしゅっせ》をしたとしても、もともと、それなりの高貴《こうき》な家柄でなければ、世間の人々の内心の思いは、表向きとは、やはり違います。また、一つ目の例ですが、もともと、貴い身分であっても、この世を生きる手段が少なくなり、時勢《じせい》の移り変わりにより、人望《じんぼう》も衰《おとろ》えてしまえば、気位《きぐらい》はそのままでも、財力《ざいりょく》が伴《ともな》わず、引《ひ》け目《め》を感じて、見苦しいことなども、様々な場面で、出てくるでしょう。それぞれ判断して、どちらも中流であると、考えるべきでしょうね。

受領《ずりょう》と呼ばれ、地方の国の仕事に、掛《か》かり切《き》りに務《つと》める役職には、さらに、その中で、幾《いく》つもの位に分かれますが、中流の身分として、その中から、決して悪くはない娘を、見つけ出すこともできる時代ですよ。

中途半端《ちゅうとはんぱ》な上達部《かんだちめ》（上流階級貴族）よりも、非参議《ひさんぎ》の四位の人々の中に、世間の評判も悪くなく、もともとの家柄も、低い身分ではない者が、落ち着きのある態度で、暮らしている様子は、とても、さわやかな感じです。家の中では、生活に必要な物に困ることは、恐らく無いでしょうから、手を抜かず、眩《まぶ》しいほど美しく育てた娘などが、軽蔑《けいべつ》することなどできないほど、素晴らしい女方に、成人している例もあるようです。宮中に出仕《しゅっし》して、思いも寄らぬ幸運を、手に入れる例も、多くあるようですよ」

などと、話をすると、

源氏「すべては、家の中の生活に困らぬ、物持ちが良いということになるのだな」

と、言って、笑うので、

中将「あなたの言葉とは思えないような、嫌《いや》みな言い方をされますね」

と、源氏の受け止め方に、苛立《いらだ》っている。

（読者として……財力の有無で、女方の良し悪しを決めるのかと、源氏は、中将を、からかっています）

［四］

左馬頭《ひだりのうまのかみ》が、話を始める。

左馬頭「生まれながらにして家柄《いえがら》が良く、時勢《じせい》もあって、高貴な身分の生まれなのに、家庭内での育て方の悪い女は、がっかりするもので、一体どういう育てられ方をして、このように、情けない状態になってしまったのかと思うでしょう。評判通《ひょうばんどお》りに、優《すぐ》れているのが筋道《すじみち》で、それこそ当然であって、珍《めずら》しいことであると、驚くこともないでしょう。まあ、私などの身分の者には、関係のないことですから、上流の身分の女方について話をするのは止《や》めておきましょう。

さて、この世に存在していることさえ、知られずに、寂《さび》しく荒れ果てた、草の生《お》い茂《しげ》る家の中に、思いも寄らぬほど、愛らしい女が、ひっそりと、閉《と》じ籠《こも》って、暮らしているのを、見つけ出したら、この上ないほど、素晴らしく、思えることでしょう。一体どうして、このような場所にいるのかと、意外《いがい》に思うことほど、心は惹《ひ》きつけられるものです。父親は、年老いて、むさ苦しく太り過ぎで、兄弟は、顔つきが憎《にく》らしく、どんなに想像しても、格別なことの無さそうな家の奥に、たいそう気位高く、何とはなしに身に付いた芸事《げいごと》に、それなりの風情《ふぜい》も、あるかのように感じられる女がいたならば、それが、ほんのわずかな長所であったとしても、どうして、思い掛けない運命的な出会いとして、興味を持たずにいられるでしょうか。何一つ欠点の無い女を選ぶことができれば、それに越したことはありませんが、一方で、人知れず、暮らしている女もいると知れば、それはそれで、捨《す》て難《がた》いものですよ」

と言って、藤式部丞《とうしきぶのじょう》の方に目をやると、

藤式部丞（内心）「私の姉や妹たちの、評判が良いのを踏まえて、左馬頭は、話をしているのだろうか」

と、気を回して、考えているようであるが、何も言わずにいる。

源氏（内心）「さて、どうだろうか。上流の身分の女であってさえも、理想の女は、滅多にいないのが、この世の現実であるのに」

と、思っているようである。

源氏は、白いしなやかな着物の上に、直衣《のうし》だけを、ゆったりと羽織《はお》り、紐《ひも》などは結ばず、そのまま無造作《むぞうさ》にして、物に寄りかかりながら、横になっている姿は、灯火《とうか》に照らされると、素晴らしく、美しい有様である。

〈誰もが、女として、源氏を見ていたいと思うほどの美しさである。この源氏に釣り合う女は、どれほど上流の身分から選び出したとしても、決して満足できないように、思われる〉

［五］

　様々な女の境遇《きょうぐう》について、四人の男達は、語り合っている。左馬頭《ひだりのうまのかみ》が、話を始める。

左馬頭「世間では欠点の無いような女でも、いざ自分の生涯《しょうがい》の妻として、頼りにできる女を、選ぶとなると、多くの中から、この人だと、決めるのは、難しいものです。男でも、朝廷《ちょうてい》に仕《つか》えて、堅実《けんじつ》で、世の柱石《ちゅうせき》となるような、真《まこと》の器《うつわ》のような人物を、選び出すのは、難しいものでしょう。しかし、いかに賢《かしこ》い者であっても、一人や二人で政治を行うのではなく、上の者は下の者に助けられ、下の者は上の者に従《したが》って、広く、様々な事を、共に熟《こな》して行くものです。一方、狭《せま》い家の中の、女主《おんなあるじ》とするべき人について考えてみると、欠点があると困ってしまうような、大事な事柄は、あれやこれやと多いものです。

　それゆえに、女の欠点が目について、気になることも多く、平凡《へいぼん》でも良いとは、思うものの、差《さ》し支《つか》えない程度の女は、少ないものです。浮気心の女遊びをして、人柄《ひとがら》の違いを、数多く、見比べてみたいと思うような、悪趣味《あくしゅみ》はありませんが、一方で、一途《いちず》に、生涯《しょうがい》の妻としたい女を、見つけたいものです。願わくは、私が努力をして、教え諭《さと》す必要のない、欠点の無い、思い通りの女を見つけたいと、選《え》り好《この》みをし始めてしまうもので、なかなか、決めることはできなくなるのです。

必ずしも、自分にとって、理想通りではなくても、好意《こうい》を抱《いだ》いて、愛情を交わした女との縁《えにし》を、運命に思い、見捨てることもせず、思いを寄せ続ける男の方は、誠実に見えるものです。そのまま、関係の続いている女は、恐らく、心惹《ひ》かれる、魅力のある人なのだろうと、周囲の人々から、思われることでしょう。

そうは言うものの、現実は別ですね。世の中の夫婦の様子を、色々と見聞きしてきましたが、理想通りの仲ではなく、興味の惹かれる例はありませんでしたね。あなた方（源氏の君と中将）のように、上流貴族の身分の妻選びでは、言うまでもなく、どれほど素晴らしい女が、寄り添えば、相応《ふさわ》しい夫婦になるのかとも思いますが、なかなか、そのような女はいませんよ。

顔立ちは見苦しくなく、初々《ういうい》しい様子で、自分には欠点の無いように振る舞い、手紙を書けば、おっとりとした言葉を選び、墨《すみ》の色も仄《ほの》かな感じで、男の心を焦《じ》らせ、さらには、男に、女の姿を、はっきり見たいと思わせながら、途方《とほう》もなく待たせ、微《かす》かな声を聴《き》こうとして近寄ると、苦しげに、弱々しい息遣《いきづか》いの声色《こわいろ》で、相手を惹《ひ》きつけて、口数の少ないのは、実際、欠点を上手《うま》く隠しているのです。こちらが、色っぽくて女らしいと思うと、情《じょう》に流されて引き込まれ、相手をすると、艶《なま》めかしくなります。これが、女の最大の欠点です。

色々な事を考えてみると、夫を支えてくれる妻には、情緒《じょうちょ》に、あまり、こだわり過ぎ、何かにつけて風流であるなど、趣《おもむき》ばかりを大事にする人ではなくても良いと思います。却《かえ》って、実際の生活を大切に守り、髪を耳にはさみながら、お化粧《けしょう》っ気《け》のない主婦が、一生懸命に、こちらが安心できるように、支えとなってくれれば、朝夕の勤めの話や、公私につけて、付き合いのある人々の様子や、見たり聞いたりした、良い事や悪い事を、余所《よそ》の人に、わざわざ言うことはしないでしょう。傍《そば》にいてくれる妻が、聞いて、寄り添ってくれればこそ、語り合いたいと思うものですし、一緒に笑ったり、泣いたりして、時には、仕事で腹立たしく、心に治《おさ》められないことも多いものですから、それも話せます。しかし、妻が、言っても、分からないような人で、少し私に背を向けている時に、私が、人知れず、思い出し笑いをしたり、『ああ』と、独《ひと》り言《ごと》を呟《つぶや》くのを聞いて、『何事ですか』などと、軽蔑《けいべつ》するように、下から見上げられたら、どんなにがっかりすることでしょう。

ただ一途《いちず》に、子供らしくて、素直な女の欠点を、あれやこれやと直してやったら、どうして、妻としないでいられましょう。焦《じ》れったい点があっても、直《なお》し甲斐《がい》があるというものです。

実際に、一緒に暮らして、顔を見合わせている時には、焦《じ》れったい点も、可愛らしさに免《めん》じて、その欠点を、許してやろうと思うものですが、遠く離れて、別々に暮らしている時に、こちらから、大事な用事を託《ことづ》けたり、季節に応じてすべきことなど、慰《なぐさ》みの遊び事や、真面目な用足《ようた》しなど、妻が、自分ひとりで判断できず、思慮深《しりょぶか》さに欠ける性格の人ならば、どれほど悔《くや》しいことか。頼《たよ》りにならない欠点は、やはり困ったものです。普段《ふだん》は、少し、余所余所《よそよそ》しく振る舞い、親しみにくい人であっても、何かの時には、力を発揮《はっき》して、見事な働きをしてくれるような女も、中にはいるようですが」

などと、物知りで、口達者《くちだっしゃ》な左馬頭も、女については、結論を出せないのか、大きな溜息《ためいき》をついて嘆《なげ》いていている。

［六］

左馬頭《ひだりのうまのかみ》が、話を続ける。

左馬頭「今となっては、ただもう、身分の上中下には、こだわりません。容姿《ようし》については、尚更《なおさら》のこと、評価をするのは止《や》めましょう。余程《よほど》、残念に思うほど、ひねくれ者でさえなければ、ただ一途《いちず》に、真面目《まじめ》で、落ち着いた人柄《ひとがら》の女こそ、頼りになるもので、生涯《しょうがい》の妻と決めるのが良いでしょう。もし、おまけとして、趣味の良さや、気立ての良さ、思慮深《しりょぶか》さがあれば、それこそ喜ぶべきことで、少し、劣《おと》っている点があっても、しつこく、改めるように、求めることは致しません。こちらの安心できる、落ち着いた人柄さえ、しっかりと備《そな》わっていれば、表向きの風情《ふぜい》などは、時の流れの中で、身に付けることのできる、技《わざ》のようなものですからね。

ところが、このような女もいますよ。色っぽくて、恥《は》ずかしがり屋で、恨み言を言っても良いような時でさえも、気が付かない振《ふ》りをして我慢し、表向きの顔は、平然《へいぜん》として、貞節《ていせつ》を守りながら、とうとう自分の心に、治《おさ》めきれなくなると、譬《たと》えようもないほど、恐ろしい言葉を浴《あ》びせかけ、悲しい恨《うら》み言《ごと》の歌を詠《よ》んで、書き残し、男に、自分を懐《なつ》かしく思わせる形見の品まで、わざと置いたまま、深い山里や、遠く人里離れた海辺などに、密《ひそ》かに隠れてしまうような女もいるのですよ。

私が子供の頃、女房《にょうぼう》などの読む、物語を聞いて、登場する人物の女が、可哀想《かわいそう》で、悲しくなり、余程《よほど》の決心だったのだろうと、涙さえ落とした話があります。ところが、大人になって、今、よく考えてみると、何とも軽い、わざとらしい振舞《ふるまい》をする女の話だったのです。このような物語でした。

愛情深い夫を捨てて、生活の中で、辛《つら》いことがあったとしても、夫の気持ちを、分からないかのように振る舞い、逃《に》げ隠《かく》れして、相手を困らせ、心を弄《もてあそ》ぶのは、長い人生において、後悔《こうかい》の種《たね》になる、何ともつまらない話です。家出をして、

『よく決心しましたね』

と、友《とも》などに褒《ほ》められるうちに、気持ちが高ぶって、そのまま、尼《あま》になったりします。出家したばかりの頃は、澄《す》んだ心で、仏道に励み、俗世《ぞくせ》を思い出しもしませんが、

『まあ、何て悲しいことでしょう。このように出家するとは。一体なぜ、思い至《いた》ったのですか』

などと、友が、見舞いにやって来ます。また、実際のところ、心からの憎《にく》しみで、嫌いになっ

て、離れたわけでもない夫が、出家を聞きつけて、涙を流して悲しみ、使用人や、老いた女房達が、

『ご主人様は、情《なさけ》の深い方でしたのに。出家とは、なんて、もったいないことを……』

などと、言います。すると、尼になった女は、自分の額髪《ひたいがみ》を、梳《と》かすように手で触《さわ》り、短くなっている髪に、がっかりとして、だんだんと、心も冷めて、不安になり、泣き顔になっているのです。我慢しても、涙はこぼれ落ち、仏道《ぶつどう》の勤《つと》めの際に、念仏《ねんぶつ》を唱《とな》えることもできず、後悔ばかりしている様子は、仏も、心汚《こころきたな》い人と、見ているに違いありません。俗世《ぞくせ》で生きている時よりも、中途半端《ちゅうとはんぱ》な生き様は、却《かえ》って、仏の教えに背《そむ》く、悪の道をさ迷うことになるのです。

もし、夫婦の宿縁《しゅくえん》が、切っても切れぬほど深く、尼になる前に、連れ戻されて、そのまま、ふたたび、夫婦として連れ添い、どのようなことが、起こった時にでも、見逃して、許し合う夫婦の仲こそ、絆《きずな》は深まり、愛情も感じるものです。しかし、一度、相手を裏切ると、互いに不安を抱き、気を許せなくなるものではないでしょうか。

また、一方で、夫が、いい加減《かげん》な気持ちから浮気をして、それを妻が、憎《にく》んで、感情を顔に出し、背を向けてしまうのも、これもまた、愚《おろ》かなことです。夫が浮気をしたとしても、結婚当初の愛情を、懐《なつ》かしく思い出せば、夫婦となる運命だったのだと、気が付くこともできるのですが、感情的に動揺《どうよう》していると、夫婦の縁《えにし》は、切れてしまうものです。

つまり、何事においても、妻は、穏やかな気持ちでいて、恨《うら》み言《ごと》のある時でも、気付いている程度に、それとなく仄《ほの》めかし、また、恨んで当然のようなことでも、見苦しくない程度に、仄めかせば、結果として、夫の妻への愛情は、深まるに違いありません。大抵《たいてい》の場合、夫の心は、妻の対応によって、落ち着くものなのです。

だからと言ってあまりにも、夫に寛大《かんだい》で、気を許して放《ほう》っておくと、心穏やかで、可愛らしい妻にも見えますが、それはそれで、軽い女に思えてくるものでしょう。

どちらにしても、岸に繋《つな》いでいない船が、ふらふらと当てもなく、漂《ただよ》う話は、何ともみっともないことです。そのようには、思いませんか」

と、左馬頭が言うと、中将は、頷《うなず》いている。

中将が、話を始める。

中将「実際の話として、素敵《すてき》で、愛《いと》しく、大切だった伴侶《はんりょ》に、信頼のできない疑いの思いが芽《め》生《ば》えると、大変なことになるのでしょう。自分の方には、落《お》ち度《ど》が無いように気を付けて、見《み》逃《のが》してやって、相手がしっかりと心を改めたならば、どうして別れようなどと思えるものかと思いますが、実際には、思い通りにはならないのでしょう。

とにかく、夫婦の仲で、気の合わない点のある場合には、穏やかにして、じっと、見《み》据《す》えながらも、我慢《がまん》するより外《ほか》にはないようです」

と、話しながら、中将は、妹葵の上が、源氏の正妻として、正《まさ》に、この状況に当てはまり、そのような心持ちでいると思うと、可哀想《かわいそう》でならず、源氏が、眠ってしまって、この会話に、言葉を挟《はさ》まないことを、物足りなく、面白くないと思っている。

［七］

左馬頭《ひだりのうまのかみ》は、「物定《ものさだ》めの博士《はかせ》」となって、物事の善悪《ぜんあく》を、判断しながら、気持ちよく話をしている。中将は、左馬頭の話から、「ことわり」として、物事《ものごと》の道理《どうり》を学びたいと思っているので、熱心に、話を聞きながら、相手をしている。

左馬頭「万事《ばんじ》に、準《なぞら》えて考えてみて下さい。木工職人《もっこうしょくにん》の名人が、色々な物を、思い通りに作り出しても、その場限りの遊び道具や、必需品《ひつじゅひん》にもならないような物は、外見が、洒落《しゃれ》た感じで、『なるほど、このような物も、作れるのか』と、思わせて、その時々に応じて形も変えるので、今風な物に、目が行って、心惹かれる物も、確かにあります。しかし、大切なことは、真《まこと》に心の誠実《せいじつ》な人の調度品《ちょうどひん》は、何時《いつ》までも大切にしたい、飾《かざ》り物のように、欠点も無く、作り出されています。やはり真の職人の作品は、趣《おもむき》の違いが、見て分かるものなのです。

また、絵画《かいが》についてですが、宮中の絵所《えどころ》には、専門家が多くいます。墨書《すみが》きの役目に選ばれた者は、下書きの線を墨で描いて行きますが、順々に、仕上がりを見ても、どれも優劣《ゆうれつ》の差《さ》は、見分けがつかないものです。

このようなことも言えます。人の見たことのない蓬莱山《ほうらいさん》や、荒々しい海を、暴《あば》れながら泳ぎ回る魚の姿、唐の国の猛獣《もうじゅう》の有様、目には見えない鬼《おに》の顔など、大袈裟《おおげさ》に、気味が悪く描かれた物は、想像力に任《まか》せていて、その場では、人の目を驚かせ、実際にはあり得ないと分かっていても、それはそれで、娯楽《ごらく》になるでしょう。

しかし、いつの時代も、変わらぬ、山の風景や、川の水の流れ、見慣れた感じの、人々の暮らす家々の様子など、それらの絵には、『実《じつ》に』と、見ながら、なるほどと、感じるものがあります。見る人が、懐《なつ》かしくなり、気持ちの和《やわ》らぐ模様《もよう》を、絵の中にさり気なく描き込み、険《けわ》しさよりも、なだらかな山の風景に、生い茂る木々の奥深さ、人里から離れるほどに、幾重《いくえ》にも折《お》り重なるような描写《びょうしゃ》、一方で、目の前の垣根の内側には、生活の様子など、人の心情まで描き入れてあるなど、絵画の名人とは、筆の勢いが、格別に素晴らしいだけではなく、普通の絵描きには、とても及ばない、見る目の奥深さが、多く感じられるもののようです。

書についても言えることです。字を書く際《さい》に、深い意味もなく、あちらこちらに、点や画を、やたらと長く走り書きをして、取《と》り留《と》めもない、気取《きど》った感じに書いて、ぱっと見たところは、才気《さいき》のあるように見えるものがあります。しかし、やはり、『まことの筋《すじ》』として、真《まこと》の道理《どうり》を、丁寧に書きしたためた物は、見た目には上手に見えなくても、改めて、並べて比べてみると、やはり、書かれている『実』、つまり内容にこそ、心は惹かれるものなのです。

ちょっとした技芸《ぎげい》（技術や芸事）でさえ、このように、『実』というものがあるのです。言うまでもないことですが、人の心というものは、その時々の状況に合わせて、体裁《ていさい》を繕《つくろ》って、外見ばかりの風情を、見せようとしますから、信頼することはできないと思うようになりました。

それでは、私が若い頃の、恋愛の話でも致しましょうか」

と、言って、膝《ひざ》を乗《の》り出《だ》しているところで、源氏も目を覚《さ》ます。

中将は、左馬頭に、たいそう信頼を寄せているので、頬杖《ほおづえ》をつきながら、真剣《しんけん》に話を聞こうと、真向《まむか》いに座って、構えている。

〈まるで、法師が、「世のことわり」として、人生の無常《むじょう》を、説いて聞かせる説法《せっぽう》の場のように見えて、面白くも思える場面であるが、このような、雑談《ざつだん》の折にこそ、それぞれが、恋愛の体験話を黙《だま》っていられなくなり、つい、喋《しゃべ》ってしまうことになるのだった〉

［八］

左馬頭《ひだりのうまのかみ》が、話を始める。

左馬頭「随分《ずいぶん》と昔の話です。私が、まだ、身分の低い頃、愛《いと》しく思う女がいました。先ほど、お話をしましたように、顔立ちなどは、格別に良い方ではありませんでした。私も若くて、色好みの性格でしたから、この女を、生涯《しょうがい》の妻にしたいとは考えもせず、気軽に立ち寄る程度の女として、物足りなさも感じて、他の色々な女の所に、こっそりと忍《しの》び歩《ある》きをしていました。すると、この女が、ひどく嫉妬《しっと》をするようになりまして、私も不愉快《ふゆかい》になって、もっと大らかにしていてくれたら良いのにと思いながら、あまりにも、私を自由にさせず、疑い深いのが、面倒《めんどう》になっていたのです。ところが、そのうちに、私のような身分の低い男を、見捨てることもなく、どうしてこのように、思いを寄せてくれるのだろうかと、不憫《ふびん》に思うことが、時々ありまして、自然と、浮気心《うわきごころ》も、冷《さ》めて行きました。

この女の性格は、もともと、やったことも、考えたこともないようなことでも、

女（内心）『何とか、この夫の為に役に立ちたい』

と、無い知恵を絞《しぼ》り、工夫をして、苦手な家事も、夫である私から、残念に思われないように、努力をしながら、何かにつけて、真面目《まじめ》に、私の支えとなり、世話をしてくれて、

女（内心）『ほんの少しでも、夫の機嫌《きげん》を損《そこ》ねることのないようにしたい』

と、思っているようでしたので、気の強い女に思っていたのですが、どうかすると、私に、素直に従って、しとやかに振る舞うようになりました。見苦しい容姿にも、

女（内心）『夫に、見放《みはな》されてしまう』

と、無理をしてでも、化粧をして、取り繕《つくろ》い、

女（内心）『私が妻であることを、他人に見られたら、夫は、不名誉《ふめいよ》に、思うのではないか』

と、遠慮《えんりょ》するように恥《は》じらいを見せ、貞節《ていせつ》を守り、私も見慣れて親しんでいました。気立ても、それほど悪くはなかったのですが、ただ、この口煩《くちうるさ》い嫉妬深《しっとぶか》い性格だけは、直ることがありませんでした。

その当時、私は、このように考えました。

左馬頭（内心）『私に、これほど一途《いちず》に尽《つ》くしながら、見放されることを、恐れているようだ。何とかして、懲《こ》らしめるような、いたずらをして脅《おど》せば、口煩《くちうるさ》い嫉妬深《しっとぶか》さも、少しは良くなるだろう。口やかましさも、直るだろう』

と、思いながら、さらに、
左馬頭（内心）『もし、私が、本当に嫌気《いやけ》がさして、別れたい思いでいる素振《そぶ》りを、見せたならば、これほどまで、私に、一途《いちず》な女であるのだから、嫉妬深《しっとぶか》さも改まるだろう』
と、考えて、わざと冷淡《れいたん》な態度をとって見せたのです。すると、いつものように、女は、腹を立てて、恨みがましいことを言うので、私から、言ってやったのです。
左馬頭『これほど、強情《ごうじょう》な嫉妬深い態度をとるのならば、どれほど夫婦の縁《えにし》が深いとしても、別れて、二度と会うまい。これが最後と思うならば、いつものように証拠《しょうこ》もなく、私のことを疑っていれば良い。しかし、もし、これから先も、長く一緒にいたいと思うならば、夫の浮気など、辛《つら》いことがあったとしても、我慢をして、普通にあることだと思いなさい。嫉妬深ささえ無ければ、どれほど、あなたを愛《いと》しく思うことでしょう。私が出世をして、人並みになれば、私にも、少しは一人前の貫禄《かんろく》がついて、あなたは、並ぶ人もなく、正妻になれるのですから』
と、上手《うま》く教え諭《さと》すことができたと、我ながら思い、調子に乗って、強く言い立てていましたところ、女は、少し笑いを浮かべて、
女『何をやっても見栄《みば》えのしない、たいしたことのない男のあなたを、私は、ずっと見ながら過ごして来ました。いずれ、人並みになる時も来るだろうと思い、待つことについても、まったく焦《あせ》る気持ちも、不満もありませんでした。しかし、あなたの冷淡《れいたん》な性格は、我慢していま

したので、心を改めて、直してくれる機会があれば良いのにと、思いながら、年月を重ね、当《あ》てにならない期待《きたい》をして過ごすことは、本当に苦しい日々でした。お互いにとって、別れるべき時が、来たのですね』
と、生意気《なまいき》に言うので、私も腹が立って、憎《にく》まれ口をたたき、捲《まく》し立《た》てたところ、女も引き下がらない性格で、私の手の指を一本、引っ張って噛《か》みついたのです。私は、大袈裟《おおげさ》に騒《さわ》いで、不満を並べ立てました。
左馬頭『このような傷《きず》まで負《お》わされて、とうとう、勤めに出ることさえ、できないではないか。お前が、馬鹿にした、私の官位《かんい》も、これでは、どうやって人並みになれるものか。私も、もはや出家をして、俗世を離れる身の上になってしまったようだ』
などと、脅《おど》すように言いまして、
左馬頭『それでは、今日という日が、本当に最後の日ということだな』
と、言って、噛《か》まれた指を曲げたまま、痛そうにしながら、部屋を出ました。
左馬頭『**手を折りてあひみしことを数ふればこれひとつやは君がうきふし**
(指を折り、出会ってからのことを、思い出して数えてみれば、嫉妬深い性格一つだけではなかったよ。お前の欠点は)
私を恨むことは、できないはずだ』

などと、言ってやると、女は、さすがに泣き出して、

女　**うきふしを心ひとつに数へきてこや君が手を別るべきをり**

（あなたの欠点を、私は心の中で数えて来ました。そうですね。今度という今度こそ、あなたと私は、関係を断《た》つ時ですね）

などと、互いに罵《ののし》り合《あ》ったのです。実際のところ、私には、別れるつもりはありませんでしたが、そのまま、何日も、手紙を遣《や》らず、あちらこちらの女の所へ、遊《すさ》び歩いていたのです。そんなある日、賀茂神社《かもじんじゃ》の臨時祭《りんじのまつり》の舞楽《ぶがく》の練習で、夜が遅くなり、ひどく霙《みぞれ》も降って、仲間の誰彼《だれかれ》と宮中を退出し、別れる際に、様々に考えてみると、やはり、家路《いえじ》と思える方角は、あの女の家以外には、無いのでした。宮中の辺りで一晩過ごすのも気乗《きの》りがせず、他の気取《きど》った女の家へ行くのも、寒々《さむざむ》しい思いをする気がして、あの女は、どうしているかと様子を見に行く序《つい》でのように、雪を払いながら向かいました。何となく気まずく、躊躇《ちゅうちょ》しながらも、それでも、今夜の訪問で、今までの恨みが、解消するだろうと、期待もしながら、家の中に入りました。部屋の様子は、灯火《とうか》が、明かりを薄暗くして壁に向けて置かれ、柔《やわ》らかそうな着物には、綿《わた》が詰《つ》められ膨《ふく》らんで、伏籠《ふせご》にかけて温《あたた》められていました。几帳《きちょう》や帳台《ちょうだい》などの、仕切り布の帷子《かたびら》は、上げられて、今夜ばかりは、私を待ち受けていたのではないかと、思える様子でした。

左馬頭（内心）『そうかそうか。あいつの方も、仲直りをしたいのだな』

と、得意気《とくいげ》になっていたのですが、女本人の姿は、見当たらないのです。応対《おうたい》する女房達だけが、数人いて、
女房達『実家へ、今宵《こよい》は、行かれています』
と、答えるのです。色気のある歌を詠《よ》むことも、思わせぶりな手紙を寄越《よこ》すこともなく、まったく家に閉《と》じ籠《こも》るばかりで、風情もありませんでしたから、私は、物足りなさを感じていました。
左馬頭（内心）『もしかしたら、私に口やかましく苛立《いらだ》った態度をとったのは、わざと、私から、嫌《きら》われるように、仕向けていたのではないか。他の男に、心を移したのか』
と、それまで、考えもしなかったことが、腹立ちまぎれに、浮かんで来たのですが、用意されている装束《しょうぞく》が、いつも以上に、心の籠《こも》った色合いや、仕立て方で、たいそう素晴らしい仕上がりで、喧嘩《けんか》をして、私が、見限《みかぎ》った態度をとった後でさえも、女は、私のことに気を遣《つか》い、世話を焼いてくれていたのでした。
左馬頭（内心）『いくらなんでも、まさか、すっかり、私を見捨てはしないだろう』
と、思っていましたので、あれやこれやと、用事を伝えたところ、反発もせず、私に、探させようと企《たくら》むなど、姿《すがた》を隠《かく》すことも、恥《はじ》をかかせることなく、返事をくれていたのです。ただ、
女『あなたの性格が、今までのままならば、私は、我慢できません。心を改めて、落ち着いた態度になれば、また、一緒に暮らすこともできるでしょうが』

などと、言ってきたのです。それでも私は、左馬頭（内心）『いくらなんでも、まさか、私から心の離れることはないだろう』と、思っていましたので、暫《しばら》くの間、女を懲《こ》らしめてやろうと企《たくら》んで、『言われた通りに、心を改めよう』なんて、言ってもやらず、ひどく意地《いじ》を張《は》った態度を見せているうちに、女は、たいそう嘆《なげ》き悲しんで、そのまま、亡くなってしまったのです。『冗談《じょうだん》では済《す》まされないことであった』と、私は、痛《いた》い思いを致しました。『もっぱら頼りにできる妻としては、あの女ぐらいが、丁度良《ちょうど》かった』と、今になって思うようになりました。

あの女は、ちょっとした戯《ざ》れ事《ごと》でも、真面目《まじめ》な大事な話でも、互《たが》いに話をしていて、物足りなさを感じたことが無く、『竜田姫《たつたひめ》』と言われても可笑《おか》しくないほどの、染色《せんしょく》の腕前《うでまえ》を持ち、また、『織姫《おりひめ》』にも劣らない、裁縫《さいほう》の腕前《うでまえ》で、それらの方面では、立派な技《わざ》を身に付けて、優《すぐ》れた女だったのです」

と、話をしながら、

左馬頭（内心）「本当に、可哀想《かわいそう》なことをしてしまった」

と、その女のことを思い出していた。

話を、真剣《しんけん》に聞いていた中将は、

中将「その『織姫』は、裁縫《さいほう》の方は程々《ほどほど》にして、夫婦の末永《すえなが》い縁《えにし》を、昔話の牽牛《けんぎゅう》（彦星《ひこぼし》）と織姫《おりひめ》のように、一年に一度の逢瀬《おうせ》でも、消《あや》かれば良かったですね。それに、確かに、その『竜田姫』の染《そ》める錦《にしき》には、やはり、及《およ》ぶものはなかったのでしょうね。束《つか》の間《ま》の美しさを見せる、花や紅葉《もみじ》と言っても、その季節によっては、色合いの悪いこともあって、際立《きわだ》った美しさがなければ、少しの見栄《みば》えもしないまま、露《つゆ》のように消えてしまうものです。自然でさえ難しいのですから、堅《かた》い絆《きずな》で結ばれる、夫婦の縁《えにし》として、妻を選ぶことは、余程《よほど》、難しいのですね」

と、場を盛り上げるような感想を言っている。

［九］

左馬頭《ひだりのうまのかみ》は、そのまま続けて、別の女との思い出話を語り始めた。

左馬頭「さて、同じ頃のことですが、別の女の所へも通っていました。その女は、先ほどの女より、家柄も人柄も優れて、気立ても、本当に風情を感じさせる、嗜《たしな》みのある女だと思っていました。歌をさらりと詠《よ》んだり、書も、さらさらと走り書くように達者で、琴《こと》を掻《か》き鳴らす爪音《つまおと》も素晴らしく、手先は器用《きよう》で、話も上手でした。何をやっても覚束《おぼつか》ないことは無く、私は、見たり聞いたりして楽しんでいました。先ほどの、口煩《くちうるさ》い嫉妬深《しっとぶか》い女を、日常の付き合いにして、こちらの女には、時々、隠《かく》れるようにこっそりと会っているうちに、すっかり心から惹《ひ》かれてしまいました。あの嫉妬深い女が亡くなってからは、どうにも仕様《しよう》がなく、気の毒なことをしたとは思うものの、過ぎ去ったことは詮無《せんな》いので、こちらの女に、度々《たびたび》、通い慣れて行ったのです。ところが、少し派手《はで》さのある人で、艶《なまめ》かしい色っぽさなど、嫌《いや》な面が見えるようになってきました。結婚して妻にするような信頼感は持てず、途絶《とだ》えがちになりながら、時々、会いに行っていましたが、実は、この女には、こっそりと情《なさけ》を交《か》わす男が、他にもいたようなのです。

神無月《かんなづき》（旧暦十月）の頃でした。月の美しい夜、私が、宮中から退出する際、ある殿上人《てんじょうびと》と一緒になりました。その男が、私の車に相乗《あいの》りしたいと言うので、左馬頭『今夜、私は、大納言の家へ行き、泊まろうと思っている』と、嘘《うそ》を言うと、
殿上人の男『今夜、私を待っている女の家へ行きたいのです。妙《みょう》に心配で、胸騒《むなさわ》ぎがしまして』とのことで、聞いてみると、その女の家なのです。私にとっても、何と言っても、通り過ぎる理由のない行き先でした。荒《あ》れ果《は》てた、築地《つきじ》の崩《くず》れた隙間《すきま》から、池の水面《みなも》が見え、月までもが宿《やど》っています。その女の家を、私としても、通り過ぎる訳《わけ》にもいかず、男が車を降りた後、私も降りて、跡《あと》をつけてしまったのですよ。

この殿上人の男は、以前から、この女と情《なさ》けを交《か》わしていたのかもしれません。男は、かなり、浮《うわ》ついた様子で、門に近い廊《ろう》（建物を結ぶ細長い建物）の縁側《えんがわ》のような所に、腰を下ろして、暫《しばら》くの間、月を眺《なが》めているのです。菊の、霜で色の変わる風情《ふぜい》が、庭一面に美しく見渡され、風に吹かれて、競《きそ》うように乱れ散る紅葉《もみじ》など、いかにも、風情のある秋の光景に見えました。
男は、懐《ふところ》に入れていた笛《ふえ》を取り出して、吹き鳴らし始めたのです。『影《かげ》もよし』などの催馬楽《さいばら》を、合間《あいま》に少しずつ唄《うた》っているうちに、女の方では、良い音色の和琴《わごん》を、調子を整えて待って

いたのか、美しく掻《か》き鳴《な》らし、男に合わせて奏《かな》でる光景は、悪いものではありませんでした。
　律調《りっちょう》の雅楽《ががく》の旋律《せんりつ》で、女が、和琴《わごん》を優しく掻《か》き鳴《な》らし、簾《すだれ》の内側から、音色の聞こえてくる風情は、今風《いまふう》な趣《おもむき》で、清《きよ》く澄《す》んだ月の光景《こうけい》に、ふさわしくも思えました。男は、かなり心惹かれて、簾の傍《そば》に歩み寄り、
殿上人の男『庭の紅葉には、人の踏《ふ》み分《わ》けた足跡《あしあと》はないですね』
などと、からかって、女を、苛立《いらだ》たせているのです。菊を折って簾の中に差し入れながら、
殿上人の男『**琴《こと》の音《ね》も月もえならぬ宿ながらつれなき人をひきやとめける**
(琴の音も、月の風情も、何とも言えないほど、素晴らしい住まいですが、あなたに冷たくする男を、誰か、引《ひ》き留《と》めることはできましたか)
私では、見栄《みば》えがしないでしょうね』
などと、言いながら、
殿上人の男『もう一曲、合わせましょう。喜んで聞きたいという、私のような者のいる時は、手を抜いてはいけませんよ』
などと、かなり、好色《こうしょく》めいた冗談《じょうだん》を言っているので、女も、かなり、声色《こわいろ》を繕《つくろ》って、
女　**木枯《こがらし》に吹きあはすめる笛の音をひきとどむべきことの葉ぞなき**
(木枯しの音と奏《かな》で合《あ》う、あなたの素晴らしい笛の音を、引き止めるだけの琴の音も、言葉《ことば》も、

私には持ち合わせていませんわ）

と、色っぽく、男に返歌をしている様子なのです。私が、腹立たしい思いで、隠れて見ていることも知らずに、再び、箏《そう》の琴《こと》（十三絃琴《げんきん》）を、盤渉調《ばんしきちょう》（律調《りっちょう》）で奏《かな》で、今風に爪弾《つまび》く音色には、才気《さいき》がない訳ではないのですが、見てはいられない気持ちになりました。

ほんの時々、ちょっと語り合う程度の、宮中の女房などならば、思う存分《ぞんぶん》、風流めいているのは、こちらとしても、その場限りで、楽しく感じることでしょう。しかし、時々であっても、自分の通う先の女ならば、いつまでも、頼りにしたいと思いたいものです。この女は、頼りにならず、出しゃばり過ぎで、私の気持ちの方が、冷めてしまいました。その夜の出来事を口実《こうじつ》に、通うことを止《や》めてしまったのです。

最初の嫉妬深《しっとぶか》い女と、この艶《なま》めかしい女を思い出して比べてみると、当時の私は、まだ若かったですが、それでもやはり、風流《ふうりゅう》な情緒《じょうちょ》の、行き過ぎた性格には、本当に不信感を抱き、頼りなく思いました。今後も、ますます、そのように思うに違いありません。男の思い通りになるような、折られれば落ちてしまう萩《はぎ》の露《つゆ》や、拾《ひろ》えば消えてしまいそうに見える玉笹《たまざさ》の上の霰《あられ》などのように、艶《なま》めかしくて、か弱く頼りない感じの、色っぽい女にばかり、興味を抱くでしょうが、今は、そうであっても、七年ほども経てば、身《み》に染《し》みて分かるでしょう。私の取るに足らない忠告《ちゅうこく》ではありますが、色っぽくて、か弱い女には注意すべきです。過《あやま》ちを犯《おか》すと、相手の女が、みっともない噂《うわさ》を流すものなのです」

と、教え諭《さと》している。

左馬頭の教訓を、中将は、例によって、頷《うなず》きながら聞いている。源氏は、少し笑みを浮かべながら、「そういうものか」と、思っている様子である。

源氏「どちらの女にしても、体裁《ていさい》の悪い、みっともない話ではないか」

と、言って、皆で声を上げて笑っている。

（読者として……「源氏と中将、どちらの方にとっても、体裁の悪い、みっともない御物語、『源氏物語』が、これから始まるのですけれどね」と、現代語訳をしてみると、筆者紫式部の声が聞こえてくるようにも感じます）

［一〇］

続いて、中将が、
中将「私は、『愚《おろ》か者の物語』をしましょう」
と、言って、自分の話を始めた。
中将「密《ひそ》かに、知り合った女がいました。そのまま、付《つ》き合《あ》って行ける雰囲気でしたが、一方で、長く続くとも思っていませんでした。ところが、馴《な》れ親しんで行くにつれて、可愛くなり、途《と》切れ途《と》切《ぎ》れに会う関係を続け、忘れずに思いを懸《か》けているうちに、女の方も、私を頼りにしている様子に見えました。私を頼りにするがゆえに、悲しい思いをしていることもあるのだろうと、我ながら思うことも、時々はありましたが、その女は、何も思っていない振りをして、長い間、私が通わずにいた時も、『こんなにも、滅多《めった》に来てくれない人』などと、不満に思うこともなく、訪ねた際には、ひたすら、朝夕、妻として、懸命《けんめい》に振《ふ》る舞《ま》っている様子に見えて、私としては、いじらしく、可哀想《かわいそう》にも思い、
中将『ずっと、私を頼りにするように』
と、言ってやることもありました。

親もなく、いつも心細そうにしていて、私だけを頼りにしている様子は、可愛らしかったです。そのように、のんびりとして、穏やかな性格だったので、暫《しばら》くの間、行かずにいましたところ、この女のことを知った、私の正妻、四の君の父、右大臣の方から、思い遣《や》りのない、酷《ひど》いことを、何かの序《つい》でに言わせたとのことを、後になって聞いたのです。

そんなにも酷《ひど》い、薄情《はくじょう》なことをされていたとは、私は知りもせず、心の中では、忘れずにいながらも、手紙なども送らず、暫《しばら》く放《ほう》っておいたところ、女は、すっかり気落ちして、心細かったのか、幼い子供も抱え、悩みもあったのか、撫子《なでしこ》の花を折って、手紙に添えて、寄越《よこ》してきたのです」

と、中将は、話しながら、涙ぐんでいる。

源氏「それで、その手紙には、どのような言葉が、書かれていたのですか」

と、尋ねると、

中将「それが、たいしたことは、書かれていなかったのですよ。

女　**山がつの垣《かき》ほ荒るともをりをりにあはれはかけよ撫子《なでしこ》の露**

(山に住む、私の家の垣根《かきね》は、荒れ果ててしまっていますが、時々は、思い出して、情《なさ》けをかけて、訪ねて下さい。撫子のような愛娘《まなむすめ》も、露のような涙を浮かべて、待っています)

私は、この手紙を見て、二人を思い出し、そのまま、すぐに訪ねて行きました。女は、いつものように、下心のない様子でしたが、ひどく物思いに沈んだ顔をして、荒れている家の庭が、露に覆《おお》われているのを眺めながら、虫の音と、競い合うように泣いている様子で、まるで、昔の物語の一場面のようにも見えました。

中将　**咲きまじる色はいづれと分かねどもなほとこなつにしくものぞなき**

（二つの花が咲き混じり、どちらが美しい色とも言えませんが、やはり、愛娘《まなむすめ》の撫子《なでしこ》も、母の常夏《とこなつ》には、及《およ》ばないですね）

私は、娘の大和撫子《やまとなでしこ》を差し置いて、まずは、『塵《ちり》をだに』（古歌）のように、母親の気持ちを汲《く》んでやったのです。

女　**うち払ふ袖も露けきとこなつに嵐《あらし》吹きそふ秋も来にけり**

（あなたの訪れのない夜、寝床《ねどこ》の塵《ちり》を払う袖《そで》は、涙で濡《ぬ》れています。私のことを、常夏と言われましても、嵐の吹き荒れる秋《あき》が、やって来てしまいました。私も、飽《あ》きられてしまったのでしょうか）

と、心細そうにしながらも、巧《たく》みに歌を返してくるので、本気で恨《うら》んでいるとは思いませんでした。涙を落としても、たいそう恥ずかしそうにして、遠慮がちに誤魔化して、私の薄情《はくじょう》さに気づいたと、女の方が、悟《さと》られることを、辛《つら》く耐《た》え難《がた》いと思っている様子でしたので、私は、安心してしまい、また、暫《しばら》くの間、訪問せずにいたところ、跡形《あとかた》もなく、行方《ゆくえ》をくらましてしまったのです。

まだ、この世で生きているならば、心細い身の上で、どこかを彷徨《さまよ》っていることでしょう。愛《いと》しく思っている頃に、もっと、私に甘えて、困らせるくらい、思い悩んでいる様子を見せてくれたならば、このように、彷徨わせることもなかったでしょうに。あれほど長い間、放っておかず、それなりの身分を与えて、いつまでも面倒を見てやったでしょうに。

あの愛娘の撫子も、可愛らしかったので、何とか探し出したいとは思っているのですが、今のところ、まったく、消息《しょうそく》は、分からないのです。この女こそ、先ほど、左馬頭《ひだりのうまのかみ》が話をしていた、一人目の亡くなってしまった女と似ているでしょうか。女が、平然としているように見えて、内心では、辛《つら》いと思っていることに、私は、気が付きもしなかったのですから、愛《いと》しく思いながらも、身勝手《みがって》な、私の片思いでした。

今では、だんだんと、忘れてしまいそうになるのですが、あの女は、もしかすると、私のことを忘れられず、折《おり》に触《ふ》れて、誰にも言えず、悩みを抱え、心を痛める、夕暮れ時もあるのではないかと、想像しています。これこそ、夫婦の仲を、長く続ける望みを、持つことのできない女だったのです。

このような経験から考えてみると、左馬頭が話をしていた、一人目の嫉妬《しっと》深い女は、思い出のある女としては、忘《わす》れ難《がた》いでしょうが、日頃、いつも顔を合わせているのでは、面倒《めんどう》で、悪くすると、嫌気《いやけ》のさすこともありそうですね。二人目の琴の達者な賢《かしこ》そうな女も、浮気の罪は重いでしょう。私の探している、頼りにならない女も、他に男がいるのではないかと、疑いがない訳でもないのです。結局、どの女が一番良いとは、決め切れないのでしょう。男女の仲は、とにかく、このように色々で、優劣《ゆうれつ》は付け難いものですね。

これら様々な女達の良い点ばかりを集めて、非《ひ》の打《う》ち所《どころ》のない、あらゆる美点《びてん》を備《そな》えた女なんて、どこかにいるものでしょうか。『吉祥天女《きちじょうてんにょ》』を理想として、思い浮かべますが、人間離れして仏臭《ほとけくさ》く、現実離《げんじつばな》れしているのも、それが妻であったならば、やはり、興《きょう》ざめで、がっかりするに違いありませんね」

と、言ったので、男達は皆、笑ってしまった。

［一一］

中将が、藤式部丞《とうしきぶのじょう》に、話を向ける。
中将「藤式部丞にも、何か面白い、思い出話があるのではないか。少しでも、話をして下さいよ」
と、催促《さいそく》すると、
藤式部丞「私のような、下《しも》の下《しも》の身分の者に、何ほどの、お聞かせできるような、話があるものですか」
とは、言うものの、中将が、真面目《まじめ》な顔をして、
中将「遅いぞ。早く」
と、急《せ》き立《た》てるので、
藤式部丞（内心）「どのような話をすれば良いものか」
と、あれこれ考えを巡《めぐ》らして、話を始める。
藤式部丞「私が、まだ、文章生《もんじょうせい》だった頃のことです。賢《かしこ》い女の手本のような人に出会いました。先程、左馬頭も話をされていたように、その女も、公事《おおやけごと》について、話し相手のできる人で、私事《わたくしごと》についても、この世で生きて行く為の、生活についての心構えの知識があって、様々

なことを考えている、思慮深《しりょぶか》い人でした。学問の程度も、中途半端《ちゅうとはんぱ》な博士ならば、恥ずかしくなってしまうほど、その女は、何事においても、相手に意見を言わせる隙《すき》のないほど、優秀《ゆうしゅう》でした。

その女との出会いは、ある博士の所へ、学問を学びたいと思い、通っていた頃のことです。博士には、多くの娘がいると、噂で耳にしていました。ちょっとした切《き》っ掛《か》けもありまして、私から言い寄ったところ、父親である博士が、それを聞きつけて、杯《さかずき》を持って、出て来ました。父親博士『わが二つの途《みち》歌うを聴け』(『白氏文集《はくしもんじゅう》』)と、聞こえよがしに言われたのです。しかし、私は、それほど、親身《しんみ》には通っていませんでした。ただ、あの親心には気兼《きが》ねもあって、関《かか》わりだけは、持ち続けていたところ、その女は、たいそう私に情《なさ》け深く、世話をしてくれました。夜中に、目を覚まして語り合えば、私にも、学問が身に付いて、朝廷《ちょうてい》での勤めに際しての、知識や教養を教えてくれました。とても清楚《せいそ》な手紙を書き、仮名《かな》というものは一切《いっさい》使わずに、格式《かくしき》高く漢文を書くのですから、私としても、いつの間にか、関係を絶てなくなり、この女を、師匠《ししょう》として、ほんの少しですが、下手なりにも、漢文の書き方を習うことができました。今でも、その恩《おん》は、忘れてはいませんが、愛《いと》しい妻子を持ちたいと思っていましたので、私のような学問の無い者は、何となく格好の悪い振舞をしているように、見られているようで、恥ずかしく思うようになりました。

言うまでもなく、上流貴族の貴公子である皆様には、頼りがいのある、しっかりした世話女房など、必要ないとは思いますが。しかし、頼りなく、残念な欠点のある女だと分かっていながら、ただもう、心から離れず、宿縁に引き付けられるもののようですから、男とは、何と、たわいないものでしょう」
と、話をすると、皆は、最後まで、話を続けさせようとして、
男達「何とも、面白《おもしろ》い女の話だなあ」
と、上手《うま》くおだてる。藤式部丞は、乗せられていると分かっていながら、鼻の辺りをこすりながら、話し続ける。

藤式部丞「さて、長い間、通わずにいましたが、何かの序《つい》でに、立ち寄ってみたところ、いつもの、一緒に寛《くつろ》ぐ部屋ではなく、面白くもない物越《ものご》しでの対面になりました。
私は、女が拗《す》ねているのかと思い、馬鹿《ばか》らしくなって、それならば、縁を切る丁度《ちょうど》良い機会だと思っていたのです。ところが、この賢い女は、軽々しく他人を憎むような態度はとらず、男女の仲の道理《どうり》も心得て、私に愚痴《ぐち》をこぼすこともありませんでした。早口な声で言うには、
賢い女『この数か月、風病《ふうびょう》が重くて耐《た》えられず、極熱《ごくねつ》の草薬《そうやく》を服用《ふくよう》していましたので、私自身が、たいそう臭《くさ》くなってしまいましたゆえに、面と向かって、お話できないのです。直接お会

いできませんが、大事な用事でしたら、お受け致しましょう』
と、たいそう情《なさ》け深く、もっともらしく言うのです。私は、何と答えれば良いのか分からず、ただ一言、
藤式部丞『承知《しょうち》しました』
と、言って、立ち去ろうとしたところ、心寂しく思ったのか、
賢い女『この草薬の香りの消える頃、また立ち寄って下さいね』
と、声高《こわだか》に言っているのです。聞き流したまま、立ち去ってしまうのは、気の毒かと思う一方で、暫《しばら》くでもそこに留《とど》まっていると、これはこれで、そんなことをしている場合ではなく、本当に、その草薬の匂いが、はっきりと鼻に付いてきて、どうしようもなく臭《くさ》いので、私は、逃げる目つきをしながら、
藤式部丞『**ささがにのふるまひしるき夕暮にひるますぐせと言ふがあやなさ**
(蜘蛛《くも》が巣を張ると、人が訪れると言いますが、夕暮れの場合、昼間の、にんにくの臭いのする蒜間《ひるま》で過ごせと言われても、訳が分かりません)
一体どういう意味ですか』
と、言い終わらないうちに、部屋を走り出たところ、女は、追いかけてきて、
賢い女　**あふことの夜《よ》をし隔てぬ仲ならばひるまも何かまばゆからまし**

（夜毎《よごと》に隔《へだ》てを置かず会っている夫婦の仲ならば、にんにくの臭いのする蒜間《ひるま》の昼間《ひるま》でも、どうして、眩《まばゆ》く恥ずかしい思いになるものですか。お会いできるでしょ）
と、やはり賢い女の、素早《すばや》い詠《よ》み口で、歌を返して来たのです」
と、藤式部丞が、真剣《しんけん》な面持《おもも》ちで話をするので、聞いていた男達は、阿保《あほ》らしい話だと思いながら、
男達「作り話だろうな」
と、言って、笑っている。
男達「どこに、そんな女がいるものか。寛大《かんだい》な心で、鬼《おに》と向かい合っている女なのだろうな。気味の悪い話だ」
と、貶《けな》すように爪《つま》はじきをして、
男達「言いようのない話だ」
と、藤式部丞を、馬鹿にして、誹《そし》りながら、
男達「もう少し、まともな話をしろよ」
と、催促《さいそく》しているが、
藤式部丞「これ以上に、目新《めあたら》しい話が、あるものですか」
と、言いながら、憮然《ぶぜん》としている。

［一二］

左馬頭《ひだりのうまのかみ》が、皆の話をまとめて論《ろん》じている。

左馬頭「総《そう》じて、男も女も、教養《きょうよう》の無い者は、少しばかり知ったことを、余《あま》すところなく、得《とく》意気《いげ》に見せてしまおうとするものですが、それは、見ていて嫌《いや》なものです。

女が、『三史《さんし》』や『五経《ごきょう》』、他の様々な学問の方面について学び、見識《けんしき》を深めることは、可愛らしくは見えないものですが、しかし、どうして女というだけで、世の中の公事《おおやけごと》や私事《わたくしごと》についても、何も知らないだろうとか、関心も無いだろうと言うのでしょうか。必ずしも、そうではありません。特別に、学ぶ機会が無くても、少しでも才気《さいき》のある女ならば、見たり聞いたりした事柄から、世の中についての考え方を、自然と身に付けることは多いものです。

しかし、思いのままに、真名《まんな》（漢字）を手早く書き、そこまでする必要のない間柄なのに、女からの手紙で、かなり度を越えて、真名ばかり書かれているのを見ると、

『ああ、嫌だな。この人が、もっとお淑《しと》やかな女であったならば』

と、思うものです。本人は、それほど深く考えていないようですが、手紙を受け取る側は、漢

字の多い文章を読むと、自然に、堅苦《かたくる》しい声で読まされることになって、わざとらしい手紙に感じてしまうものです。身分の高い女の方々に、多く見られますね。

歌を詠《よ》むのが得意《とくい》だと自負《じふ》している人が、何かと直《す》ぐに、歌に執着《しゅうちゃく》し、趣《おもむき》のある古歌を初めから取り入れたりして、場違《ばちが》いに思われるような場所で、何時《いつ》でも詠みかけてくるのは、まったく不愉快《ふゆかい》なことです。歌を返さなければ、思い遣《おもや》りがないと思われ、または、歌を詠めないのかと思われて、こちらが、恥ずかしい思いをすることになるのです。

公事の宴《うたげ》など、例えば、五月五日の端午《たんご》の節会《せちえ》に、急いで参内《さんだい》する朝、何の分別《ふんべつ》の文目《あやめ》（物事の道理）も、落ち着いて考えられない私に、何とも素晴らしい菖蒲《あやめ》の根を引き合いに出して、歌を詠みかけてきたり、また、九月九日の重陽《ちょうよう》の宴《うたげ》で、まず最初の難しい漢詩の趣に、思いを巡らして、余裕《よゆう》の無い私に、菊の露をこじつけたような歌を詠みかけてくるなど、その時々、場違いに、たいしたことのない歌を、自分勝手に詠んでくる人がいます。確かに、後から考えてみれば、趣《おもむき》や風情《ふぜい》のある歌にも思えますが、その時点では場違いで、私の状況を理解もせず、配慮《はいりょ》もせずに詠んで伝えてくる人は、むしろ気《き》の利《き》かない愚《おろ》かな人に感じます。

何事においても、『どうして、今、ここで、このようなことをするのか』と、思われるような場面では、どのような時であっても、中途半端《ちゅうとはんぱ》な気持ちで、上品《じょうひん》ぶったり、風流《ふうりゅう》ぶったりしない方が、見苦しくなくて良いでしょう。

総じて、心の中で分かっていることも、知らないような顔をして振る舞い、言いたいことがあっても、一つや二つは、黙《だま》ってやり過ごすような女が、良いのでしょう」

と、話をまとめている。

源氏は、左馬頭の話を聞きながらも、一方で、一人の女方、藤壺のことを、心の中で思い続けている。

源氏（内心）「藤壺は、左馬頭の話に照らし合わせて考えてみても、不足している面も、行き過ぎた面もない方でいらっしゃる」

と、滅多にいないほど、素晴らしい方であると思うほどに、源氏は、ますます、胸の潰《つぶ》れる思いを抱いている。

〈男たちの雑談は、一つの答えに、まとまって終わった様子ではないものの、挙句《あげく》の果《は》て、筆者である女の私には、腹の立つようなことも、あれやこれやと話をして、夜を明かしていた〉

［一三］

ようやく、今日は、天気も回復《かいふく》した。源氏は、このように、宮中にばかり籠《こも》っていたので、左大臣家の心中《しんちゅう》を察《さっ》すると、気の毒になり、退出して、左大臣邸へ向かった。

源氏は、正妻葵《あおい》の上《うえ》について、

源氏（内心）「全体的な雰囲気や人柄は、くっきりとした気品に満ちた人で、気の緩《ゆる》みもない。やはり、このような女方こそ、昨晩、宮中で、皆の話していた、捨《す》て難《がた》く、真面目《まじめ》で、頼《たよ》れる妻にすべき人なのだろう」

と、思いはするものの、葵の上は、あまりにも、上品な振舞《ふるまい》で、源氏の方が、打《う》ち解《と》けにくく、気詰《きづ》まりに思うほど、落ち着いた雰囲気で、楽しめない。源氏は、葵の上に仕《つか》える、中納言の君や中務《なかつかさ》などと言った、並々ならぬ、優《すぐ》れた若い女房達を相手にして、冗談《じょうだん》などを言いながら、暑さの中、着物を着崩《きくず》して振る舞っている。その姿を、

女房達（内心）「見応《みごた》えのある、美しさですこと」

と、思いながら見ている。

左大臣も、こちらの部屋へやって来て、源氏が、すっかり寛《くつろ》いだ格好《かっこう》をしているので、几帳《きちょう》

を隔《へだ》てて座り、世間話《せけんばなし》を始めた。
源氏「暑いのに」
と、苦々《にがにが》しい顔をしながら、生意気《なまいき》な態度《たいど》で呟《つぶや》くと、傍《そば》にいる女房達が笑う。
源氏「しっ、静かに」
と、言いながら、脇息《きょうそく》に寄り掛かり、たいそう気楽な振舞《ふるまい》をしているのである。

［一四］

暗くなる夕暮れ時、

供人「今夜、こちらの左大臣邸は、中神《なかがみ》（陰陽道《おんようどう》の祭神）のいる方角で、宮中からは、塞《ふさ》がっておりました。方違《かたたが》え（方角を変えて別の場所へ行くこと）をしなければなりません」

と、伝えてきた。

〈いかにも。いつも、忌《い》み嫌《きら》っている、左大臣邸の方角なのであった〉

源氏「自邸の二条院も、同じ方角であるから、どちらへ方違えをすれば良いものか。私は、ひどく疲れているのだよ」

と、言って、寝てしまっている。

供人達「まったく、いけないことでございます」

と、誰もが心配し、声を掛けている。

供人「紀伊守《きのかみ》で、親しくお仕えしている人の住む家が、中川の辺りにあります。近頃、水を堰《せ》き入れて、涼《すず》しい木陰《こかげ》を作っております」

と、伝える。

源氏「それは、たいへん良い話ではないか。私は、疲れているのだ。牛車《ぎっしゃ》を、そのまま、邸内に引き入れられる場所を、見つけてくれ」

と、命じる。

〈源氏が、忍《しの》んで方違《かたたが》えをしようと思えば、行先《ゆきさき》は、数多くあるだろうが、せっかく久しぶりに、左大臣邸を訪問したのに、方塞《かたふた》がりにより、期待を裏切り、他の女の家へ行くことは、左大臣家にとっては、やはり気の毒なことである〉

紀伊守《きのかみ》は呼び出され、源氏の仰《おお》せ言《ごと》を受け取ると、その場で、承諾《しょうだく》はしたものの、後から、周りの者に、
紀伊守「父伊予守朝臣《いよのかみのあそん》（伊予介《いよのすけ》）の家で、物忌《ものい》みがありまして、女房達などが、丁度《ちょうど》、私の邸《やしき》に、やって来ているのです。手狭《てぜま》な家で、源氏の君に、失礼なことにならないかと、気掛かりでございまして」

と、不安を抱き、話している様子を、源氏は、耳にして、
源氏「そのように、人の近くにいることが、私には嬉《うれ》しいのだよ。女から、離れた旅寝《たびね》は、何とも恐ろしい気持ちになるに違いない。女達の几帳《きちょう》の傍《そば》で、寝かせてもらいたい」

と、伝えた。

紀伊守「なるほど、それならば、分かりました。できるだけ良い寝床《ねどこ》を」

と、言って、使いの者を自邸に走らせ、準備《じゅんび》をさせる。

源氏は、ごく内密《ないみつ》に、とりわけ、仰々《ぎょうぎょう》しくない場所を方違《かたたが》えに望み、急に出かけることになった為、左大臣には、挨拶《あいさつ》もせず、供人には、親しい者だけを連れて、紀伊守邸へと向かった。

紀伊守「急な、お起こしで」

と、困惑しているが、源氏の供人達は、誰も相手にしない。寝殿の東廂《ひがしびさし》面《めん》を開《あ》け払《はら》い、間に合わせの寝室を用意していた。庭の遣水《やりみず》の風情など、風流な人柄らしく、造られている。田舎の家のように柴垣《しばがき》を巡《めぐ》らし、庭の草木なども、よく考えて植えられている。風は涼しく吹き流れ、どこからともなく虫の声々が聞こえ、蛍《ほたる》も多く乱れ飛び、風情《ふぜい》のある眺《なが》めである。

源氏の供人達《ともびとたち》は、渡殿《わたどの》（渡り廊下）の下から湧《わ》き出ている泉《いずみ》をのぞき見しながら、酒を飲んでいる。家の主《あるじ》である紀伊守は、酒の肴《さかな》を用意するのに、慌《あわ》ただしく動き回っている。その間、源氏は、のんびりと辺りを眺《なが》めながら、

源氏（内心）「皆が、話をしていた、中流の女というのは、この程度の暮らしをしている身分の者のことであろうか」

と、昨夜の宮中での「雨夜の品定め」を、思い出している。

源氏は、伊予介の後妻（空蟬《うつせみ》）について、以前、気位《きぐらい》の高い女《むすめ》であると、噂《うわさ》を耳にして興味を抱き、見てみたいものだと、心に留《と》めていたのだった。

寝殿の西面《にしおもて》で、人の気配がする。衣擦《きぬず》れの音が、さらさらと聞こえ、若い女達の声がするのも、嫌《いや》な気はしない。そうは言っても、女達の忍《しの》び笑《わら》いの様子は、源氏を意識しているようにも感じ、わざとらしくもある。格子《こうし》は、上げられていたが、

紀伊守「みっともない」

と、腹を立てて、下ろしてしまった。灯火《とうか》の透影《すきかげ》が、襖障子《ふすましょうじ》の上から漏《も》れ出て見えるので、源氏は、そっと近寄り、

源氏（内心）「見えるだろうか」

と、思うものの、隙間《すきま》はなく、中を見ることはできない。暫《しばら》くの間、話し声を聞いていると、すぐ近くの母屋《おもや》に、女達は、集まっているようである。小声で、ひそひそと話をしているのを聞いていると、何と、自分（源氏）の噂話《うわさ》をしているではないか。

女「源氏の君は、たいそう真面目《まじめ》な人で、お若いのに、早くも、身分の高い左大臣の娘（葵の上）と結婚して、妻がいるなんて、つまらないわね」

女「けれども、相当《そうとう》、身分の高い女方の所へ、しばしば、密《ひそ》かに、通っているようですよ」

などと、話をしている。源氏は、その話を耳にして、内心、いつも、藤壺のことばかりを考えて

いるので、世間に、秘事の罪が、漏《も》れ出ているのではないかと、一瞬、胸の潰《つぶ》れる思いになり、
源氏（内心）「このような機会に、もし人々が、自分の秘事の罪を、噂しているのを耳にしたら、自分は、一体どうなってしまうのだろうか」

などと、恐ろしく思っている。

　特に、藤壺とのことではなかったので、ひと安心して、話の途中で、聞くのを止《や》めにした。源氏が、式部卿宮《しきぶきょうのみや》の姫君（朝顔）に、朝顔の花を添《そ》えて、送った歌のことを、女達が、少し間違えながら、話をしている様子が、聞こえてくる。

源氏（内心）「寛《くつろ》いだ雰囲気に見せながら、歌を口ずさむとは、気取《きど》った女達に見えるな。やはり、気位が高いと噂されている女（空蟬《うつせみ》）も、会ってみれば、がっかりするかもしれないな」

などと、思っている。

　紀伊守がやって来た。燈籠《とうろう》の数を増やし、灯火を明るくするために、灯芯《とうしん》を長くしている。果物《くだもの》など、菓子《かし》のようなものを、源氏に差し上げる。

源氏「『とばり帳』（催馬楽《さいばら》）のような、女の用意は、どうなっているのか、いないのか。そちらが物足《ものた》りなければ、面白《おもしろ》くない接待《せったい》というものだぞ」

と、戯《たわむ》れを言うと、

紀伊守「『何よけむ』（催馬楽）とは、何のことか、分かりませんので、承《うけたまわ》り兼《か》ねます」
と、恐縮《きょうしゅく》しながら控《ひか》えている。源氏は、縁側《えんがわ》に近い、寝殿東廂面《しんでんひがしびさしおもて》の端《はし》の御座所《ござしょ》で、仮寝《かりね》のようにして休むと、周りの者達も、寝静まった。

主《あるじ》の紀伊守の子供達が、可愛《かわい》らしい姿をしている。殿上童《てんじょうわらわ》として、宮中で見かけたことのある子供もいて、その中には、伊予介《いよのすけ》の子供もいる。大勢の子供たちの中に、たいそう上品な雰囲気の、十二、三歳ほどの子供がいる。

源氏「どの子が、誰の子か」
などと、尋《たず》ねると、
紀伊守「この子は、亡くなりました衛門督《えもんのかみ》の末の子供（小君）で、たいそう可愛がられていましたが、幼いうちに、父親に先立たれて、姉（空蟬）が伊予介の後妻になっていますので、その縁《えん》で、このように、こちらに来ているのです。学問の才能もあるようで、それほど出来も悪くはないのですが、殿上童《てんじょうわらわ》などを望みながらも、思い通りには、出仕《しゅっし》できずにいるようです」
と、言う。
源氏「可哀想《かわいそう》なことだな。この子の姉君が、あなたの継母《ままはは》に当たるのか」
紀伊守「そうでございます」
と、言うと、

源氏「あなたは、不似合いな継母を持ったものだな。父帝が、噂を耳にして、その父帝『衛門督が、娘（空蝉）を、宮仕《みやづか》えに出仕させたいと、意向《いこう》を示《しめ》していたようだが、その話はどうなったのか』

と、何時《いつ》だったか、言われていたことがあった。まさか、伊予介の後妻となり、あなたの継母になっていたとは。男女の仲とは、どうなるか分からないものだな」

と、源氏は、たいそう大人びた言い方で、話をしている。

紀伊守「思い掛《が》けず、このようなことになっているのです。男女の仲というものは、こればかりは、今も昔も、分からぬもののようです。中でも、女の宿命《しゅくめい》とは、水に浮いた舟のように不安定なもので、可哀想なほどです」

などと、言う。

源氏「伊予介は、後妻（空蝉）を、大事にしているか。主君のように思っているのだろうな」

紀伊守「どれほど大切にしていますことか。家の中では、女主人《おんなあるじ》と思っているようです。父親が、好色《こうしょく》めいて見えるので、私をはじめとして、家の者達は皆、不満に思っているのです」

と、言う。

源氏「そうであっても、息子のあなた方が、年相応《としそうおう》で、今風の若者であっても、その女（空蝉）を、下《さ》げ渡《わた》しはしないだろうなあ。伊予介は、たいそう風情《ふぜい》のある、気取《きど》った男だからなあ」

などと、話をしながら、
源氏「その後妻の女（空蝉）は、今、どこにいるのだ」
紀伊守「女達は皆、下屋《しもや》（召使《めしつかい》の住む部屋）の方へ、下がらせましたが、まだ、居残《いのこ》っている者も、いるかもしれません」
と、言う。

酔《よ》いが回《まわ》って、源氏の供人達は、皆、簀子《すのこ》に横になりながら、寝静まっていた。

［一五］

源氏は、落ち着かず、眠ることができない。

源氏（内心）「つまらぬ独《ひと》り寝《ね》だ」

と、思うほどに、目も冴《さ》えてくる。この寝殿東廂面《しんでんひがしびさしおもて》の端の、御座所《ござしょ》から繋《つな》がる、南面の北側の襖障子《ふすましょうじ》の向こうに、人の気配《けはい》がする。

源氏（内心）「ここで、あの紀伊守の継母《ままはは》（空蟬《うつせみ》）は、忍《しの》んで過ごしているのだろうか。こんな所で、気の毒に」

と、気になって仕方がなく、そっと起き上がり、立ち聞きをしていると、先ほど見かけた、子供（小君）の声がして、
小君「もしもし、姉君は、どこに、いらっしゃいますか」

と、かすれた声で、可愛らしく尋ねている。

空蟬「ここで、寝ていますよ。お客様（源氏の君）は、お休みになりましたか。どれほど近い場所かと、心配しましたけれども、思いの外《ほか》、遠いようですね」

と、言っている。寝ていたところを起こされて、しまりのない声であるが、小君とよく似てい

る。源氏は、小君の姉（空蟬）に違いないと思いながら、聞いていた。

小君「源氏の君は、廂《ひさし》の間《ま》で、お休みになりました。噂《うわさ》に聞いていたお姿を、お見受けしましたが、本当に、素晴らしく、立派な方でしたよ」

と、密《ひそ》かに話をしている。

空蟬「昼間でしたら、私も、覗《のぞ》いて見ることができましたのにね」

と、眠たそうに、夜具《やぐ》に顔をもぐらせながら、話をしている声がする。

源氏（内心）「焦《じ》れったいな。気を利《き》かせて、もっと話を続けてくれたら良いのに」

と、苦々《にがにが》しく思っている。

小君「私は、ここで寝ようかな。ああ、疲れた」

と、言って、灯火《とうか》をかき立て、明るくしているようである。姉の女君（空蟬）は、すぐ近くの、この障子口《しょうじぐち》の筋向《すじむ》かいの辺《あた》りで、休んでいるようである。

空蟬「中将の君（女房）は、どこにいるのかしら。誰も傍《そば》におらず、人の気配が遠いと、何だか怖いわ」

と、言うと、母屋《おもや》と廂《ひさし》の境《さかい》の長押《なげし》の下で寝ている女房達が、

女房「中将の君は、下屋《しもや》へ、湯に行っています。『すぐに戻ります』と言っていましたよ」

と、返事をしているようである。

皆が、寝静まった様子なので、源氏は、襖障子《ふすましょうじ》の掛金《かけがね》を、試《ため》しに引き上げてみると、向こう側は、鍵を掛けていなかった。几帳《きちょう》が、障子の出入り口に立てられ、灯火の明かりの、仄暗《ほのぐら》い中を覗《のぞ》くと、唐櫃《からびつ》のような物が幾《いく》つも置いてある。源氏は、乱雑な部屋の中へ、手探りしながら分け入ると、女（空蟬）が、たった一人で、小柄な様子で寝ていた。女は、人の気配《けはい》に気が付いて、何となく面倒《めんどう》に思いながらも、上に掛けていた着物を、源氏がめくるまで、女房の中将の君が、下屋《しもや》から戻って来たのだとばかり、思っていた。

源氏「『中将』をお呼びになりましたね。私の身分は中将です。人知れず、あなたへの愛《いと》しい思いを抱いてきました。願いの叶《かな》う気持ちになりまして……」

と、言うのであるが、女（空蟬）には、何が何だか訳が分からず、物《もの》の怪《け》に襲《おそ》われるような感じがして、

空蟬「あっ」

と、口を開いて怖がるが、顔に着物が被《かぶ》さって、声にもならない。

源氏「突然のことで、ほんの出来心《できごころ》と思われるのも当然ですが、数年来、私が貴女《あなた》のことを思い続けていた気持ちを、お伝えしようと思ってのことです。このようにお会いできる日を、待ち望んでいた私の心が、決して浅いものではないと、お分《わ》かり下さい」

と、たいそう穏やかに、優しく言う姿は、猛々《たけだけ》しく恐ろしい神でさえも、乱暴《らんぼう》をはたらくことのできない雰囲気《ふんいき》で、女（空蝉）は、恥ずかしくなり、「ここに、人がいます」と、騒《さわ》ぐこともできない。

空蝉（内心）「なんと、困ったことか。とんでもないことに……」

と、思い、嘆かわしく、

空蝉「人違《ひとちが》いでございましょう」

と、言うのもやっとで、苦しげな息遣《いきづか》いである。消え入りそうなほど、困惑《こんわく》している様子が、源氏には、労《いたわ》しくも可愛らしく感じられて、

源氏（内心）「美しい女だな」

と、思いながら、

源氏「人違いをするはずはありません。心の手引《てび》きに従って、やって来たのですから。まさか、あなたに人違いと言われ、知らない振りをされるとは心外《しんがい》です。好色めいたことは、決して致しません。私のあなたへの思いを、少しお伝えしたいだけなのです」

と、言うと、源氏は、小柄な女（空蝉）を、さっと抱き上げ、障子口まで出て行く。先ほど、女が探していた、女房中将の君と思われる者と、出くわした。

源氏「おっと」

と、源氏が声を上げたので、中将の君は不審《ふしん》に思い、手探《てさぐ》りをして近寄って来る。源氏の衣服に焚《た》き染《し》めた、香《こう》の素晴らしい良い薫《かお》りが、辺り一面に拡《ひろ》がって、顔にまで燻《くゆ》るような心地である。中将の君は、目の前の人物が、源氏の君であると思い至《いた》った。驚いて、
中将の君「これは一体、どういうことでございましょうか」

と、狼狽《うろた》えるが、相手が源氏であれば、どうにも仕様《しよう》がない。

〈普通の男であったならば、中将の君は、手荒《てあら》にしてでも、押しのけるであろう。しかし、たとえそうであったとしても、周りの多くの者達に知られたならば、どのようなことになるだろうか〉

　中将の君は、狼狽《うろた》えながらも、後から付いて行ったが、源氏は、まったく気にもせず、用意された奥の御座所に、女（空蟬）を抱いたまま、入ってしまった。襖障子《ふすましょうじ》を閉めてしまい、
源氏「暁《あかつき》（夜明け前）に、女君を迎えに来なさい」

と、命じる。女（空蟬）は、女房中将の君が、どのように思っているかと想像すると、死にそうなほど辛《つら》く、流れるほどの冷や汗も出て、たいそう苦しそうにしている。源氏は、気の毒に思うものの……

〈いつものことではあるが、一体どこから、そのように、巧《うま》い言葉が、出て来るのであろうか。源氏は、女が愛情を抱いてしまうほど、情を込めて、言葉の限りを尽くし、語り掛けているようである〉

しかし、女は、ますます、情《なさ》けなくてたまらず、

空蟬「現実のこととは思えません。取るに足らない身分の私には、思いを掛《か》けて頂くお気持ちが、どうして浅いと思わずにいられましょうか。まったく、私は、その程度の身分でございます」

と、言って、源氏がこのように、無理強《むりじ》いをして、部屋に入《はい》り込《こ》んで来たことを、心から情けなく、悔しく思っている様子に、源氏としても、正《まさ》に、言われる通りで、気の毒ではある。こちらが、気恥ずかしくなるほどの態度にも感じ、

源氏「私は、身分の違う女方のことを、まだ何も知らず、これが初めての事です。むしろ、私の方こそ、平凡《へいぼん》な色男《いろおとこ》と同じように思われるのは、心外《しんがい》です。噂《うわさ》で聞いたこともあるでしょうが、私には、しつこい色恋沙汰《いろこいざた》の経験はありません。私たちは、運命で結ばれているのでしょう。確かに、そのように憎む態度も、もっともな心の乱れですが、私の心も、珍《めずら》しいほど、抑《おさ》えられないのです」

などと、真面目《まじめ》に振る舞って、あれこれと言葉を尽《つ》くしている。その源氏の姿は、他に比べるものの無いほど、美しい有様であるが、女（空蟬）は、ますます、源氏に心を許すことは情けなく、遣《や》り切《き》れない思いになっている。

空蟬（内心）「無愛想《ぶあいそう》で、好感の持てない女だと、源氏の君に、思われたとしても、色恋沙汰の相手として、言葉を掛ける値打《ねう》ちのない女として振る舞い、やり過ごすことにしよう」

と、考えて、そ知らぬ顔で、応対していた。
〈空蝉は、もともと、物柔《ものやわ》らかな人柄であるのに、このような強い決心を、無理遣《むりや》りしている為、まるで、「なよ竹」のような雰囲気になっている。しかし、それでもやはり、源氏が、引き下がるはずはない〉
　女は、本当に、不愉快でたまらず、源氏の一方的な強引《ごういん》さを、
空蝉（内心）「言いようがないほど、情けないこと」
と、思いながら泣いている姿に、源氏は、たいそう愛《いと》しさを感じる。気の毒には思うものの、
源氏（内心）「もし、ここで関係を持たなかったならば、後から、どれほど悔しい思いをしたことだろう」
と、心の中で思っている。女が、源氏には、慰《なぐさ》めようもないほど、
空蝉（内心）「辛《つら》い」
と、思っている様子なので、
源氏「どうして、これほどまで、私を、厭《いと》わしく思うのでしょうか。思いも寄らぬ出会いであるからこそ、宿縁《しゅくえん》なのだと思って下さい。あなたが、まるで、男女の仲について、何も知らないかのように、涙に暮《く》れるとは、私にとっては、とても辛いことです」
と、恨み言を言う。すると、

空蟬「まったく、このように、情けない身の上（伊予介の後妻）になる前の、若い頃の、娘の私に、宿縁の思いをかけて頂いたならば、身分不相応《みぶんふそうおう》で、身勝手な、高望みであるとしても、強引さを改めて、また、会いに来て下さることを願い、慰めとして待ちながら、過ごすこともできたでしょう。しかし、今の私には、まったく、このような、仮初《かりそめ》の浮寝《うきね》については、どのように考えれば良いのか分からず、困惑するばかりです。まあいいです。仕方がありません。今日、お会いしたことは、決して他言《たごん》しないで下さい」

と、言って、悩んでいる様子である。

〈女（空蟬）の立場としては、まったく、当然の気持ちである。源氏としても、疎《おろそ》かにはできず、行く末を約束し、慰《なぐさ》めの言葉を、多く語り掛けたに違いない〉

　鶏《にわとり》が鳴《な》いた。供人達が起き出して、

供人「夕べは、ぐっすり寝たよ」

供人「車を引き出して、準備しろ」

などと、言っているようである。紀伊守も、出て来た。

女房「源氏の君は、方違《かたたが》えでのお越しなのですから、まだ夜明け前の暗いうちから、急いでお帰りにならなくても、良いと思いますが」

などと、言っている。
源氏（内心）「また改めて、このように、何かの序《つい》でに会うことは難しいだろう。わざわざ訪問することも、どうしてできようか。手紙などのやり取りも、まったく、どうすることもできないだろう」
と、思うと、胸が苦しくてたまらない。奥の部屋に控えていた、女房中将の君も、迎えにやって来た。女（空蟬）が、たいそう辛そうにしているので、源氏は、一度、手を放し、別れようとはするものの、再び、引き止めながら、
源氏「これからは、どのように便りをすれば良いだろうか。世に例のないほどの、あなたの心の冷たさも、私の切なさも、浅いものではない私達の宿縁の、夜の思い出です。何もかも、他に例のない、私達の仲のようです」
と、言って、少し泣いている様子は、たいそう優美な姿であった。鶏が、何度も鳴くので、源氏は、気忙《きぜわ》しくなり、
源氏　**つれなきを恨みもはてぬしののめにとりあへぬまでおどろかすらむ**
（あなたの冷たい振舞《ふるまい》に、まだ、恨み言を言い終わらないうちに、夜明けは、近づいて、鶏まで、急に鳴き出して、なぜ、私を、急《せ》かすのでしょうか）
　女（空蟬）は、我が身の現実を思うと、源氏が、自分には不似合いなほど、眩《まぶ》しく美しく見

えて、有り難い言葉や振舞も、どのように受け止めれば良いのか分からない。常日頃《つねひごろ》、「まったく、無愛想《ぶあいそう》で、嫌《いや》だわ」と、軽蔑《けいべつ》している、夫伊予介のことばかりが気になって、空蟬（内心）「夫が、夢の中で、見ていないかしら」と、想像すると、なんとも恐ろしくてならず、気後《きおく》れしている。

女　**身のうさを嘆くにあかで明くる夜はとりかさねてぞ音《ね》もなかれける**

（この身の辛《つら》さを、まだ、嘆《なげ》き果《は》ててもいないのに、夜は明け始め、鶏に、我が身を重ね、一緒に声を上げて泣きそうです）

どんどん、辺りが明るくなるので、源氏は、空蟬を、障子口《しょうじぐち》まで見送る。家の中も外も、人々が騒がしくしている中で、襖障子《ふすましょうじ》を閉めて、別れる時の心細さは、「隔《へだ》つる関」（『伊勢物語』九十五段）のような思いだった。

源氏は、直衣《のうし》などに着替えると、南面《みなみおもて》の簀子《すのこ》の欄干《らんかん》で、暫《しばら》く、庭を眺めている。西面の格子《こうし》が、慌《あわ》ただしく上げられると、女房達が、覗《のぞ》いているようである。簀子の中ほどに立てられた、衝立《ついたて》の小障子の上の方から、微《かす》かに見える源氏の姿を、心に深く染《し》みるほどの、嬉しい思いで眺める、色好みの女房達も、いるようである。

〈有明の月が見える。光は、弱くなっているものの、月の姿は、すっきりと見えて、却《かえ》って風情のある曙《あけぼの》である。しかし、無心であるはずの空の眺《なが》めも、直《じか》に見る人の心によって、趣《おもむき》のある美しさにも、ぞっとするほど寂しいものにも、違って見えるものであった〉


源氏は、人知れず、心の内で、女との今後について、ひどく悩んでいる。

源氏（内心）「言伝《ことづ》てを、届ける方法すら無いのだから、一体どうすれば良いのか」

と、名残惜《なごりお》しい気持ちで、紀伊守邸を出立した。


源氏は、自邸に戻っても、直《す》ぐには、うとうとと、眠ることもできない。

源氏（内心）「再び会える方法も無く、苦しい思いであるが、あの人も、苦しい思いをしているだろう。どんな思いでいることか」

と、女の心中を、辛《つら》い思いで気に掛けている。

源氏（内心）「あの人（空蟬）は、格別《かくべつ》素晴らしい女とは言えないが、見苦しくないように、装《よそお》うことのできる、中流の身分と言えるのだろう。経験豊富な左馬頭《ひだりのうまのかみ》が、話をしていたことは、なるほど、その通りであったな」

と、宮中での「雨夜《あめよ》の品定《しなさだ》め」を思い出し、照《て》らし合《あ》わせていた。

［一六］

　最近、源氏は、左大臣邸で、ずっと過ごしている。やはり、女（空蟬《うつせみ》）との関係は、あれ以来、まったく途絶《とだ》えたままで、どのような思いで、過ごしているかと、切《せつ》なく気《き》に掛《か》けている。苦しみながらも、思い悩んだ末、紀伊守《きのかみ》を、呼び出した。
源氏「あの晩《ばん》、方違《かたたが》えで訪ねた際に見かけた、中納言の子（故衛門督《えもんのかみ》の子、小君《こぎみ》、空蟬の弟）を、私に、譲《ゆず》って貰《もら》えないか。可愛らしく見えたゆえに、身近な供人《ともびと》にしたいと思う。父帝にも、私から差し上げて、小君を、童殿上《わらわてんじょう》にさせてやろう」
と、言うと、
紀伊守「たいそう、畏《おそ》れ多《おお》い、お言葉でございます。小君の姉（空蟬）にも、ご意向《いこう》を、伝えてみましょう」
と、女（空蟬）のことが、話に出たので、源氏は、胸《むね》の潰《つぶ》れる思いになりながら、
源氏「その姉君は、あなたの継母《ままはは》に当たるとのことだが、伊予介との間に、あなたの義理の弟や妹は、生まれているのか」
紀伊守「それは、ありません。結婚して、この二年ほど連《つ》れ添《そ》っていますが、継母は、親の宮《みや》

仕《づか》えの願いを果たせなかったことを悲嘆《ひたん》して、後妻になったことを、今でも、満足できずにいると聞いていています」

源氏「気の毒なことだな。かなり評判の良い女のようだが。噂通《うわさどお》りに、美人なのか」

と、尋ねる。

（読者として……源氏は、空蟬と夜を共に過ごしたことを隠しつつ、仄《ほの》暗い中のことで、はっきりとは見ていない、空蟬の容姿が気になって仕方なく、わざと尋《たず》ねていることが分かります）

紀伊守「それほど、悪くはないようです。私とは、余所余所《よそよそ》しい間柄です。世間でも、継母と継子は不仲と言われ、物語でもあるように、親しくしておりません」

と、言う。


さて、五、六日が経ち、紀伊守が、あの小君を、源氏のもとに連れてやって来た。繊細《せんさい》な美しさがあるとは言えないものの、上品な顔立ちで、身分の高い家の子のように見える。源氏は、小君を、部屋に呼び入れると、たいそう優しく語り掛《か》ける。小君は、幼心《おさなごころ》に、源氏を立派な方だと思っているので、嬉《うれ》しくてたまらない。源氏は、小君に、姉君（空蟬）のことを、詳《くわ》しく尋ねてみる。それなりに受け答えなどをするが、恥ずかしそうに、静かに黙《だま》ってしまうので、源氏は、本来の目的を、言い出しにくい。それでもやはり、たいそう気を遣《つか》いながら、言葉巧《たく》みに、女（空蟬）への思いを語り、説明している。小君は、源氏と姉君が、そのような間柄《あいだがら》であることを、何となく理解して、思い掛けないことに思うが、子供心《こどもごころ》なりに、深く詮索《せんさく》せず、源氏からの手紙を受け取ると、姉君に届けた。

女（空蟬）は、意外なことに、驚《おどろ》き呆《あき》れて、涙も込み上げて来る。弟小君が、何を思っているかと、考えるだけで、みっともなくて、恥《は》ずかしくなる。それでもやはり、手紙を広げて、顔を隠《かく》しながら読んだ。たいそう、長い文面で、

源氏（手紙）「**見し夢をあふ夜ありやとなげく間に目さへあはでぞころも経《へ》にける**

（夢で見たような、お会いする夜が、再び来ないものかと、嘆いているうちに、目さえ合わず、眠ることもできず、日々は過ぎて行きました）

『寝《ぬ》る夜なければ』の、古歌のように」

などと、眩《まぶ》しいほどの美しい書きぶりの手紙である。女（空蟬）は、涙があふれ、目の前が見えなくなり、思い掛けない宿縁《しゅくえん》ばかりの降り掛かる、我が身の人生を思いながら、横に伏《ふ》してしまった。

（読者として……源氏は、空蟬への手紙に、先夜の出会いを暗示《あんじ》しつつも、万が一、他人に読まれても、意味が分からないように用心し、言葉を巧《うま》く使った書き方をしています）

翌日、小君は、源氏から呼び出され、参上する前に、姉（空蟬）に、源氏からの手紙への返事を求める。

空蟬「『このような、お手紙を受け取る宛《あ》ての者は、いませんでした』と、伝えなさい」

と、言うと、小君は、にっこりと笑って、
小君「源氏の君は、間違ったことは、お話になっていませんでした。どうして、源氏の君に、そのようなお返事を、することなど、できるでしょうか」

と、言うので、女は、不愉快でたまらず、
空蟬（内心）「源氏の君は、何もかも、小君に話して、伝えてしまったのだろうか」

と、思うと、辛《つら》くて、悲しくてたまらない。

空蟬「まったく、子供が、大人びたことを、言うものではありません。それならば、源氏の君のもとへ、参上するのは、やめなさい」

と、機嫌《きげん》を悪くして言うので、
小君「呼ばれているのに。私は、一体、どうすれば良いのでしょうか」

と、言いながら、参上した。

紀伊守は、好色めいた性格の人で、この継母（空蟬）が、父親の後妻におさまっていることを、もったいないと思い、こびへつらって近づき、小君のことも大事にして、連れ歩いている。

源氏の君は、小君を傍に呼び寄せると、

源氏「昨日は、手紙の返事を、ずっと待ち続けていたが、戻《もど》って来なかったな。やはり、信頼《しんらい》していたほど、お前は、私の気持ちに、応《こた》えてくれないようだな」

と、恨《うら》み言《ごと》を言うので、小君は、悲しくて、顔を赤らめている。

源氏「姉君（空蝉）からの返事は、どこにあるのだ」

と、言うと、

小君「これこれ、このような事情で、貰《もら》えませんでした」

と、言うと、

源氏「頼りにならない奴《やつ》だな。情《なさ》けない話だ」

と、言い、再び、女（空蝉）宛《あ》ての手紙を、小君に渡した。

源氏「お前は、知らないだろうな。あの伊予介爺《いよのすけじい》さんよりも、私の方が先に、姉君（空蝉）とは、知り合っているのだぞ。けれども、姉君は、私のことを、頼りない、首の細い男だと見くびり、頑固《がんこ》で野暮《やぼ》ったい男を、夫にして、こうして、私のことを馬鹿にしているのだろう。それでも、お前は、私の子でいておくれ。あの頼りにされている伊予介も、老い先は、短いだろうからな」

と、嘘を交《まじ》えて、冗談を言う。

小君（内心）「そのようなことだったのか。驚《おどろ》くような話だな」

と、話を真《ま》に受《う》けて、考え込んでいる姿を、源氏は見ながら、面白く思っている。

源氏は、この小君を、いつも傍に置き、宮中へも一緒に連れて参内《さんだい》している。自《みずか》らの御匣殿《みくしげどの》（宮中の衣服を作る役所）に命じて、小君の装束《しょうぞく》なども用意させ、本当の親のように世話を焼いている。


源氏から女（空蝉）への手紙は、しょっちゅう届けられている。しかし、一方の、女の心境は、
空蝉（内心）「この弟小君も、まだ、たいそう幼いから、もし、思い掛けないことで、手紙を失《な》くし、人目に触《ふ》れれば、私が、軽薄《けいはく》な女であるとの評判《ひょうばん》まで背負《せお》うことになる。自分には、まったく身分不相応《みぶんふそうおう》なことだ。名誉《めいよ》で、喜ばしいことというのは、身の程に応じて得られるものなのだ」

と、考えて、気を許した返事は一切《いっさい》しない。

空蝉（内心）「あの夜、仄《ほの》かな明かりの中で、共に過ごした時の源氏の君は、本当に、評判通りの美しさで、普通ではなかった」

と、思い出さない訳ではないが、

空蝉（内心）「源氏の君の美しい姿を、この私が見上げたところで、何がどうなるということは、何もない」

などと、繰り返し考えているのだった。

一方で、源氏も、女（空蝉）を、片時《かたとき》も忘れることなく、心の苦しくなるほど、恋しく思い出している。悩んでいた様子などが、いじらしく、気の晴れる術《すべ》も無く、思い続けている。

源氏（内心）「軽い気持ちで、人目を忍び、立ち寄ってお会いしたいものだが、人数《ひとかず》の多い所であるから、不都合な振舞《ふるまい》は、人目につくだろう。あの女の為にも、気の毒なことになってしまうだろう」

と、思い悩んでいる。

［一七］

源氏は、いつものように、宮中で何日間も過ごしている。実は、紀伊守邸《きのかみてい》へ方違《かたたが》えのできる、忌日《いみび》を、待っていたのだった。その日が来ると、源氏は、急遽《きゅうきょ》、左大臣邸へ退出する振りをして、途中、道を変えて忍びながら、紀伊守邸を訪れた。

紀伊守は、驚いたが、

紀伊守（内心）「あの時の、遣水《やりみず》の風情《ふぜい》を思い出されたのだろう。名誉《めいよ》なことだ」

と、思いながら、恐縮《きょうしゅく》して喜んでいる。源氏は、小君には、昼間のうちから、

源氏「これこれの事情で、紀伊守邸へ行くことを考えている」

と、伝え、約束していた。源氏は、いつも、小君を傍に置き、仕えさせていたので、この夜も、最初に、小君を呼び出すと、女（空蟬）に、手紙を届けさせた。

空蟬（内心）「源氏の君が、考えを巡らした末、会いに来て下さる気持ちのほどは、決して、浅いものであるとは思わない。しかし、だからと言って、心を許して慣《な》れ親《した》しみ、私の人並《ひとな》みにも至《いた》らぬ姿を見られたならば、虚《むな》しい思いをされるだろう。夢ではないかと思いながら過ごし

た、あの夜の嘆《なげ》きを、また、味わうことになってしまうだろう」
と、心は乱れて落ち着かず、やはり、そのまま、源氏の訪れを待っているのも恥ずかしく、小君が、部屋を出て行った隙《すき》に、
空蟬「お客様の御座所《ござしょ》が近く、きまりが悪いです。疲れて具合も悪く、こっそりと、肩たたきなど、してもらいたいので、もっと離れた部屋に……」
と、言うと、渡殿《わたどの》にある、女房中将の君の局《つぼね》に、隠れるようにして移ってしまった。

源氏にとっては、女（空蟬）に会うことが目的の訪問で、供人達を早々に寝静まらせると、取次《とりつぎ》をさせる。しかし、小君は、姉（空蟬）に会えず、見つけることもできない。あちらこちらを探して歩き回り、渡殿に入り込んだ所で、漸《よう》く、姉を見つけ出した。
小君（内心）「なんて酷《ひど》いことをされるのだろう。辛《つら》いよ」
と、思いながら、
小君「私は、どんなにか、源氏の君に、頼《たよ》り甲斐《がい》のない供人だと、思われることでしょう」
と、泣きそうになりながら言うので、
空蟬「このような、怪《あや》しいことに、気《き》を遣《つか》うものではありません。子供のあなたが、こうして、大人の話を取《と》り次《つ》ぐことは、まったく、慎《つつし》み避《さ》けるべきことです」

と、脅《おど》すように言いながら、
空蟬「『気分が悪いので、人々を傍《そば》に置いて、身体《からだ》の指圧《しあつ》をさせているようです』と、お伝えしなさい。怪《あや》しいと、誰もが、皆、思っているでしょう」
と、きっぱりと言っているが、心の中では、
空蟬（内心）「まったく、このように結婚をして、身の上の定まった境遇《きょうぐう》ではなく、亡くなった親の面影《おもかげ》の残る実家にいながら、時々でも、源氏の君の訪れを、待って迎えることができたならば、どれほど幸せなことだっただろう。強がって、知らん顔をして、蔑《ないがし》ろにする態度をとれば、源氏の君は、私のことを、どんなにか、身の程知らずの生意気《なまいき》な女であると思われることだろう」
と、自分の決意ではあるものの、切《せつ》ない悲しみで、やはり、あれこれと心は乱れている。
空蟬（内心）「いずれにせよ、今となっては、言っても仕方のない、宿命だったのだから、無神経《むしんけい》で、不愉快《ふゆかい》な女と思われて、終わりにしたい」
と、思い至っていた。

一方の源氏は、
源氏（内心）「小君は、どのように、事を運んでいるだろうか」

と、まだ、幼い子供である小君を心配しながら、横になって待っていたところ、上手く事が運ばず、役に立てなかった旨《むね》の事情を、伝えて来た。源氏は、女（空蟬）の、驚き呆《あき》れるほど、珍しく、強情《ごうじょう》な性格に、

源氏（内心）「我が身も、まったく、恥《はじ》をさらすことになってしまった」

と、労《いたわ》しいほど、落ち込んでいる様子である。暫《しばら》く何も言わず、激しく嘆息《たんそく》をもらし、

源氏（内心）「憂鬱《ゆううつ》だ」

と、思っていた。

源氏「**帚木《ははきぎ》の心をしらでその原の道にあやなくまどひぬるかな**

（帚木は、遠くから、梢《こずえ》が、帚《ほうき》のように見えても、近寄ると、消えて見えなくなってしまうものですが、あなた（空蟬）の人柄が、まるで帚木のようだとも知らず、草原《くさはら》の道に、無闇《むやみ》に迷い込んでしまった私です）

何の言葉もありません」

と、歌を詠み、伝えられる。

一方で、女（空蟬）も、覚悟《かくご》はしていたものの、やはり、眠れずにいたので、

空蟬　**数ならぬ伏屋《ふせや》に生《お》ふる名のうさにあるにもあらず消ゆる帚木**

（取るに足らない小屋で生まれた女だと、噂《うわさ》されるのも辛く、居《い》ても居《い》ない、消える帚木のような私なのです）

と、返歌をした。

小君は、源氏の君が気の毒で、眠《ねむ》くもならず、どうしたものかと、うろうろ歩き回っている。

空蟬（内心）「女房達が、怪《あや》しく思うだろうに」

と、嘆いている。

あの日と同じように、供人達は、ぐっすりと眠っているが、源氏だけは、予想外の展開に、激しく悔しい思いを抱《いだ》き続けている。

源氏（内心）「あの女（空蟬）の、珍しいほどに強情《ごうじょう》な性格が、依然《いぜん》として、消えずに立ち昇って来るような思いだ」

と、悔しくてならず、

源氏（内心）「このように強情な性格の女だからこそ、こちらも執着《しゅうちゃく》してしまうのだろう」

と、不愉快で、辛くてたまらず、

源氏（内心）「もう、どうでも良い」

とは、思うものの、そうきっぱりと、諦《あきら》めることもできず、

源氏「お前の姉君（空蟬）が、隠れている場所に、やはり、私を連れて行け」

と、言うものの、

小君「たいそう、むさ苦しい場所で、物が多く、人もたくさんいるようで、お連れするには、恐縮《きょうしゅく》してしまいます」

と、言いながら、源氏のことを、気の毒に思っている。

源氏「よし、分かった。もう良い。せめて、お前だけは、私を見捨てず、傍にいておくれ」

と、言って、小君を、横に寝かせる。源氏の若々しく美しい姿に、

小君（内心）「嬉しいことだな。素晴らしい方だな」

と、思っている。

〈「源氏は、強情《ごうじょう》で無愛想《ぶあいそう》な女（空蟬）よりも、却《かえ》って、小君を、愛《いと》しく思っている」とのことである〉

（読者として……源氏と空蟬の読み交《か》わした歌の言葉から、「帚木《ははきぎ》」の巻名がつけられたと、想像できます）

三　空蟬《うつせみ》

［二］

源氏は、紀伊守《きのかみ》邸を、再び訪れたものの、女（空蟬《うつせみ》）に会えず、眠ることもできないまま、小《こ》君《ぎみ》（空蟬の弟）と過ごしている。

源氏「私は、このように、人から憎《にく》まれることに慣れていないのだよ。今夜は、本当に、初めて、憂鬱《ゆううつ》な男女の仲を、思い知った。恥ずかしくて、生きて行けそうにない思いだよ」

などと、言うので、小君は、涙まで流しながら、横になっている。

源氏（内心）「まったく、可愛い子だ」

と、思っている。小君を、手で触《さわ》ると、あの女（空蟬）の、華奢《きゃしゃ》で小柄《こがら》な体つきや、髪のそれほど長くなかった様子に、似ているように感じ、姉と弟だと思うからなのか、しみじみとした思いになる。

源氏（内心）「無理に執着《しゅうちゃく》して、女（空蟬）に関《かか》わり、隠《かく》れ場所にまで押《お》し掛《か》けるのも、みっともない話だ。本当に、不愉快《ふゆかい》だ」

と、思いながら、夜を明かし、いつものように、小君に、あれこれと命《めい》じることもなく、まだ、暗いうちに、紀伊守邸を後《あと》にした。

小君（内心）「源氏の君に、大変申し訳ないことをしてしまった。寂《さび》しいことだな」
と、思っている。

女（空蟬）も、平常心ではいられず、
空蟬（内心）「心が苦しくて、たまらない」
と、思っているが、源氏からの手紙は、途絶《とだ》えてしまった。
空蟬（内心）「もう、私に、懲《こ》りてしまったのだわ」
と、思いながらも、
空蟬（内心）「このまま、何事も無く終わってしまったならば、それも、辛《つら》いこと。でも、一方的でしつこい、情けないほどの、源氏の君の振舞《ふるまい》が、これからも続いたならば、それも、みっともないことになるだろう。やはり、今が潮時《しおどき》で、このまま終わらせてしまうのが良いのだ」
と、思っている。しかし、心は、穏《おだ》やかではいられず、ぼんやりと物思いに耽《ふけ》ることが多いのである。

一方の源氏も、自邸《じてい》に戻ったものの、
源氏（内心）「不愉快《ふゆかい》な女（空蟬）だった」
と、思いながら、このまま、引き下がることもできそうになく、執着心《しゅうちゃくしん》の強い性格から、気に

なって仕方がない。自分の体裁《ていさい》の悪さが、嘆《なげ》かわしくてならず、小君に、

源氏「私は、とにかく、辛《つら》くて、腹立《はらだ》たしくてたまらない。無理にでも忘れ、考え直そうとするが、思い通りにならないことが、苦しくてたまらないのだ。何か、適当な折を見つけて、私とお前の姉君（空蟬）が、もう一度、対面できるように、策《さく》を講《こう》じなさい」

と、しつこく命じ続けている。

小君にとっては、厄介《やっかい》であったが、このような大人の話であっても、源氏の君に、言葉を掛けられ、頼られることに、嬉しさを感じていた。

［二］

　幼心《おさなごころ》にも、
小君《こぎみ》（内心）「どのような折《おり》に、源氏の君と姉君（空蟬）の対面を、果《は》たせるだろうか」

と、待ち続けていたところ、紀伊守《きのかみ》が、任国へ下った。女達ばかりの、ゆったりとした夕暮れ時、薄暗く、道もはっきり見えない闇《やみ》に紛《まぎ》れて、小君は、自分の車で、源氏を紀伊守邸に連れて行く。

源氏（内心）「この子（小君）は、まったく幼いから、どうなることやら」

と、思うものの、だからとて、のんびりもしていられず、目立たぬ装束《しょうぞく》に着替《きが》える。

小君「門などの錠《じょう》が、掛《か》けられる前に」

と、言って、急いで向かう。紀伊守邸に着くと、小君は、人目の届かぬ場所から、車を邸内に引き入れて、源氏を降ろす。小君が子供なので、宿直人《とのいびと》（夜の泊《と》まり番）などは、特に、気に留《と》めて見ることもないので、気楽に入って行ける。

（読者として……紀伊守邸への訪問は、三度目です）

　小君は、東側の妻戸《つまど》に、源氏を立たせたまま、南の隅《すみ》の柱の間から、格子《こうし》を叩《たた》いて、大きな声をあげ、騒がしく振る舞いながら、部屋の中に入って行った。

年配女房「開《あ》けっ放《ぱな》しでは、丸見《まるみ》えですよ」

と、言っているようである。

小君「どうして、こんなに暑いのに、ここの格子は、下ろされているのですか」

と、尋ねると、
年配女房「昼から、西の御方《おかた》（紀伊守の妹、軒端荻《のきばのおぎ》。紀伊守邸西の対に居住）が、こちらに来て、碁《ご》を打っていらっしゃいます」

と、言っている。

源氏（内心）「そのように、向かい合って碁を打つ姿は、見たいものだ」

と、思い、そっと、妻戸《つまど》の所から歩き出すと、簾《すだれ》の隙間《すきま》から部屋の中に入った。小君の入って行った格子には、まだ錠《じょう》が鎖《さ》されておらず、部屋の中の見える隙間《すきま》に近寄って、西の方角を見通すと、この格子の傍《そば》に立ててある屏風《びょうぶ》の端の方は畳《たた》まれて、目隠《めかく》し用の几帳《きちょう》なども、暑いからか、捲《まく》り上げられ、部屋の中がよく見える。

　二人の女の傍《そば》には、灯《ひ》がともされている。家屋《かおく》の中心に当たる部屋の、中柱《なかばしら》の辺りを見ながら、源氏（内心）「横向きに見える人が、私の思いを寄せる、女（空蟬）だろうか」

と、まず、最初に、じっと見る。濃い紫の綾《あや》の単衣襲《ひとえがさね》であろうか。その上から、何かを着て、頭の形のほっそりとした小柄《こがら》な人である。目立たぬ姿をして、顔などは、碁を打つ差し向かいの人にも、はっきりと見えないように振る舞っている。碁石《ごいし》を打つ手つきは、とても、痩《や》せている感じで、しっかりと、袖口を伸ばし、腕を隠そうともしている。

もう一人の女（軒端荻《のきばのおぎ》）は、東向きに座り、源氏からは、丸見えである。白い羅《うすもの》の単襲《ひとえがさね》、二藍《ふたあい》（紅花と藍の二種染め）の小袿《こうちぎ》のようなものを無造作《むぞうさ》に着て、紅《くれない》の袴《はかま》の腰紐《こしひも》を結ぶ辺りまで、胸をあらわにして、品の無い恰好《かっこう》をしている。肌は、とても色白で、可愛らしくぷくぷくと太って、背の高い人で、頭の恰好も、額の様子も、源氏には、はっきりと見える。目元や口元は、とても愛らしく、派手《はで》な顔立ちである。髪は、ふさふさと豊かで、長くはないものの、下《さが》り端《ば》（額髪《ひたいがみ》の切り揃《そろ》えた垂髪《たれがみ》）の、肩にかかる様子は、品が良く、全体的にまったく、ひねくれた感じのない、可愛らしい人だと、源氏は、思いながら見ている。

源氏（内心）「なるほど、父親の伊予介《いよのすけ》が、娘（軒端荻《のきばのおぎ》）を、この世にまたとないほど、美しい娘だと、思うわけだな」

と、源氏は、興味を抱《いだ》いて見ている。

源氏（内心）「人柄に、やはり、落ち着いた雰囲気は、備《そな》わってほしいものだ」

と、ふと、思う。才気《さいき》が無い訳ではないのだろう。碁を打ち終わり、結《けち》（駄目《だめ》）を詰《つ》める場面では、自ら進んで、数えているようである。

軒端荻「勝負は、ぎりぎりだわ」

と、騒ぐので、奥方《おくがた》（伊予介の妻、空蝉）は、たいそう静かに落ち着いた様子で、
空蝉「お待ちなさい。そこは、『持《じ》（関《せき》）』ではないですか。この辺りの、『劫《こう》』を先にしましょう」

などと、言っているが、
軒端荻「ああ、今回は、私が負けました。隅《すみ》のその辺とその辺は、何目《なにもく》かしら。ええっと……」

と、指を折りながら、
軒端荻「十《とを》、二十《はた》、三十《みそ》、四十《よそ》」

などと、数えている様子は、「伊予《いよ》の湯桁《ゆげた》」（道後温泉湯船《どうごおんせんゆぶね》の角材《かくざい》）も、すらすらと、数えることのできそうに見えるほどである。少し、上品さには欠ける娘であった。

奥方（伊予介の妻、空蝉）の方は、比較しようにも、口を袖で覆い、はっきりとは、見えないのだが、源氏は、じっと、目を凝《こ》らして見ていると、偶然、横顔が見えた。瞼《まぶた》は、少し腫《は》れているように感じ、鼻なども、すっきりとはせず、老《ふ》けた感じで、照り輝くような美しい魅力《みりょく》はない。

源氏（内心）「はっきりと言ってしまえば、悪い方の顔立ちだ。念入《ねんい》りに取り繕《つくろ》っているから、

こっちの器量《きりょう》の良い継娘《ままむすめ》より、気配《きくば》りはできる人なのだろう」

と、目が引き付けられる雰囲気の、奥方（空蟬）の姿であった。

若い女（軒端荻）の方は、明るく賑《にぎ》やかな可愛らしさで、ますます得意気《とくいげ》にはしゃいで、笑いながら戯《たわむ》れる様子には、華やかな魅力《みりょく》も多く感じられ、上品さは無いものの、それはそれで、とても興味を抱《いだ》かせる可愛いらしい女である。

源氏（内心）「落ち着きに欠けた女だな」

と、思いながら、源氏自身も、もともと、真面目《まじめ》な性格ではないので、この若い女のことも、決して、きっぱりと思い捨てることは、できない様子であった。

これまで、源氏の見て来た女方は、心を許して付き合えるような男女の仲ではなく、体裁《ていさい》を整えた横顔で、表向きの表情ばかりであった。このように、寛《くつろ》いでいる女の姿を、覗《のぞ》き見ることは、初めてで、女達（空蟬と軒端荻）が、見られているとも知らず、無邪気《むじゃき》に、ありのままの姿でいることに、源氏は、気の毒に思いながらも、ずっと見ていたいと気持ちでいたところ、小君が戻って来て、出て来る様子である。源氏は、そっと、その場を離れ、東側の妻戸の元の場所に戻った。

［三］

源氏は、ずっと待っていたかのように振る舞い、渡殿《わたどの》の戸口に、寄《よ》り掛《か》かっている。小君は、源氏が、部屋の中を覗《のぞ》いていたことも知らず、待たせたことに恐縮《きょうしゅく》しながら、

小君「いつもはいない人（軒端荻《のきばのおぎ》）が、こちらに来ていまして、近寄ることもできず、お連れできません」

源氏「なんと、今夜も、会えぬまま、帰らせようとするのか。まったく、情《なさ》けなく、切《せつ》ないことではないか」

と、言うと、

小君「とんでもないです。あの人（軒端荻）が、西の対の部屋に帰りましたら、謀《はかりごと》を、行《おこな》ってみようと思っています」

と、言う。

源氏（内心）「そこまで言うのであれば、目当ての人（空蝉）の心を、その気にさせる手応《てごた》えが、あるのだろうな。まだ子供ではあるが、物事の判断力や、人の顔色を窺《うかが》うことのできる、落ち着きのある子供だからな」

と、思って、見ているのだった。

碁《ご》を打ち終えたのだろうか。さらさらと衣擦《きぬず》れの音がして、人々の帰る様子なのか、騒《ざわ》めく物音が、聞こえてくる。

女房「若君（小君）は、どこにいますか。ここの御格子《みこうし》は、錠《じょう》を鎖《さ》しておきますよ」

と言って、音が聞こえる。

源氏「静かになったようだな。部屋に入り、謀《はかりごと》を、上手《うま》くやるのだぞ」

と、言う。

小君（内心）「姉君（空蟬）の性格は、人に靡《なび》かず、生真面目《きまじめ》で、源氏の君の意向《いこう》を伝えても、聞き入れてもらえるとは思えない。皆が寝静まったら、人気《ひとけ》の少ない時を見計《みはか》らって、源氏の君を、部屋の中にお連れしよう」

と、思っているのだった。

源氏「紀伊守の妹（軒端荻）も、ここに、来ているのか。私にも、少し覗《のぞ》かせてくれ」

と、言うが、
小君「どうして、そのようなこと、できるでしょう。格子の所には、几帳が置かれています。部屋の中は見えませんよ」

と、返事をする。

源氏（内心）「その通りだが、私は、すでに、中を覗《のぞ》いて見てしまったのだ……」
と、独りで、面白く思っているが、
源氏（内心）「見たことは、言わないでおこう。可哀想《かわいそう》だからな」
と、思いながら、夜更《よふ》けを待つ焦《じ》れったさを、小君に愚痴《ぐち》をこぼしている。

今回、小君は、妻戸《つまど》を叩《たた》いてから、部屋の中へ入る。女房達は、皆、寝静まっていた。

小君「ここの襖障子《ふすましょうじ》の入り口で、私は寝ようかな。風よ、涼しく吹いてくれ」

と、言って、敷物《しきもの》を広げて、横になっている。女房達は、東の廂《ひさし》で、大勢《おおぜい》一緒に、寝ているようである。妻戸を開けてくれた女童《めのわらわ》も、そちらへ行って、寝てしまったようである。小君は、少しの間《あいだ》、寝た振《ふ》りをすると、灯火《とうか》の明るい方に屏風《びょうぶ》を広げて、立てた。影で薄暗くなった場所に、源氏の君を、そっと招き入れる。

源氏（内心）「どうなることやら。愚《おろ》かな思いを、することになるのではないか……」

と、思うと、気後《きおく》れもするが、小君の導《みちび》くのに従って、母屋《おもや》の几帳《きちょう》の帷子《かたびら》を引き上げて、慎重《しんちょう》に、そっと中へ入ろうとするが、皆の寝静まった夜中であるから、源氏の装束《しょうぞく》の衣擦《きぬず》れの音は、柔《やわ》らかな音であるがゆえに、却《かえ》って、はっきりと聞こえるのであった。

女（空蟬）は、あの夜、源氏から逃げるために、指圧の振《ふ》りをして、女房の部屋へ隠れて以来、源氏からの手紙も無く、忘れられたことは、良かったと思っていた。しかし、一方で、源氏が、初めて、方違《かたたが》えで来訪した際の、突然の神秘的な、夢のような逢瀬《おうせ》を、片時も忘れることはできず、落ち着いて眠ることすらできずにいる。昼は、物思いに耽《ふけ》りながら、ぼんやりとして、夜は、目覚めることも多く、春でもないのに、古歌にもある「木の芽《こめ》」のように「この目」も暇《ひま》なしの思いで、嘆かわしく過ごしている。碁を打っていた女君（軒端荻《のきばのおぎ》）は、軒端荻「今夜は、こちらに泊まります」と、今時《いまどき》の明るい雰囲気の女らしく、会話を楽しむと、寝てしまった。

若い女君（軒端荻）は、無邪気《むじゃき》に、すっかり、よく眠ってしまったようである。そこへ、源氏が、衣擦《きぬず》れの柔らかい音をさせ、焚《た》き染《し》めた香《こう》の良い香《かお》りを、辺りに漂《ただよ》わせながら入って来る。女（空蟬）は、顔を上げて見てみると、単衣《ひとえ》を掛けた几帳《きちょう》の隙間《すきま》から、暗い中ではあるものの、誰かが身動きをして、近寄って来る気配が、しっかりと感じられる。女（空蟬）は、意外なことに驚いて、とりあえず、どうすれば良いのか分からず、そっと起き出して、生絹《すずし》の単《ひとえ》衣《ぎぬ》を一枚だけ着ると、そっと滑《すべ》るようにして部屋を出て行った。

源氏は、部屋へ入ると、女が一人で寝ているので、胸《むね》を撫《な》で下ろす。一段低い長押《なげし》では、女房が二人ほど寝ている。上に掛《か》けている着物を押しのけて、寄り添ってみると、あの方違えの時よりも、女の身体が大きく感じる。しかし、まさか、別人であるとは、思いも寄らないようである。女の、ぐっすり寝入っている様子などが、前回とは、まるで違うので、ようやく人違いであることに気が付く。驚《おどろ》き呆《あき》れて、興醒《きょうざ》めであったが、

源氏（内心）「この、目の前の女（軒端荻）に、人違いをされたと、見破《みやぶ》られてしまうのは、不愉快《ゆかい》であるし、怪《あや》しいと、思われるに違いない。目的の女（空蟬）を、尋《たず》ね当てたいと思っても、これほど、逃げることばかり考える女であるならば、甲斐《かい》の無いことで、私を、愚か者に、思っているに違いない」

と、思っている。

源氏（内心）「この目の前の女（軒端荻）は、灯影《ほかげ》に可愛らしく見えたが、どうしたら良いものか」

などと、先ほど、覗《のぞ》き見《み》した際の、碁を打つ姿を思い出して、考えている。

〈源氏は、性格の悪い、薄情な人であると言えるだろう〉

女（軒端荻）は、漸《ようや》く目が覚めると、まったく思いも寄らない有様に驚いて、あっけにとられている。このような不意の出来事に、予《あらかじ》め心積《こころづ》もりをしておくような気遣《きづか》いは無い。男女の

仲を、まだ知らないにしては、風流めいた雰囲気を醸《かも》し出し、か弱く消え入りそうになりながらも、うろたえる様子は無い。

源氏（内心）「私が誰であるのか、名乗《なの》らずに済《す》ませよう」

と、思いながらも、
源氏（内心）「もしかしたら、この女（軒端荻）が、『どうして、このようなことになったのか』と、後《のち》に、考えを巡《めぐ》らせることがあるかもしれない。私にとっては、たいして気になる話ではないが、一方で、あの冷たい態度をとる女（空蟬）が、ひたすら、浮名《うきな》の流れることを、恐れるだろうと思うと、それも、気の毒だ」

と、思い、女（軒端荻）に、これまで何度も、方違えを理由にして、会いたいと思っていたと、仄《ほの》めかし、言葉巧《たく》みに誤魔化《ごまか》している。勘《かん》が働けば、怪《あや》しく思い、察《さっ》して、気が付くだろうが、この女（軒端荻）は、まだ、たいそう若い娘で、碁を打っている時には、出しゃばっていたものの、物事《ものごと》の分別《ふんべつ》は、まだ身に付いていない。源氏は、憎らしいとは思わないものの、一方で、心に留《と》まる魅力も無いように感じ、やはり、あの腹立たしく感じる女（空蟬）の方が、酷《ひど》い振《ふる》舞《まい》をするがゆえに、気になって仕方がない。

源氏（内心）「一体、あの女（空蟬）は、どこに隠れて、私のことを見苦しい男だと思っているのだろうか。あれほど、強情《ごうじょう》な人は、滅多《めった》にいないものだ」

と、思うと、却《かえ》って、執念深《しゅうねんぶか》く、忘れられずに思い出してばかりいる。今、目の前にいる女（軒端荻）には、生意気《なまいき》な振舞は無く、若々しい様子も魅力的で、源氏は、そうは言っても、やはり捨て置けず、いかにも愛情深く、将来を約束している。

源氏「周りの人に知られた仲よりも、このように、人知れず結ばれた男女の仲こそ、却《かえ》って、愛情深いものであると、昔の人は言っていたようですよ。あなたも、私に思いを抱《いだ》いて下さい。私は、周りの人の目を憚《はばか》らねばならず、自分の思い通りに振る舞うことのできない身の上です。また、あなたの周りの人々も、私達の仲を、許さないだろうと思うと、今から胸が痛くて仕方がありません。私のことを忘れずに、待っていて下さいよ」

などと、在《あ》り来《き》たりな言葉を並べて、語り掛けている。

軒端荻「家の者が、どのように思うかと想像すると、恥《は》ずかしくてたまりません。お便りを差し上げることは、できません」

と、素直に答える。

源氏「私達の仲を、すべて人に知られたら恥ずかしいと思うのは、当然のことです。この小さな殿上人《てんじょうびと》（小君）に言付《ことづ》けて、手紙を届けさせましょう。そ知らぬ顔をして応対《おうたい》するように」

などと、言い残すと、源氏は、あの女（空蟬）が、隠れるように部屋を出る際、置いて残して行ったと思われる薄衣《うすごろも》を、手に持って、部屋を出た。

［四］

源氏が、障子口《しょうじぐち》で寝ている小君を起こすと、源氏と姉君（空蟬）のことを、気に掛けながら寝ていたので、直《す》ぐに目を覚ました。小君が、妻戸を、そっと押し開けると、年寄女房《としよりにょうぼう》の声がして、
年寄女房「誰ですか」
と、気味の悪い声で、尋ねてくる。小君は、面倒に思いながら、
小君「私ですよ」
と、答える。
年寄女房「夜中に、これはまた、どうして、出歩くのですか」
と、言いながら、世話の焼ける子どもの面倒を見るように、起き出して来る。小君は、「嫌だな」と、思いながら、
小君「何でもないよ。この辺りに、ちょっと出るだけだよ」
と、言いながら、源氏を外に押し出した。丁度《ちょうど》その時、暁《あかつき》近くの月が、くっきりと輝《かがや》き出して、さっと、人影《ひとかげ》になった。
年寄女房「もう一人、そこにいるのは、誰ですか」

と、尋ねながらも、

年寄女房「ああ、民部《みんぶ》のおもと。あなた、そんなに悪くないですよ。背の高い姿も」

と、言っている。背丈の高いおもとは、いつも周りから笑われているので、慰《なぐさ》めのつもりで、言っているのだった。年寄女房は、小君が、民部のおもとと一緒にいるのだと勘違《かんちが》いして、

年寄女房「小君も、今に、直《す》ぐ、民部のおもとと同じくらいの背丈になりますよ」

と、言いながら、自らも、この妻戸から外に出て来た。小君は、「困ったな」と、思いながら、源氏を部屋に押し返すこともできず、渡殿《わたどの》の戸口の前で、隠すように立っていると、この年寄女房が、近寄って来て、源氏に向かって、

年寄女房「あなた（民部のおもと）、今夜は、上の母屋《おもや》に仕えていたのですか。私は、一昨日《おととい》から、おなかの具合が悪くて、どうしようもなく辛《つら》いので、下の部屋にいたのですが、人の数が足りないと呼ばれて、昨晩は、母屋に上りました。でも、やはり、我慢できませんで……」

と、辛《つら》そうである。返事も聞かずに、

年寄女房「ああ、おなかが、おなかが。また、後で、お話しましょう」

と、言って、去って行った。源氏は、やっと、その場を立ち去ることができた。

〈やはり、このような遊《すさ》びの忍び歩きは、軽々しくすると危険であると、源氏も、漸《ようや》く、思い知って、懲《こ》りたに違いない〉

［五］

小君は、牛車《ぎっしゃ》の末席《まっせき》に乗る。源氏は、自邸の二条院に到着した。昨夜の出来事を話している。

源氏「小君、お前は、やはり、子供であったな」

と、窘《たしな》めるように言いながら、あの女（空蟬）の性根《しょうね》を、爪《つま》はじきしながら思い出し、恨《うら》んでいる。小君は、源氏に申し訳なく、何も言うことができない。

源氏「お前の姉、あの人（空蟬）は、私のことを、心底、憎《にく》んでいるようだ。私は、我が身を情けなく思ってしまったよ。どうして、会わないまでも、親しみを込めた返事ぐらい、できないものだろうか。私は、伊予介にも、劣っているということなのだろうな」

と、女（空蟬）を、不愉快に思い出しながら話をしている。源氏は、女の部屋から持ち出した、薄衣《うすごろも》の小袿《こうちぎ》を、そんな文句《もんく》を言いながらも、寝床に引き入れて、横になった。小君を目の前に寝かせ、あれこれと恨み言を言いつつ、一方では、語り掛ける。

源氏「お前は、可愛らしいのだが、あの冷たい女（空蟬）に縁《ゆかり》のある人であるから、いつまでも、面倒をみることはできないかもしれないな」

と、真面目な顔で言うので、

小君（内心）「本当に、悲しいことだな」

と、思っていた。

源氏は、暫《しばら》くの間、横になっていたものの、眠ることができない。硯《すずり》を、急遽《きゅうきょ》、準備させると、特別な手紙という形式ではなく、畳紙《たとうがみ》（懐紙《かいし》）に、手慰《てなぐさ》みの手習いのように書き遊《すさ》ぶ。

源氏　**空蟬《うつせみ》の身をかへてける木《こ》のもとになほ人がらのなつかしきかな**

（蟬は姿を変えて飛び去り、抜《ぬ》け殻《がら》の空蟬は、木の下に残される。あの人の抜け殻のような薄衣。人柄《ひとがら》に、懐かしさを抱いている）

と、源氏が歌を書いた紙を、小君は、懐《ふところ》に差し込んで、持っていた。

源氏は、あのもう一人の女（軒端荻）も、どのような気持ちでいるかと思うと、気の毒になるものの、あれこれと今後のことを考えると、特に、便りもしない。

あの薄衣の小袿には、何とも懐《なつ》かしい、女（空蟬）の香りが染《し》みついている。源氏は、傍に置いて、いつも見ているのだった。

小君が、紀伊守邸《きのかみてい》へ行ったところ、姉君（空蟬）は、小君を待ち構えていて、激《はげ》しい口調《くちょう》で言い立てる。

空蟬「源氏の君に気が付いた時、あまりにも驚き、情けなく、とにかく目立たぬように隠《かく》れましたが、周りの女房達は、怪《あや》しく思っていたに違いありませんのですよ。まったく、源氏の君は、このように、幼いあなた（小君）を利用しながら、私は、辛くてたまらないので、何を思っていることか」

と、言って、小君に恥ずかしい思いをさせている。小君は、源氏からも、姉（空蟬）からも、右に左に責《せ》め立《た》てられて、苦しい思いをしながらも、あの源氏の手習いの紙を懐から取り出した。

女（空蟬）は、苛々《いらいら》しながらも、流石《さすが》に手に取って見る。

あの抜け殻のような薄衣を、源氏が手に入れて、持ち帰ったことを知り、

空蟬（内心）「どれほど、伊勢《いせ》の海人《あま》の衣のように、汗染《あせじ》みていただろうか」

などと、想像するだけで、恥ずかしく、心穏やかではいられず、ひどく心は乱れて落ち着かない。

西の対に住む君（軒端荻）も、何となく恥ずかしい気持ちのまま、自室《じしつ》に戻って行った。この人もまた、源氏との思い掛けない夜を、他に誰も知る人のないことで、人知れず、ぼんやりと過ごしていた。小君が、歩いているのを見かける度《たび》に、源氏を思い出し、胸《むね》の詰《つ》まる思いになるが、源氏からの手紙は無い。

〈女（軒端荻）には、源氏に対して、酷《ひど》い人であると思う発想は無く、賑《にぎ》やかな性格の人ではあるものの、何となくしみじみと、物思いに耽《ふけ》って、過ごしているようである〉

源氏に冷たい態度をとる、あの女（空蟬）も、同じように、思いを抑《おさ》えて、過ごしているが、空蟬（内心）「源氏の君の私への思いは、決して、浅いものではない様子だった。昔の、娘のままの、独り身の我が身であったならば、良かったのに……」

と、今更、昔に戻れるものでもないが、気持ちを抑えて我慢することもできず、この、源氏の手習いの畳紙《たとうがみ》（懐紙《かいし》）の端に、

空蟬　**空蟬の羽《は》におく露《つゆ》の木《こ》がくれてしのびしのびにぬるる袖かな**

（空蟬の羽についた露のように、木陰《こかげ》に隠れて、人目を、忍び忍びしながら、涙を流し、濡《ぬ》れる我《わ》が袖《そで》よ）

と、書きつけていた。

（読者として……「空蟬」とは、蟬の抜《ぬ》け殻《がら》、または蟬のことです。女は、薄衣を、人殻《ひとがら》のように残す人柄《ひとがら》で、身を隠し、歌に詠《よ》まれたことから、空蟬と呼ばれ、巻名にもなったようです）

四

夕顔
<ruby>ゆうがお</ruby>

［一］

源氏が、六条辺《あた》りに住んでいる女方（六条御息所《ろくじょうのみやすどころ》）の邸《やしき》に、人目《ひとめ》を忍び、通っている頃のことである。源氏は、宮中を退出し、六条へ向かう途中、大弐乳母《だいにのめのと》が、ひどく病を患《わずら》い、出家して尼になったと聞いていたので、見舞いに立ち寄ることを思いつき、五条にある乳母の家を訪ねた。

牛車《ぎっしゃ》を引き入れる門の錠《じょう》が、下《お》ろされていて、源氏は、供人《ともびと》に命じ、惟光《これみつ》（大弐乳母の息子、源氏の乳兄弟《ちきょうだい》、腹心《ふくしん》の家来）を、呼びに行かせる。待っている間、気味《きみ》の悪い大通りの様子を見渡して、眺《なが》めていると、この乳母の家の直《す》ぐ近くに、檜垣《ひがき》と呼ばれる、垣根《かきね》を新しく巡《めぐ》らせた家がある。半蔀《はじとみ》（蔀《しとみ》の一種。格子《こうし》の裏に板を張り、日光や風雨を防ぐ窓）の上を、四、五間《けん》ほど、ずっと上げてあり、簾《すだれ》なども、たいそう白く、涼《すず》しそうに設《しつら》えてある。そこから、美しい女の額髪《ひたいがみ》の様子が、透《す》かし影《かげ》のように、何人も見えて、こちらを覗《のぞ》いているのが分かる。立って歩き回る者もいて、源氏の目線の高さから、女達の腰から下の丈《たけ》を想像すると、異様《いよう》な背丈《せたけ》にも思える。

源氏（内心）「どういう女達が、暮らしているのだろうか」

と、風変《ふうが》わりな家の様子から、気になっている。

源氏は、牛車にも、目立たぬように気を遣《つか》い、質素《しっそ》にして、先払《さきばら》いの供人も伴《ともな》わずにやって来ていた。

源氏（内心）「私が、誰であるか、分かるはずもないな」

と、気を許し、少し、牛車から顔を出して、家を覗《のぞ》いて見ると、門は、蔀《しとみ》のような扉《とびら》を押し上げて入《はい》る形である。

〈見た感じは、狭《せま》く侘《わび》しい住まいであるが、しみじみと考えてみると、人間が、いずれ死《し》に逝《ゆ》くことを想《おも》えば、玉の御殿《ごてん》に住んだとしても、同じことである〉

切懸《きりかけ》のような板塀《いたべい》に、たいそう青々とした蔓草《つるくさ》が、気持ち良さそうに這《は》い茂《しげ》り、その中で、白い花が、たった一輪《いちりん》、独りで安堵《あんど》の笑顔を、浮かべるように咲いていた。

源氏「『をちかた人にもの申す』」

と、白い花の名前を問う古歌を、独り言のように口ずさむと、随身《ずいじん》（警護《けいご》の舎人《とねり》）が跪《ひざまず》いて、
随身「あの、白く咲いている花は、夕顔《ゆうがお》という名です。人の顔のようにも思える花で、このような、粗末《そまつ》な家の垣根に、よく咲いています」

と、言う。確かに、たいそう小さな家ばかりが並び、気味の悪い、この辺り一帯には、ここにも、

あそこにも、みすぼらしく、今にも倒れそうな家の軒先《のきさき》などに、この花が、這《は》うように、絡《から》みついて咲いているのに気が付く。

源氏「不憫《ふびん》な花の宿命《しゅくめい》だな。一房《ひとふさ》、折って、持って来なさい」

と、命じるので、随身は、この家の、押し上げて開かれた門をくぐり、茎《くき》を折って取っている。

粗末《そまつ》な家ながら、風情《ふぜい》のある遣戸口《やりとぐち》（引き戸の出入り口）である。そこから、黄色の生絹《すずし》の単袴《ひとえばかま》を、長めに履《は》いている、女童《めのわらわ》の可愛らしい子が出て来て、手招《てまね》きをしている。香《こう》を深く焚《た》き染《し》めた、白い扇《おうぎ》を差し出すと、
女童「これに載《の》せて、差し上げて下さい。枝《えだ》も弱々しい花ですから」

と、言って、随身に渡した。丁度《ちょうど》その時、惟光朝臣《これみつのあそん》が、大弐乳母《だいにのめのと》の家の中から、門を開けて出て来たので、随身は、白い花を載せた扇《おうぎ》を、惟光に渡し、惟光から、源氏に渡された。

惟光「門の鍵《かぎ》の行方《ゆくえ》が分からなくなりまして……。たいそう、お待たせして、ご迷惑をおかけ致しました。この辺りは、源氏の君であると、気が付くような者は、誰もいない場所ですが、ごたごたと、むさ苦しい大通りに、牛車を止めたままで……」

と、恐縮《きょうしゅく》して詫《わ》びている。

［二］

正面の門から、牛車《ぎっしゃ》は、邸内《ていない》に引き入れられ、源氏は、車から降りる。惟光《これみつ》の兄阿闍梨《あじゃり》、乳母の娘婿三河守《みかわのかみ》、乳母の娘などが、見舞《みま》いに集まっているところへ、源氏がこのように訪問し、皆、嬉しさは格別で、恐縮している。

尼君（大弐乳母《だいにのめのと》）も、起き上がり、

大弐乳母「いつ死んでも良いと思う、我が身ですが、出家することに躊躇《ためら》いを感じていましたのは、ただ、このように、源氏の君に、お目にかかることのできなくなることが、悲しくて、気持ちが、揺《ゆ》れておりました。戒《かい》を授《さず》かり、功徳《くどく》で、生き返りまして、このように、お越《こ》し頂《いただ》き、お姿を拝見《はいけん》することができましたので、今となっては、阿弥陀仏《あみだぶつ》の後光《ごこう》の中のお迎えも、清らかな気持ちで、待つことができそうです」

などと、言いながら、弱々しい有様で泣いている。

源氏「近頃、体調の思わしくない様子を聞いて、心配で、ずっと悲嘆《ひたん》していました。このように、出家をして、尼君になってしまったとは、本当に辛《つら》く、残念でなりません。長生きをして、これからも、私が、位《くらい》の高くなる姿を、見ていて下さい。それでこそ、極楽浄土《ごくらくじょうど》の上品上生《じょうほんじょうしょう》に、支障《ししょう》なく、生まれ変わるでしょう。今生《こんじょう》に、少しでも未練《みれん》の残ることは、良くないと聞いています」

などと、涙を浮かべながら、語り掛ける。

〈出来《でき》の悪い子供であっても、乳母として、愛情を注《そそ》いで育てた子供には、傍目《はため》にも見苦しいほど、優秀に育ったと思い込むものである。まして、大弐乳母は、源氏を育てたのであるから、たいそう晴れがましく、親身《しんみ》に仕《つか》えてきた我が身までもが、大切な畏《おそ》れ多い身の上に思えてくるのか、無闇《むやみ》に、涙を流している様子である〉

大弐乳母の息子達は、

息子達（内心）「まったく、みっともない」

と、思いながら、母親を見ている。

息子達「出家をして、俗世《ぞくせ》を捨てたにもかかわらず、未練《みれん》があるように、自分から、涙を流す姿を見せるとは」

と、突《つ》っつき合いながら、目で物を言っている。

源氏（内心）「とても辛いことだ」

と、思いながら、

源氏「私は、幼い頃、愛すべき母親や祖母が亡くなり、その後、育ててくれる者は、多くいたようですが、心から親《した》しみを感じ、気を許せる人は、大弐乳母だけであったと思っています。成人してから後は、決まり事も多く、朝夕、お目にかかれず、気儘《きまま》に、訪問することも、なくなっていましたが、やはり、長い間、お会いできない時には、心細く思っていました。『さらぬ別れ』の、古歌のように、死に別れるなんてことは、あってほしくないのです」

などと、丁寧に話をしながら涙を拭《ぬぐ》うと、着物の袖の匂いが、辺り一面、所狭《ところせま》しとばかりに、香《かお》り満《み》ちる。

息子達「なるほど、よく考えてみれば、母親は、普通ではない宿命を背負って、生きていた人だったのだ」

と、母尼君を、情けなく思っていた息子達も、皆、涙を流し、肩を落としていた。

〔三〕

源氏は、大弐乳母《だいにのめのと》の回復を願い、修法《ずほう》など、再び始めるように命じて、言い残すと、五条の家を出ようとしている。惟光に、紙燭《しそく》の灯《あか》りを用意させ、先ほどの、夕顔を載《の》せて渡された扇《おうぎ》を見てみると、使い馴染《なじ》んだ持ち主の移り香《が》が、深く染み込んでいて、心惹《こころひ》かれる。遊び心の風情《ふぜい》で、何やら書かれてあった。

夕顔　**心あてにそれかとぞ見る白露の光そへたる夕顔の花**

〔あれこれと、あの方かと、想像しています。私〔夕顔〕は、「白露《しらつゆ》の光」のような、あなた〔源氏の君〕に、寄り添う、夕顔の花のような女です〕

取留《とりと》めもなく、乱れるように書かれている風情が、優美で奥ゆかしく感じられ、源氏には、まったく思い掛けないことであったので、興味深く心に留《とど》めている。

源氏は、惟光に、

源氏「この西隣《にしどなり》の家には、どのような人が住んでいるのだろうか。尋ねてみたり、噂を耳にしたことはあるのか」

と、聞くと、

惟光（内心）「源氏の君の、いつもの面倒《めんどう》な、色好みの癖《くせ》が、始まった」

とは、思うものの、そうとは言わず、
惟光「この五、六日、こちらに滞在《たいざい》していますが、病人の母（大弐乳母）を案じ、看病ばかりしていまして、隣の家のことまでは、耳にする暇《ひま》もありませんでした」

などと、無愛想《ぶあいそう》に返事をするので、
源氏「私のことを、気《き》に食《く》わないと思っているのだな。だが、この扇には、尋ねてみなければならない、理由がありそうなのだ。やはり、この辺りのことに詳《くわ》しい者を呼んで、尋ねてみてくれ」

と、命じるので、惟光は、奥の部屋へ入って行き、この家の宿守《やどもり》（番人）の男を呼び出して、尋ねると、戻って来た。

惟光「揚名介《ようめいのすけ》（国司の名誉職）をしている者の家でした。主《あるじ》の男は、所用で田舎《いなか》に出かけているようです。その妻は、若くて風流好みで、姉妹などが、宮仕えをしていて、こちらにも来たりしていると言っています。詳しいことは、下人《しもびと》にも分かり兼《か》ねるようです」

と、伝える。

源氏（内心）「それならば、扇の歌は、その宮仕えをしている女だな。得意気《とくいげ》な顔をして、馴《な》れた調子で歌を詠《よ》んで、渡してやったと思っているような、興《きょう》ざめする身分の女達なのだろう」

と、思いながら、一方で、歌を詠み掛けてくる女心に、憎さは感じない。

〈このまま、女を見過ごせないのが、いつもの悪い癖で、色恋事には、分別《ふんべつ》の無くなる、源氏の性分《しょうぶん》と言えるだろう〉


源氏は、畳紙《たとうがみ》（懐紙《かいし》）に、いつもとは、まったく違う風情で、書き振《ぶ》りを変えて、自分の筆跡を隠しつつ、歌を詠む。

源氏　**寄りてこそそれかとも見めたそかれにほのぼの見つる花の夕顔**
（近寄って、はっきりと見たいものです。夕暮れ時に、ぼんやりと見た、夕顔の花のような、あなたを）

先ほどの随身《ずいじん》に、持って行かせる。

女は、これまでに、源氏の姿を見たことはなかったが、間違いなく源氏の君であると分かる横顔を見て、何もせずにはいられず、歌を扇に書いて、詠み掛けたのだが、返事のないまま時間が経ち、何となく決まりの悪い思いをしていたところ、このように、思わせぶりの手紙が届いたのである。嬉しさのあまり、家の女達と一緒に、調子に乗っている。

女達「どのように、お返事したら良いかしら」

などと、言い合っている様子に、

随身（内心）「見苦しく、不愉快な女達だ」

と、思いながら、戻って来た。

源氏は、前駆《さき》（先払《さきばら》い）の松明《たいまつ》の明かりを小さくして、たいそう気を遣い、人目を避《さ》けて、出立《しゅったつ》する。西隣の家の半蔀《はじとみ》は、すでに下ろしてあった。部屋の中は見えないが、隙間《すきま》から漏《も》れる灯火の光は、蛍《ほたる》よりも、もっと微《かす》かで、源氏には、しみじみとした風情を感じる光景である。

（読者として……源氏は、歌を詠み、書く際に、いつもとは違う書き振りにしています。筆跡は、人物を特定し、人柄まで想像させるものでした。身元を隠すための巧妙《こうみょう》な遣《や》り口《くち》で、源氏の性格を感じる場面です）

［四］

源氏が、最初に予定していた行き先、六条御息所《ろくじょうのみやすどころ》の邸《やしき》は、庭の木立《こだち》、植え込みなど、普通とは違い、とてもゆったりとした風情で、奥ゆかしい雰囲気の暮《く》らし振《ぶ》りである。しかし、源氏は、六条御息所の親しみ難《がた》い人柄などに、異様《いよう》な怖《こわ》さを感じ、あの五条の垣根の家の様子を、思い出すことすらできそうになく、気詰《きづ》まりな思いを抱いている。

翌朝、源氏は、少し寝過ごして、日の昇《のぼ》る頃、六条御息所の邸を出る。

〈源氏の夜明けの姿は、なるほど、世間の人々が、褒《ほ》め称《たた》えるのも、もっともな、美しい姿であった〉

今日も、あの蔀《しとみ》の家の前を通る。これまでにも、通り過ぎていた、垣根の家であるが、ほんの束《つか》の間《ま》、一房《ひとふさ》の夕顔の花の件から、心に留《と》まることとなり、

源氏（内心）「どのような人が、住んでいるのだろうか」

と、行きに帰りに、目に留まっているのだった。

［五］

惟光《これみつ》が、何日か経った後、源氏のもとへ、やって来た。

惟光「病を患《わずら》う、大弐乳母《だいにのめのと》（惟光の母）は、やはり、弱々しくて、あれやこれやと、看病に手が掛かりまして……」

などと、言いながら、源氏の傍近くに寄って、話を始める。

惟光「ご質問を受けてから、隣の垣根の家について、知る者を呼び、乳母の家の者の方から、その者に、尋ねさせたのですが、はっきりとしたことは、分からない様子でした。たいそう人目を忍んで、五月頃から、暮らし始めた女も、中には、いるようです。しかし、どこの誰なのか、決して、その家の者にさえ、言わないようです。

私も、時々、中垣《なかがき》（隣家《りんか》との間の垣根）から覗《のぞ》いて見るのですが、確かに、若い女達の透影《すきかげ》が見えました。上裳《うわも》のようなものを、形ばかり、礼儀として引っ掛けているので、仕えている主人がいるのでしょう。昨日、夕陽が、部屋中《へやじゅう》に差し込んでいる中で、手紙を書こうとしている女の顔が見えて、とても美しかったです。何か、悩んでいる様子にも見えて、周りの者達が、忍び泣きをしている姿なども、はっきりと見えました」

と、伝える。源氏は、笑みを浮かべながら、
源氏（内心）「その女について、知りたいものだ」

と、思っている。

惟光（内心）「源氏の君は、世間でも評判の高い身の上であるが、年齢は、お若い。女方が、思いを寄せて、美しさに惹《ひ》かれる様子などを見ていると、源氏の君に、色恋事への関心が無ければ、風情に欠けて、私にとっても物足りなく感じるだろうな。周りから見れば、承知《しょうち》するはずのない、身分の低い女であっても、やはり、魅力《みりょく》があれば、好意を抱くのは当然だろうからな……」

と、思っている。

惟光「もしかしたら、何か分かることが、あるかもしれないと思い、ちょっとした用事を作り、手紙を渡してみました。書き慣れた筆遣いで、早速《さっそく》、返事をしてきました。決して、落胆《らくたん》することのない、気の利《き》いた若い女房達も仕えているようです」

と、伝えると、
源氏「もっと、あの家の者に近づいて、親しくしなさい。どのような女なのか、分からないままでは、落ち着かないからな」

と、命じる。

源氏（内心）「あの長雨の晩、宮中での語らいで、中将は、身分の低い女には、興味がないと見《み》下《くだ》していたが、あの家は、そんな身分の女の住まいに見える。そのような場所で、思い掛けず、素敵な女を、見つけたならば……」

と、新鮮な気持ちを抱いているのだった。

［六］

〈ところで、源氏は、あの空蟬《うつせみ》について、呆《あき》れるほど薄情《はくじょう》で、普通の女とは、違う性格であったことを思い出すと、もし、素直な女であったならば、気の毒な一時の恋の過《あやま》ちで、終わりにしただろうが、ひどく悔《くや》しい思いをして、負けたまま終わってしまった所為《せい》で、いつまでも忘れられずにいる。

源氏は、これまで、このような平凡《へいぼん》な身分の女に、思いを懸《か》けることなど、無かったが、あの「雨夜の品定め」の経験で、この世には、様々な身分の女がいることを知り、それが心から離れず、あれもこれもと、どんな女でも良いから、見たい、知りたいと、興味《きょうみ》を抱いているようである〉

紀伊守邸《きのかみ》で、純粋《じゅんすい》な気持ちで、今でも、源氏を待っていると思われる、もう一人の女（軒端荻《のきばのおぎ》）を、源氏は、可哀想《かわいそう》に思わぬ訳ではないが、

源氏（内心）「空蟬は、私と軒端荻が、共に夜を過ごしたことを、平然としながらも、聞いて知っているだろう。それを思うと、恥ずかしくてたまらない。まず、あの空蟬の真意を見定め

なければ……」

と、思っているところへ、空蟬の夫、伊予介《いよのすけ》が上京した。

伊予介は、源氏のもとへ、真っ先に挨拶《あいさつ》にやって来た。

（読者として……源氏と伊予介の関係について、記述は無く、不明です）

船旅のせいで、少し黒く日に焼けて、やつれた姿で、たいそう頑丈《がんじょう》そうな体格である。源氏には好感が持てない。しかし、人柄は、悪くなく、容姿《ようし》なども、年齢の割に、すっきりとして、普通の人以上に、態度にも、奥ゆかしい風情のある人物だった。赴任地伊予国《ふにんちいよのくに》の土産話《みやげばなし》などをしているが、源氏は、空蟬と軒端荻の碁《ご》を打つ様子を思い出し、
源氏（内心）「伊予の湯桁《ゆげた》の数は、いくつであったか」

と、尋ねてみたくもなったが、話とは関係がなく、決まりが悪いのでやめた。

〈源氏が、心の中で思っていることは、様々である〉

源氏（内心）「誠実な態度の人を前にして、このように心の中で、あれこれと別のことを考えているとは、我ながら、まったく愚《おろ》かで、疚《やま》しい性格であることよ。まったく、これこそ、尋常《じんじょう》ではない、見苦しい性格だろうよ」

と、「雨夜の品定め」での、左馬頭《ひだりのうまのかみ》の誡《いまし》めの話を思い出すと、伊予介に、気の毒にもなり、空

蜱の冷たい振舞に、悔《くや》しさはあるものの、夫伊予介のことを思えば、
源氏（内心）「妻としては、いじらしい」
とも、思っているのだった。

伊予介「娘（軒端荻）を、然《しか》るべき人に託《たく》して、縁《えん》づかせ、私は、正妻（空蟬）を連れて、再び、伊予国《いよのくに》へ下《くだ》るつもりです」
と、報告した。

源氏は、伊予介の話を聞くと、居《い》ても立《た》っても居《い》られなくなり、
源氏「もう一度、お前の姉君（空蟬）に、会うことはできないだろうか」
と、小君に話し掛けながらも、
源氏（内心）「もし、相手（空蟬）と気持ちが通じたとしても、軽い気持ちで、人目を避けて会うことは、できないだろう」
と、思っている。

一方で、女（空蟬）の方でも、身の程知らずの、大《だい》それたことであると思い、

空蟬（内心）「今頃、この年齢になって、みっともないことだわ」

と、源氏への気持ちは、離れていた。それでもやはり、
空蟬（内心）「源氏の君からの手紙が途絶《とだ》えて、忘れられたならば、それはそれで、残念で、悲しいこと」

と、思うので、季節の時々に応じて、源氏から届けられる便りの返事には、しみじみとした風情を込めている。ちょっとした筆遣《ふでづか》いで、言葉を書き添えて、受け取った源氏が、不思議な魅力のある女に感じるように、工夫をしているのである。

源氏（内心）「可愛らしい人だ」

と、思うのも、当然の様子である。源氏は、空蟬の冷たい態度を、憎らしく思いながらも、やはり忘れることのできない女に思っている。


もう一人の女（軒端荻）は、たとえ結婚して、夫が、しっかりした人であったとしても、相《あい》変《か》わらず、言い寄れば、靡《なび》いてくる女に思えたので、源氏は、それを、当《あ》てにして、縁談《えんだん》の噂《うわさ》を色々と耳にするものの、動揺《どうよう》することはなかった。

［七］

季節は、秋になっていた。源氏は、気持ちの赴《おもむ》くままにとった行動から、心労《しんろう》が重なり、心の乱れる悩みを、あれこれと抱えている。

（読者として……源氏と藤壺の秘事の罪の苦しみを想起します）

左大臣邸では、源氏が、正妻（葵の上《あおいのうえ》）のもとへ、途絶《とだ》えがちに通うことを、恨めしく思うばかりである。

〈六条辺りの女方（六条御息所《ろくじょうのみやすどころ》）も、源氏の甘い言葉に、気を許さずにいたものの、心を開いた途端《とたん》、源氏が、いい加減《かげん》な態度をとるようになったことは、本当に、気の毒である〉

六条御息所（内心）「それにしても、源氏の君は、私が気を許す前は、心乱れるような、しつこさであったのに、それが、無くなってしまったのは、一体どういう理由だろうか」と、思っていた。この女方は、たいそう、物事を、どこまでも突《つ》き詰《つ》めて考える性格で、源氏と自分の年の差を、「不似合いである」と、人々が、噂をしているのを聞くのも、辛《つら》くてたまらず、源氏の訪れのない夜は、目が冴《さ》えて、考え込んでは、涙を流し、あれこれと、思い乱れている様子である。

源氏が、この女方（六条御息所）の邸《やしき》で、一晩を過ごした朝のことである。霧のたいそう深く立ち込める中、供人に、ひどく急《せ》き立《た》てられて、源氏は、まだ眠たい様子のまま、溜息《ためいき》をつきながら出立する。女房中将のおもとが、御格子《みこうし》を一間《ひとま》だけ上げて、女方が、見送れるようにと気《き》を利《き》かせ、几帳《きちょう》を引《ひ》き除《の》けたので、女方は、頭を持ち上げて、外に目をやった。庭の植え込みの花が、色とりどり、乱れるように、咲いている横を、源氏が、通り過ぎる際、足を止めて眺めている姿は、いかにも、この世に並ぶ者はないと思われるほどの美しさである。

源氏が、渡り廊下の方へ向かう際には、中将の君（中将のおもと）が、供として付き従っている。紫苑色《しおんいろ》の装束が、季節に相応《ふさわ》しく、羅《うすもの》（薄い絹織物）の裳《も》を、すっきりと結んでいる腰つきが、しなやかで、優美である。

源氏は、振り返り、中将の君を見ると、隅の部屋の前の高欄《こうらん》に、しばらく、寄《よ》り掛《か》かるように座らせる。源氏は、中将の君の、気の緩《ゆる》みの無い振舞《ふるまい》や、髪の下《さが》り端《ば》（額髪《ひたいがみ》の先端）に、目を見張る美しさを感じている。

（読者として……六条御息所の部屋からは見えない場所であると想像できます）

源氏「**咲く花にうつるてふ名はつつめども折らで過ぎうきけさの朝顔**

（咲く花に、飛び移る蝶《ちょう》のような噂は、広がらぬように憚《はばか》りますが、このまま、手折《たお》らずに、素通りできないほどに美しい、朝顔のような、今朝の貴女《あなた》です）

私は、一体どうすれば良いものか」

と、言って、源氏は、中将の君の手を取るが、たいそう慣れた様子で、素早く、

中将の君　**朝霧の晴れ間も待たぬけしきにて花に心をとめぬとぞみる**

（朝霧が、晴れるまでの束《つか》の間《ま》も、待たずに出立するご様子は、花（六条御息所）に、心を留《と》めていないのではないかと、お見受け致《いた》します）

と、女主人（六条御息所）に仕える女房である、公《おおやけ》の立場として、返歌をしてきた。

〈可愛らしい侍童《さぶらいわらわ》（少年召使《めしつかい》）が、身なりも優雅《ゆうが》な風情《ふぜい》で、特別に仕立てられた様子の指貫《さしぬき》（袴《はかま》の一種）の裾《すそ》を、露で濡らしながら、花の中に分け入り、朝顔を折って持ってくる様子は、絵に描いて見たくなるような光景である〉

〈大抵《たいてい》の人は、誰しも、源氏の君を、ちらりと見ただけで、心に留《と》めぬ者はいない。物事の情《じょう》緒《ちょ》を解《かい》さない山人でも、花の陰では、やはり、休みたいと思うようなもので、源氏の君の、光

り輝く姿を見たならば、誰もが身分に応じて、ある者は、「我が愛《いと》しの娘を、仕えさせたい」と、願い、また、器量《きりょう》の良い妹などのいる者は、「身分の低い扱《あつか》いであっても、やはり、この源氏の君の傍で、仕えさせてやりたい」と、思わぬ者はいないのだった。

　ましてや、何かの序《つい》でに、源氏の君から、掛《か》けられた言葉に、優しく心惹《こころひ》かれる姿を見た人ならば、少しでも物事の情緒《じょうちょ》が分かれば、どうして、疎《おろそ》かにしたままでいられようか。明けても暮れても、源氏の君の、気楽な訪れのない日々を、寂しく不安に思っている様子である〉

［八］

〈そう言えば、源氏が命じていた、「預《あず》かりのかいま見《み》」（垣根《かきね》の家の女の調査）について、惟光《これみつ》は、たいそうよく調べて、源氏に、報告《ほうこく》しているようである〉

惟光「垣根の家の女についてですが、どこの誰とは、まだ分かり兼《か》ねます。人目をひどく避けて、隠れて暮らしている様子です。手持ち無沙汰《ぶさた》の時には、南側の半蔀《はじとみ》のある部屋の方に出て、牛車《ぎっしゃ》の音がすると、若い女房達が、覗《のぞ》いて、外を見ているようでした。この家の主《あるじ》と思われる女も、こっそりと出て来る時もあるようです。顔立ちは、ちらりと見ただけですが、たいそう可愛らしい雰囲気の人でした。

先日、垣根の家の前を、前駆《さき》（先払《さきばら》い）をして通り過ぎる牛車があって、それを覗き見していた女童《めのわらわ》が、慌《あわ》てた様子で、

女童『右近《うこん》の君《きみ》、来て。早く、外を見て。中将殿が、家の前を通って行かれましたよ』

と、言うと、雰囲気の良い女が出て来て、

右近『しっ。静かに』

と、手を振って、注意しながらも、
右近『どうして、それが、分かったのですか。どれ、見てみましょう』
と、言いながら、こっそりと見に行くのですが、打橋《うちはし》のような場所（渡し板）が、通路になっていて、急いで出て来たものですから、着物の裾《すそ》を何かに引っ掛けて、よろめいて倒れてしまい、打橋から落ちてしまうところでした。
右近『まったくもう。ここの葛城《かづらき》の神様は、危ない橋を架《か》けられたものだわ』
と、機嫌《きげん》を損《そこ》ねて、外の様子を、覗き見る気持ちも、冷めてしまったようでした。
女童『中将殿は、直衣《のうし》姿で、御随身《みずいじん》が、何人も仕えていました。誰それと、誰それでした』
と、数え上げながら、頭中将の随身や、その小舎人童《こどねりわらわ》を、証拠として、挙《あ》げていました」
などと、報告したので、
源氏「確かめる為に、私も、その牛車を、見たかったものだ」
と、言いながら、
源氏（内心）「もしかすると、中将が、しみじみと話をしていた、あの、忘れられずにいるという女ではないだろうか」
と、思い至《いた》るものの、源氏自身が、自分で直接、どういう女なのか、見たくてたまらない思いを募《つの》らせている様子に、惟光「私は、色恋事のように、あの垣根の家に出入りして、家の中の様子を、すっかり知り尽くすことができました。すると、私に直接、女房の一人として振る舞って、話し掛けて来る若い女がいます。私も、空惚《そらとぼ》けて、騙《だま》された振りをしながら、人目を忍《しの》んで通っています。たいそう気を遣《つか》って隠《かく》しているようですが、小さな子供などもいるようで、その子が、余計なことを、つい話してしまいそうな時に、その女は、上手く話を逸《そ》らしています。その上、夫のいない身の上であると、無理に装っているかのようにも見えます」

などと、話をしながら、笑っている。

源氏「大弐尼君《だいにのあまぎみ》の見舞いへ、行く序《つい》でに、私にも、その家の様子を覗《のぞ》かせよ」

と、言っているのだった。

源氏（内心）「仮初《かりそめ》であっても、暮らしている住まいの様子から見て、これこそ、あの頭中将が、興味は無いと決めつけて、軽蔑していた、身分の低い者の家なのだろう。そのような家に、思い掛けない、嬉しい出会いがあれば……」

などと、思っているのだった。

惟光（内心）「どのような些細《ささい》なことでも、源氏の君の意向《いこう》には、違《たが》わないようにしよう」

と、思っているが、惟光自身も、隅《すみ》に置《お》けない色好みの男で、たいそう考えを巡らして、下見に歩き回り、無理強《むりじ》いをして、源氏が、この垣根の家に、通い始めることができるように、手配したのだった。

〈この出来事について、くどくて不快に思う話なので、例によって、筆者の私が、物語として、書き残し、口外《こうがい》することにしたのである〉

［九］

源氏は、女（夕顔）に対して、はっきりと、「頭中将《とうのちゅうじょう》の探している人か」と、聞き出すこともせず、「自分は、源氏である」と、名乗《なの》ることもせずにいる。極《きわ》めて慎重《しんちょう》な態度で、質素《しっそ》な恰好《かっこう》をしながら、何時《いつ》になく熱心に、牛車《ぎっしゃ》も使わず、通《かよ》っているのである。

惟光（内心）「いい加減《かげん》な気持ちで、通っているのではなさそうだな」

と、思いながら、自分の馬を、源氏に譲《ゆず》り、歩いたり、走ったりしながら、供人として仕えている。

惟光「懸想人《けそうびと》（恋する人）の、まったく魅力のない、質素な姿を見たならば、女方は、がっかりされるに違いないと思いますが」

などと、困惑《こんわく》して言うが、源氏は、誰にも知られないように、あの時、夕顔の花の手引《てび》きを取り次いだ、随身《ずいじん》と、他には、顔のまったく知られていない童《わらわ》を一人だけ連れて、向かったのだった。

源氏（内心）「もしかしたら、我が身の上に、気が付くかもしれない」

と、用心し、隣の大弐乳母《だいにのめのと》の家に、立ち寄ることさえもしない。女（夕顔）も、男（源氏）が誰なのか分からず、たいそう不信感が募《つの》るばかりで、手紙を届けに来る使いの者や、男（源氏）が帰る夜明けの道を、供人に命じて様子を窺《うかが》わせ、住まいを探り当てたいと調べさせるものの、源氏は、相手に分からぬように、惑わせる行動をとって、誤魔化している。しかし、それでも女（夕顔）のことが、可愛らしく、会わずにはいられず、いつも、心から離れない。

源氏（内心）「我ながら、感心しない、軽々しい女遊びだな」

と、思い返して、悩みながらも、やはり頻繁《ひんぱん》に、女（夕顔）のもとへ、通っている。

〈このような色恋事では、真面目《まじめ》な男であっても、道を踏《ふ》み外《はず》すことがあるもので……〉

源氏は、これまで、たいそう周囲の目を気にして、見苦しくないように慎重《しんちょう》に行動し、世間から、非難を受ける振舞をしたこともなかった。しかし、この度《たび》は、不思議なまでに執着《しゅうちゃく》し、別れて帰って来たばかりであるのに、朝から昼間を通してずっと、夜、再び会えるまでの離れている間でさえも、気持ちは落ち着かず、苦しくてたまらない思いをしている。しかし、一方で、源氏（内心）「何と馬鹿《ばか》げた女遊びをしているのか。そんなに執着するほど、魅力《みりょく》のある女でもないのに」

と、敢《あ》えて気持ちを落ち着かせようともしている。

源氏（内心）「女（夕顔）の雰囲気は、たいそう、驚くほどしなやかで、おっとりとしているが、思慮《しりょぶか》深い奥ゆかしさには乏《とぼ》しい様子だ。かなり若々しく振る舞っているが、男女の仲を知らない様子でもない。まったく、高貴な身分の生まれではないようだ。この女の、どこに、よりによって、心を奪《うば》われてしまったのか」

と、繰り返し、考えている。

源氏は、たいそう態《わざ》とらしく、装束《しょうぞく》を、粗末《そまつ》な狩衣《かりぎぬ》に着替えて変装《へんそう》すると、顔にも覆面《ふくめん》をして、ちらりとも見せず、深夜、人々が寝静まってから、人目を避けるようにして、女（夕顔）の所へ出入《ではい》りなどしている。まるで、昔話に出て来る「物の変化《へんげ》」のようで、女は、不気味で、嘆く思いである。とはいえ、人柄の雰囲気は、手探りをすれば、はっきりと分かるのは確かで、

夕顔（内心）「どこのどなたなのか。やはり、あの色恋事の好きな人が、仕組んだのだろうか」

と、大夫《たいふ》（惟光）を疑って、源氏の君ではないかと察《さっ》するが、惟光は、強《し》いて平然と素知《そし》らぬ顔をして、まったく何も関《かか》わっていない様子に振る舞い、相変《あいか》わらず、女房達と、好色《こうしょく》めいたことをして、楽しんで歩き回っている。

夕顔（内心）「一体、どういうことだろうか」

と、理解に苦しみ、気味も悪く、これまでになく、物思いに悩んでいた。

一方、源氏も、

源氏（内心）「女（夕顔）が、このように、隠《かく》し立《だ》ての無い様子を見せながら、私を油断させ、もしも、行方《ゆくえ》を眩《くら》ませてしまったならば、どこを目安に、探せば良いものか。仮初《かりそめ》の隠《かく》れ家《が》であることを考えてみれば、もしかすると、どこまでも、どこまでも、移り住む人なのだろう。それが、何時《いつ》であるのか、私に、分かるはずもない」

と、思うと、追い求めても、行方《ゆくえ》を見失った場合、適当な気持ちのまま、諦《あきら》めがつくならば、単なる、その程度の遊《すさ》び事として、忘れられれば良いのだが、決して、そのまま放っておくことができるとも思えず、人目《ひとめ》を気にするあまり、通うことのできない日々《ひび》が続くと、夜毎《よごと》など、まったく我慢《がまん》することができず、苦しくてたまらない思いになる。

源氏（内心）「やはり、素性《すじょう》の分からぬままでも、二条院に迎え入れてしまおう。もし、世間の噂《うわさ》となり、不都合《ふつごう》なことになったとしても、そうなる運命だったのだ。私が、自らの思いで、これほどまでに、女に執着《しゅうちゃく》することは、これまで無かった。一体、どういう宿縁《しゅくえん》があるのだろうか」

などと、心を奪われている。

源氏「さあ、もっと心から落ち着ける場所で、静かにお話をしましょう」

などと、話し掛けるので、
夕顔「やはり、異様《いよう》なことです。そのように優しく言われましても、身元《みもと》の分からぬ方からの、普通ではない扱《あつか》いに、恐ろしい気持ちでございます」
と、たいそう幼《おさな》げに言う。
源氏（内心）「いかにも、その通りだ」
と、思いながら、笑みを浮かべ、
源氏「そうだね。どちらかが、狐《きつね》なのだろうね。とにかく、騙《だま》されてしまえば良いのですよ」
と、親しみを込めて言うので、女（夕顔）は、すっかり嬉《うれ》しくなって、
夕顔（内心）「それもそうだわ」
と、思っていた。
源氏（内心）「もし、卑《いや》しく、見苦しい有様であったとしても、ひたすら、言われた通りに従う、素直な心持ちは、たいそう可愛げのある人だ」
と、思っているうちに、やはり、この女（夕顔）は、頭中将が、あの「雨夜の品定め」で、話をしていた、常夏《とこなつ》の女（夕顔）ではないかと、疑わしく思い、頭中将の苦しい胸の内を、まず、思い出してはみるものの、
源氏（内心）「女にも、何か隠《かく》す理由があるのだろう」

と、思って、無理に、聞き出すことはしない。

女（夕顔）には、思わせぶりな態度や、不意に裏切り、逃げ隠れするような様子は見られない。

源氏（内心）「男の方が、途絶《とだ》えがちに通い、放っておくことが多くなれば、女にも、行方《ゆくえ》を眩《くら》ませたくなるような、気持ちの変化も、あるのかもしれない。好みとしては、女に、少しでも、心変わりの不安を覚える方が、愛《いと》しさも募《つの》るというものだろう」

と、そのようなことさえ、思っていた。

［一〇］

八月十五夜《や》（旧暦《きゅうれき》八月十五日の晩、中秋《ちゅうしゅう》の名月《めいげつ》）で、曇《くも》りなく照《て》り渡《わた》った月の光が、隙間《すきま》の多い板葺《いたぶ》きの家の中に、あちらこちらから差し込んでいる。源氏は、女（夕顔）の住まいの様子を、物珍《ものめずら》しく思っている。夜明けも近くなってきたようである。隣近所の家々から、身分の低い卑《いや》しい男達の声がする。目を覚まして直《す》ぐなのか、

男「ああ、なんて、寒いのだ」

男「今年は、生業《なりわい》にも、見込みが少なくて、田舎《いなか》通いも期待《きたい》は持てない。心細くてたまらないよ。北のお隣《となり》さん。聞こえますか」

などと、言葉を交《か》わしているのが、聞こえてくる。たいそう厳《きび》しい、それぞれの生活の営《いとな》みについて、起き出すなり、ざわめき騒《さわ》いで話をしているのが、直《す》ぐ近くから聞こえるので、女（夕顔）は、男（源氏）の手前《てまえ》、恥《は》ずかしくてたまらない思いをしていた。

風流めいて気取った女ならば、恥ずかしさから、消え入りたくなるような住まいの有様であるだろう。しかし、女（夕顔）は、穏やかな人柄で、辛《つら》さ、虚《むな》しさ、恥ずかしさなどにも、思い詰《つ》める様子はなく、その態度や雰囲気は、たいそう上品で、子供っぽいあどけなさもある。ま

たとないほど騒がしくしている、隣近所の男達の気遣いの無さにも、どのような事情であるのか、話を耳にしても、分かっている様子に振る舞うこともない。却《かえ》って、恥ずかしさから顔を赤らめるよりは、欠点も許される、印象の悪くない女に思えた。ごろごろと雷鳴《らいめい》よりも気味悪く、踏《ふ》み鳴《な》らしている唐臼《からうす》の音が、源氏には、枕元《まくらもと》から聞こえてくるように感じる。

源氏（内心）「ああ、やかましい」

と、これには、さすがに、うんざりしている。源氏には、これが、何の音の響《ひび》きか、分からない。初めて聞く音である。

源氏（内心）「まったく、不気味《ぶきみ》で、目が覚《さ》めてしまいそうな、うるさい音だ」

と、それればかり思いながら、聞いている。

〈忍び歩きとは、煩《わずら》わしいことばかりが、多いものである〉

　白い衣を打つ、砧《きぬた》の音も、かすかに、あちらこちらから、辺り一面、鳴り響いている。空を飛び行く雁《かり》の鳴く声も、一緒になって聞こえてくるが、源氏には、耳慣れず、うるさいばかりで、懐《なつ》かしくも思えない音である。寝室は、庭に近く、遣戸《やりど》（引き戸）を引き開けて、源氏と女（夕顔）は、共に外を眺めている。狭《せま》い小さな庭に、洒落《しゃれ》た呉竹《くれたけ》が植えられて、植え込みの草木の露《つゆ》は、やはり、このような粗末《そまつ》な家でも、御殿《ごてん》と同じように、光り輝いている。虫の声々も、激しく入り乱れるように鳴き立てている。自邸の二条院は、広くて、壁の中で鳴いている、こおろぎの声でさえも、遠く離れているように聞こえ、源氏は、それに慣れているのだが、この家では、耳元に、押し当てられるかのように、やかましく鳴き立てている。却《かえ》って、見知らぬ生活を知る思いになるのも、源氏の、女（夕顔）への思い込みの深さゆえで、様々な、うるさい音など、不快な点も、すべて、許されることなのだろう。

女（夕顔）は、白い袷《あわせ》（裏付き着物）に、薄紫色《うすむらさきいろ》のしなやかな衣を重ね着して、控《ひか》え目な姿が、たいそう可愛らしく、か弱く頼りない感じで、どこが良いと言うほど、際立《きわだ》って優れた点は無いものの、か細く物腰《ものごし》の柔《やわ》らかい感じで、何かちょっと、言うだけでも辛《つら》そうで、源氏には、ただもう、可愛くてたまらない感じの女に見える。

源氏（内心）「気取《きど》ったところが、もう少し、あれば良いのだが」

と、思いながら見ているうちに、やはり、もっと、寛《くつろ》いだ雰囲気の中で、女の顔を見たいと思うようになる。

源氏「さあ、ここから、直《す》ぐ近くの場所で、ゆっくりと夜を明かしましょう。ここで、このように過ごしているばかりでは、とても退屈《たいくつ》で、つまらないですから」

と、言うと、

夕顔「どうして、そのようなこと。あまりに急なお話で……」

と、たいそう、穏《おだ》やかに返事をして、じっとしている。男（源氏）が、この世ばかりではなく、来世の縁《えにし》まで約束するので、女（夕顔）は、すっかり安心して、人柄《ひとがら》の様子まで変わった。男女の情《なさ》けに慣れている人にも思えないので、源氏は、周りの者が、どのように思っても構《かま》わないと、気にもせず、女房の右近を呼び出すと、随身《ずいじん》も呼び出させ、牛車《ぎっしゃ》を、部屋の縁側《えんがわ》まで引き入れさせる。女（夕顔）の家の者達も、男（源氏）の、女（夕顔）への思いが、決して、いい加減ではないことを、よく分かっているので、男の素性《すじょう》も分からず、気掛《きが》かりではあるものの、頼りにして、望みを掛けているのだった。

　明け方も近くなってきた。鶏《にわとり》の声などは聞こえず、御岳精進《みたけしょうじん》であろうか、ただ、年寄《としよ》りのような声がして、額《ひたい》を地につけて拝《おが》む声が聞こえてくる。立ったり座ったりして、苦しそうに勤《ごん》行《ぎょう》している様子に、源氏は、哀《あわ》れを感じ、
源氏（内心）「朝露《あさつゆ》と変わらぬ、はかないこの世であるのに、何の欲に執着《しゅうちゃく》して、祈《いの》りに身を捧《ささ》げているのだろうか」

と、思いながら、聞いている。「南無当来導師《なむとうらいどうし》」と唱《とな》えながら、拝《おが》んでいるようである。

源氏「あの念仏《ねんぶつ》を聞いて下さい。あの老人も今生《こんじょう》だけとは思わず、来世《らいせ》を祈っていますよ」

と、言いながら、しみじみと感慨《かんがい》深く歌を詠む。

源氏　**優婆塞《うばそく》が行ふ道をしるべにて来《こ》む世《よ》も深き契《ちぎ》りたがふな**

〔御岳精進をしている在俗出家の男である、優婆塞に導かれて、私との来世の深い縁《えにし》に、背《そむ》かないで下さいよ〕

唐代《とうだい》の玄宗皇帝《げんそうこうてい》が、楊貴妃《ようきひ》に愛を誓《ちか》った長生殿《ちょうせいでん》の昔話は不吉《ふきつ》で、「比翼《ひよく》の鳥」と願う言葉の代わりに、「弥勒《みろく》の世」と、弥勒菩薩《みろくぼさつ》の世に現れる未来を、約束している。

〈未来の約束をする譬《たと》え話《ばなし》までもが、何と仰々《ぎょうぎょう》しいことか〉

〔読者として……源氏の父母、帝と桐壺更衣の仲で語られた、『長恨歌』を思い出します〕

夕顔　**前《さき》の世《よ》の契《ちぎ》り知らるる身のうさに行《ゆ》く末《すゑ》かねて頼みがたさよ**

〔前世の縁《えにし》を思い知らされ、我《わ》が身の、この世の苦しさを思えば、来世の約束は信《しん》じ難《がた》いです〕

〈このような歌の詠み方から、実際のところ、この女（夕顔）は、頼り無い人のように思われる〉

〔読者として……旧暦・太陰太陽暦《たいいんたいようれき》では、春〔一、二、三月〕夏〔四、五、六月〕秋〔七、八、九月〕冬〔十、十一、十二月〕。一ヵ月は、新月《しんげつ》〔朔《さく》〕から三十日月《みそかづき》〔晦日《みそか》〕。月齢によって、呼び名があります。十五日は、満月〔望月《もちづき》、十五夜《じゅうごや》〕で、八月十五日「中秋の名月」は、正《まさ》に秋の真ん中、満月を愛でる風習です。十六日は、十六夜月《いざよいづき》。日没後、躊躇《ためら》いながら出てくる風情から、呼ばれていますす〕

［一一］

十六夜《いざよい》の月の下《もと》、不意に誘《さそ》われて、さ迷い歩くことを、女（夕顔）は、躊躇《ためら》っている。源氏が、あれこれと口説《くど》いているうちに、急に、月は雲に隠れ、夜明けの東の空が、何とも美しい風景《ふうけい》である。人々が目を覚ますと、体裁《ていさい》の悪いことになるので、その前に、いつものように、急いで出立《しゅったつ》する。源氏は、女（夕顔）を軽々と抱え、牛車《ぎっしゃ》に乗せると、女房の右近《うこん》が、付き添って乗り込んだ。

五条の垣根《かきね》の家から、ほど近い場所の、なにがしの院（何とか院）に着く。預《あず》かり（留守番役）を呼び出している間、源氏は、荒《あ》れた門に生《お》い茂《しげ》る忍草《しのぶぐさ》を見上げている。たとえようの無いほどの、木々の暗闇《くらやみ》である。朝霧《あさぎり》も深く、露《つゆ》もおりている中、牛車の簾《すだれ》までも上げたので、源氏の袖は、ひどく濡《ぬ》れてしまった。

源氏「これまで、このように、女方を誘《さそ》い出すことなど、したことはありませんでしたが、気を揉《も》むことが、多いものなのですね。

いにしへもかくやは人のまどひけんわがまだ知らぬしののめの道

（昔の人も、このような恋の道を、さ迷い歩いたのでしょうか。私には、これまで経験したこと

のない、夜明けの恋路《こいじ》です）
貴女《あなた》には、経験がありますか」
と、言う。女（夕顔）は、恥ずかしそうに、
夕顔「**山の端《は》の心もしらでゆく月はうはのそらにて影や絶えなむ**
（山の端の思いも知らずに、目指す月のように、私は、あなたのことを、何も知りません。そんな月のような私は、天空《てんくう》で、姿を消してしまうかもしれません）
心細くて」
と、言いながら、何とも恐ろしく、不気味に感じている。しかし、一方の源氏は、
源氏（内心）「あの五条の垣根の家で、大勢《おおぜい》の人に囲まれた暮らしに、慣れている為に、この場所を、心細く感じるのだろう」
と、女の姿を、可愛らしく思っている。

牛車を、門の中に入れさせると、供人が、西の対に御座所を準備している間、高欄《こうらん》に、車の轅《ながえ》を引っ掛けて止めさせ、一行は、待っている。右近《うこん》は、華やいだ気持ちで、これまでの、過去の経緯《けいい》（中将と夕顔の関係）を、心密《こころひそ》かに思い出していた。留守番役の預かりが、懸命《けんめい》に、準備に走り回る様子から、右近は、主《あるじ》（夕顔）を連れ出したこの男（源氏）が、実は、身分の

高い、源氏の君であると、すっかり思い知るに至ったのであった。

　辺りが少しずつ明るくなり、ぼんやりと物の見えるようになってきた頃、源氏は、牛車を降りたようである。俄仕立《にわかじた》ての御座所であるが、すっきりと美しく整えてあった。

　預かり「供人は、誰も従《したが》って来なかったのですか。物騒《ぶっそう》なことですね」

と、言っている。この者は、源氏に、親密《しんみつ》に仕えている下家司《しもげいし》で、源氏の自邸、二条院にも仕えている者だった。傍《そば》に寄って来て、
　預かり「誰か、それなりの人を、呼び出した方が、よろしいのではないでしょうか」

などと、右近を通して、源氏に伝えるが、
　源氏「わざわざ、人の来ない隠《かく》れ家《が》を、求めてやって来たのだ。決して、他言《たごん》してはならぬぞ」

と、口止《くちど》めをさせている。粥《かゆ》などを、急いで用意させるが、運び整えて、給仕《きゅうじ》をする者もいない。源氏にとっては、これまでに経験のない外泊である。「息長川《おきながかわ》」と、『万葉集』の古歌を口ずさみ、女（夕顔）に、二人の仲は絶えることがないと約束し、語り掛けるばかりである。

　日の高く昇《のぼ》る頃、源氏は起き上がると、格子《こうし》を自《みずか》ら上げる。庭は、ひどく荒れ果てて、人の気配もなく、遠くまで見渡せる。木々は、たいそう気味の悪いほど、老木である。直《す》ぐ近くに生える草木なども、特に見栄《みば》えもせず、すっかり秋の野原のようで、池も水草に埋《う》まっている。

源氏（内心）「まったく、雰囲気の悪い場所だな」

と、思っている。別棟《べつむね》に部屋を設けて、預かり（留守番役）の男は、生活をしているようであるが、ここからは離れていた。

源氏「まったく、雰囲気の悪い場所だな。そうではあるが、鬼《おに》などが現れても、私ならば、見《み》逃《のが》すだろう」

などと、話している。源氏は、依然《いぜん》として、顔を隠したまま過ごしていたが、女の、

夕顔（内心）「辛《つら》くて、たまらない」

と、思っている様子に、

源氏（内心）「確かに、これほど、近しい間柄になっているのに、心に隔てを置いて、身元を隠しているのは、筋違《すじちが》いなことだ」

と、思い、

源氏「**夕露に紐《ひも》とく花は玉ぼこのたよりに見えしえにこそありけれ**

（夕暮れ時の露のような私に、心を許してくれた花のようなあなた〔夕顔〕ですが、道すがらの縁で、出会う運命だったのですね）

『露の光』のような私を、あなたは、どのように見ているのでしょうか」

と、言うと、女（夕顔）は、横目で、視線《しせん》を源氏に向けながら、

夕顔　光ありと見し夕顔の上露《うはつゆ》はたそかれ時のそらめなりけり
（光り輝いている君〈源氏の君〉と分かりました。あの時、夕顔の花にかかる、上露のようなあなたのお顔は、素晴らしく見えましたが、夕暮れ時の、見間違いだったのかしら）

と、かすかな声で、軽い冗談《じょうだん》のように言う。

源氏（内心）「可愛らしい人だ」

と、源氏は、思い込んでいる。

〈いかにも、源氏の寛《くつろ》いでいる姿は、類《たぐい》ないほど素晴らしいが、この「なにがしの院」の、不気《ぶき》味《み》な雰囲気に相《あい》まって、不吉なまでに感じる立派な様子である〉

源氏「あなた（夕顔）が、私に、いつまでも、余所余所《よそよそ》しくするのが辛《つら》いあまり、私も身の上を明《あ》かすまいと思っていたのですが。今からでも、名乗って下さい。このままでは、とても薄《うす》気味悪《きみわる》いですよ」

と、言うが、
夕顔「私は、『海人《あま》の子なれば』……。古歌のような、落ちぶれた身の上ですから」

と、言って、それでもやはり、心を許さぬ様子で、まったく、傍目《はため》には、甘え上手にも見える。

源氏「もう良い。これも、『我から』の古歌のように、私の所為《せい》なのだろう」

と、恨み言を言いつつも、一方で、親しく語り合いながら、過ごしている。

惟光《これみつ》が、源氏を尋ねて、やって来た。果物などを、差し入れている。惟光は、女房の右近に、源氏への手引きを疑われている。何か言われると、気の毒にもなってしまうので、近寄ることもできない。

惟光（内心）「源氏の君が、これほどまでに、女（夕顔）に執心《しゅうしん》して、連れ歩くのであるから、余程《よほど》、魅力《みりょく》のある、それだけ素晴らしい人なのだろう」

と、想像しながらも、

惟光（内心）「我ながら、自分が、この女（夕顔）に言い寄ることもできたのに、源氏の君に、お譲《ゆず》りしたのであるから、心の広いことよ」

などと、生意気《なまいき》に思っている。

譬《たと》えようもないほど、静かな夕暮れの空を、源氏と女（夕顔）は、一緒に眺めている。

夕顔（内心）「奥の部屋の方は、暗くて、気味の悪いこと」

と、思っている様子で、源氏は、部屋の端《はし》の簾《すだれ》を上げて、女（夕顔）に寄り添い、横になっている。夕映《ゆうば》えの薄明りの中、浮かび上がる顔を、二人は見交わしている。女も、このような、思い掛けないことになってしまい、不安を抱きながらも、すべての悩み事を忘れて、少しずつ、心を許す様子が、源氏には、たいそう可愛らしく見える。女は、源氏の傍《そば》に、ぴたりと寄り添い、過ごしているが、何かに対して、

夕顔（内心）「怖《こわ》くてたまらない」

と、感じている様子が、源氏には、子供っぽい可愛らしさに見えるものの、心配にもなる。格子《こうし》を、早々《そうそう》に下ろして、大殿油《おおとなぶら》（灯火《とうか》）を付《つ》けさせると、

源氏「互《たが》いを知り尽くした仲であるのに、未《いま》だに、心の壁《かべ》は、そのままで、あなたの身の上を、知らずにいるのは、寂《さび》しいものです」

と、恨《うら》みがちに言う。

源氏（内心）「宮中では、父帝が、どれほど心配して、私を探させているだろうか。どこを、尋ねているだろうか」

と、思いを馳《は》せながらも、一方では、生意気《なまいき》な性格から、

源氏（内心）「六条に住む人（六条御息所《ろくじょうのみやすどころ》）も、さぞかし、心を取り乱して、思い悩んでいることだろう。恨《うら》まれるのは嫌《いや》なものだが、仕方が無い」

と、思いながら、また一方では、愛《いと》しい人（藤壺）のことを、真っ先に思い浮かべている。何

も知らずに、目の前にいる女（夕顔）に、

源氏（内心）「可愛らしい人だ」

と、思いながら、

源氏（内心）「六条御息所は、あまりにも、深く考え込む性格で、見ているこちらの方が、苦しくなってしまう。あの性格は、少し、直してもらいたいものだ」

と、六条御息所と夕顔を、比べているのだった。

［一一］

宵《よい》を過ぎる頃、源氏は、少し、眠り込んでいた。夢なのか、枕元《まくらもと》に、たいそう美しい女が、座っているのに気が付く。
（読者として……物語の流れから、源氏の身勝手さに、六条御息所《ろくじょうのみやすどころ》の怒りが爆発し、恨みの気持ちが、物の怪《もののけ》となって現れたのだと想像できます……）

女（物の怪）「私が、あなたのことを、素晴らしく、立派な方であると、思っている一方で、あなたは、私を訪ねたいとも思わず、このような、特に、優《すぐ》れた魅力《みりょく》も無い女を、連れ歩いて、可愛がっているとは、本当に、不愉快《ふゆかい》で、耐《た》え難《がた》いことです」

と、言うと、隣で寝ている女（夕顔）を、摑《つか》んで、起こそうとしているように見える。源氏は、何か、恐ろしいものに、襲《おそ》われる心地がして、驚《おどろ》いて、目が覚《さ》める。灯火《とうか》は、消えていた。気味が悪いので、太刀《たち》を引《ひ》き抜《ぬ》いて、傍《かたわ》らに置き、右近《うこん》を起こす。

右近（内心）「恐ろしい」

と、感じている様子で、近くまで寄って来た。

源氏「渡殿《わたどの》（渡り廊下の部屋）にいる、宿直人《とのいびと》を起こして、紙燭《しそく》（松の木の照明具《しょうめいぐ》）に、火をつけて、こちらに来るように、言いなさい」

と、言うと、

右近「どうして、行くことなど、できるでしょうか。暗くて……」

と、言うと、

源氏「まったく、子供染《こどもじ》みたことを言うものだ」

と、少し笑いを浮かべながら、手を叩《たた》いて合図《あいず》をするが、山彦《やまびこ》となって返って来る音は、何とも不気味である。誰一人、聞きつけてやって来る者もいない。女君（夕顔）は、ひどく震えて、取り乱し、

源氏（内心）「どうしたら良いのだろうか」

と、心配で狼狽《うろた》えている。女君は、汗でびっしょり濡《ぬ》れて、気を失っているような有様である。

右近「女君は、物凄《ものすご》く怖がりの性分《しょうぶん》ですから、どれほど、恐ろしい思いをされていることか」

と、右近も心配して、源氏に伝えている。

源氏（内心）「女君は、本当に弱々しそうに、昼間も、空ばかり見ていたが、可哀想に……」

と、思い、

源氏「私が、自ら、誰かを起こしに行こう。手を叩いても、山彦の音は、まったく、うるさい

ばかりだ。ここで、暫《しばら》く、待っていなさい。もっと、近くに寄りなさい」

と、言って、右近を女君の傍に近づけると、西側の妻戸《つまど》まで出て、戸を押し開ける。

渡殿の灯火《とうか》も消えていた。風が少し、吹いている。人気《ひとけ》も少なく、供人達は、皆、寝てしまっていた。この、なにがしの院の預かり（留守番役）の息子で、源氏が信頼して仕えさせている若い男、他には、殿上童《てんじょうわらわ》一人、そして、事の子細《しさい》を知る、あの随身《ずいじん》だけがいるのだった。源氏が、声を出して呼び出すと、預かりの息子が、返事をして、起き出して来た。

源氏「紙燭《しそく》に火をつけて持って来い。随身にも、弓の弦《つる》を打ち鳴らし、絶え間なく声を上げて、魔除《まよ》けをするように伝えよ。人気《ひとけ》の無い場所で、気を許して、眠っているとは、何事だ。惟光《これみつ》朝臣《あそん》が、来ていたようであったが、どこにいるのだ」

と、尋ねると、
預かりの息子「惟光朝臣は、来られていましたが、源氏の君から、仰《おお》せ言《ごと》もない様子でしたので、暁《あかつき》（夜明け前）、こちらに、お迎えに戻る旨《むね》を言い残して、退出されました」

と、言う。このように返事をしている預かりの息子は、滝口《たきぐち》（宮中警護《けいご》）の武士である。弓弦《ゆづる》を、たいそう要領《ようりょう》よく打ち鳴らしながら、
預かりの息子「火危《あやう》し（火の用心）」

と、繰り返し、言いながら、父親の預かりが暮らす、別棟の部屋の方へ去って行った。源氏は、

宮中に思いを馳せて、
源氏（内心）「名対面《なだいめん》（宿直《とのい》出勤報告）の時刻（午後九時頃《ごろ》）は、過ぎただろうか。その後の、滝口の宿直奏《とのいもうし》（宿直点呼）は、今頃だろうか」
と、推《お》し測《はか》っている。まだ、それほど、夜は更《ふ》けていないのだろう。

源氏は、部屋に戻り、手探りをしてみると、女君（夕顔）は、先ほどのまま、横になっていた。右近《うこん》は、その傍《かたわ》らで、うつ伏せになっている。

源氏「これは一体どうしたのだ。まったく、見苦しいほどの、怖がり方ではないか。荒れ果てた場所では、狐《きつね》などのようなものが、人を脅《おど》して、薄気味悪く、怖がらせようとするのだろう。私がいるのですから、そのような物には脅されませんよ」

と、言って、右近を引き起こす。

右近「まったく、どういうわけか、ひどく気分が悪くてたまりませんでしたので、うつ伏せになって、寝ておりました。女君（夕顔）こそ、辛い思いをされていることでしょう」

と、言うと、
源氏「そうであった。どうして、このような有様に……」

と、言って、触《さわ》って確かめてみると、女君（夕顔）は、息《いき》をしていない。源氏が、揺《ゆ》り動《うご》かしてみるものの、弱々しく、ぐったりとして、正気《しょうき》を失《うしな》っている様子である。

源氏（内心）「まったく、ひどく子供っぽい人であるから、物の怪に、正気を奪《うば》われてしまったのだろうか」

と、どうしたら良いのか、分からずにいる。預かりの息子（滝口）が、紙燭《しそく》を持って戻って来た。右近も動ける様子ではないので、源氏は、近くの几帳《きちょう》を引き寄せて、女君の顔が見られないように、気を配ると、
源氏「もっと、近くへ持って来い」

と、言う。異例なことで、預かりの息子は、源氏の近くまで行けずにいる。畏《おそ》れ多《おお》く、遠慮して、長押《なげし》に上《のぼ》ることができないのである。

源氏「もっと、近くへ、持って来いと、言っているのだ。遠慮は、時と場合を考えてするものだ」

と、言って、源氏は、紙燭《しそく》の明かりを近づけて、女君（夕顔）を見たところ、枕元の直《す》ぐ傍《そば》に、あの源氏も夢に見た、女の姿が、幻《まぼろし》のように見えて、ふっと、消え失せた。

源氏（内心）「昔の物語などで、このような話を、聞いたことはあるが」

と、まったく、滅多《めった》にない異様《いよう》な不気味さである。何はともあれ、
源氏（内心）「この女君（夕顔）は、どうなってしまっているのか」

と、気掛《きが》かりで、胸騒《むなさわ》ぎがする。源氏は、我が身のことを顧《かえり》みる余裕《よゆう》もなく、傍《かたわ》らに寄り添い、

源氏「おい、おい」

と、起こそうとするが、女君（夕顔）は、ただもう、冷たくなるばかりで、息も、とっくに、絶《た》え果《は》てていた。源氏には、もう、どうすることもできない。頼りにして、「どうすれば良いか」と、相談できる者もいない。法師《ほうし》などがいれば、このような時、加持祈禱《かじきとう》を頼むこともできるのであろう。源氏は、先ほどまで、強がっていたものの、まだ、年の若い青年である。女君に、言葉をかけても、返事は無く、亡くなってしまった姿を見ているうちに、どうすることもできず、じっと抱きしめて、

源氏「ああ、私の愛《いと》しい君よ。生き返って下さい。こんなにも、恐ろしい思いを、どうぞ、私に、させないで下さい」

と、言うものの、すっかり、身体《からだ》は冷え切って、その亡骸《なきがら》の有様が、源氏には、何とも、近づき難《がた》くなって行く。右近は、ただ、「ああ、恐ろしい」と思っていた気持ちから、すっかり目覚《めざ》め、現実を前にして、泣《な》き崩《くず》れ、思い乱れている姿は、酷《ひど》いものである。

源氏は、昔話を思い出した。南殿《なんでん》（紫宸殿《ししんでん》）の鬼が、「なにがしの大臣《おとど》」を、脅《おど》したものの、一喝《いっかつ》されて、退散《たいさん》した話である。気を取り直して、

源氏「まさか、このまま、亡くなってしまうことはあるまい。夜中に泣き叫ぶ声は、気味が悪いぞ。しっ、静かにしなさい」

と、右近を戒《いまし》めるものの、思い掛けなく、急な、事の成り行きに、呆然《ぼうぜん》と、途方《とほう》に暮《く》れる思いをしている。

源氏は、預かりの息子を呼ぶ。

源氏「ここに、まったく奇妙な話ではあるが、物《もの》の怪《け》に襲《おそ》われた人が、苦しんでいる。直《す》ぐにでも、惟光朝臣《これみつのあそん》の泊まっている場所へ、随身に行かせ、急いで戻るように、伝えさせよ。なにがし阿闍梨《あじゃり》（惟光の兄、高僧）が、そこに、居合わせているならば、共に、こちらに来て欲《ほ》しいと、内密《ないみつ》に言うように。あの乳母尼君（惟光の母）などの耳に入るかもしれない。不気味な言い方はするな。乳母尼君は、このような、男の忍び歩きを、許さぬ人であるからな」

などと、あれこれと、話しながらも、胸は潰《つぶ》れる思いで、この人（夕顔）を、死なせてしまったことを思うと、恐ろしくて居《い》たたまれず、その上、辺り一帯の不気味さは、譬《たと》えようもないほどである。

夜中も過ぎた頃だろうか。風が、少し、荒々《あらあら》しく吹き出して……。さらに、松風《まつかぜ》の響きが、木深《こぶか》く聞こえ、異様《いよう》な感じの、鳥のかすれた鳴き声に、源氏（内心）「梟《ふくろう》とは、この鳥のことだろうか」

と、思っている。あれこれと考えを巡らしているうちに、遠く隔《へだ》たった感じで、気味が悪い。人の声もしない。

源氏（内心）「どこもかしこも、何とも、遠く隔たった感じで、気味が悪い。人の声もしない。


どうして、このような、寂《さび》し気《げ》な場所を、選んでしまったのか」

と、後悔《こうかい》するものの、どうにもならない。右近は、正気を失い、源氏に、ぴたりと身体《からだ》を添《そ》わせ、恐ろしさのあまり、ぶるぶると震え、今にも死にそうな有様である。

源氏（内心）「また、この右近まで、どうかなってしまうのではないか」

と、気も漫《そぞ》ろに、右近を摑《つか》んでいる。

源氏（内心）「自分だけが、正気なのだ。ここには、誰も、私を、慰《なぐさ》める者はいないのだ」


灯火《とうか》は、かすかに瞬《またた》いているが、母屋《もや》と廂《ひさし》の間《ま》の境目《さかいめ》に立てられた屛風《びょうぶ》の上は、ここもあそこも、暗がりばかりで、不気味に感じるばかりである。何者かの足音が、みしみしと、踏《ふ》み鳴《な》らしながら、背後から近寄って来るように感じられる。

源氏（内心）「惟光、早く、戻って来てくれ」

と、思っている。惟光は、忍び歩きの行き先を、いつも、告《つ》げずに、出かけて行く男である。随身が、あちらこちら、惟光を探し回っている間、夜が明けるまでの長い時間、源氏には、千夜《せんや》を過ごすような、待ち遠しさである。

ようやく、鶏《にわとり》の声が、遠くで聞こえる。

源氏（内心）「命を懸ける思いをしてまで、何の因果《いんが》で、このような恐ろしい思いを、することに、なってしまったのだろうか。自分の思いのままに、したことであるが、女方との関係について言えば、畏《おそ》れ多《おお》くも、あってはならない、藤壺との秘事の罪の報《むく》いに、このような、過去にも未来にも例《ためし》のない、世間の語り草となるに違いないことが、起きてしまったのだろう。隠そうとしても、この世の出来事は、隠しきれるものではない。宮中の帝の耳に入るのは、勿論《もちろん》のこと、世の人々の噂《うわさ》になれば、口さがない子供達の、童歌《わらべうた》となって広がるのも、当然のことかもしれない。結局のところ、見苦しい汚名《おめい》を、受けることになるに違いないのだ」

と、あれこれ考えを巡《めぐ》らしている。

（読者として……源氏の内心の告白《こくはく》を、聞いている感覚になります）

［一二］

やっとのことで、惟光朝臣《これみつのあそん》が、戻って来た。真夜中でも、夜明け前でも、いつでも、源氏の意に従う、供人であるのだが、今夜に限っては、仕えていなかった。呼び出しても、直《す》ぐに、やって来ないので、

源氏（内心）「気に食《く》わぬ」

と、思ってはいたものの、部屋に呼び寄せる。しかし、話をしようにも、肩を落とすばかりで、直ぐには、説明もできない。

右近は、惟光のやって来た気配《けはい》を耳にすると、夕顔と源氏の出会いを、初めから、すっかり思い出して、泣いている。源氏も、耐《た》えることができず、「我一人《われひとり》、利口《りこう》ぶって、女（夕顔）を抱《だ》き抱《かか》えていたが、惟光の顔を見ると、気が緩《ゆる》み、悲しみばかりが、込み上げてくるものだ」

という有様で、ひどく激しく、止めどもなく泣いている。

少し、気を静めてから、

源氏「ここで、たいそう奇妙《きみょう》な出来事が起こったのだが、『驚《おどろ》き呆《あき》れる』と言う程度のことでは

ないのだ。このような、急なことには、誦経《ずきょう》などをするのが良いと聞いている。それをさせたく、願《がん》なども、立てさせたいと思い、『阿闍梨《あじゃり》に伝えよ』と、命じていたのだが……」
と、言うと、
惟光「昨日、兄阿闍梨は、寺のある山へ、登って行ってしまいました。それにしても、たいそう、滅多にないことですな。以前から、身体の調子の悪い様子でも、あったのでしょうか」
源氏「そのようなことは、無かったが……」
と、言いながら、源氏の泣く姿は、たいそう美しく、労《いたわ》しく、傍で見ている惟光まで、本当に悲しくなり、一緒になって、
惟光「よよ（おいおい）」
と、声を上げて激《はげ》しく泣いていた。

〈惟光が戻って来て、源氏は、「ほっとした」とは言うものの、もし、もっと年配者で、世の中の様々なことに、経験のある者ならば、どのような時でも、頼りになるのだろう。しかし、その場にいる誰もが、若者ばかりで、言いようのないほど、困り果てている様子ではあるが……〉
惟光「この、なにがしの院の預かり（留守番役）などに知られたら、たいそう都合の悪いことになるに違いありません。息子の滝口の男一人ならば、信用もできるでしょうが、何かの拍子《ひょうし》

に、他言《たごん》をしてしまうような、身内の者と遭遇《そうぐう》することも、あるかもしれません。とりあえず、この院を、出た方が良さそうですね」

と、言う。

源氏「そうは言うものの、此処《ここ》より他に、人気《ひとけ》の無い場所など、どうやって見つければ良いのか」

と、言う。

惟光「本当に、そうですよね。あの女（夕顔）の住む家（五条の垣根の家）では、女房達が、女方の行方《ゆくえ》も知れず、悲しみに暮れて、泣き惑《なまど》っていることでしょう。隣近所も、立て込んでいて、不審《ふしん》に思う里人も多そうですから、ひとりでに、噂も広まってしまうでしょう。山寺ならば、やはり、このように、人が亡くなれば、しぜんに行く場所ですから、人目に紛《まぎ》れることもできるでしょう」

と、言いながら、あれこれと考えを巡らして、
惟光「昔、私の懐《なつ》いていた女房が、尼になって、東山辺りの家に籠《こも》っています。そこに、亡骸《なきがら》を移しましょう。その人は、私の故父朝臣《あそん》の乳母だった者で、すっかり年老いて、そこに、住んでいるのです。辺りは、人の多く住んでいるようにも見えますが、たいそう、物静かな場所です」

と、話すと、夜《よ》がすっかり明けて、人々の起き出す騒々《そうぞう》しさに紛《まぎ》れて、牛車を寝殿につけた。源

氏には、この女（夕顔）の亡骸《なきがら》を、抱《だ》き抱《かか》えて、牛車に乗せることは、とてもできそうにない。上蓆《うわむしろ》（上敷《うわしき》）に包み込んで、惟光が、抱えて乗せる。女の亡骸は、たいそう小柄で、気味悪さも無く、可愛らしいほどである。しっかりと包み込めていないので、髪のこぼれ落ちるのを見ると、源氏は、目の前が真っ暗になり、

源氏（内心）「悲しくてたまらない」

と、思うと同時に、

源氏（内心）「葬送《そうそう》に立ち会って、最後を見届けたいものだ」

と、思うのだが、

惟光「源氏の君は、早く、馬で、二条院にお戻り下さい。人通りの賑《にぎ》やかになる前に」

と、言うと、右近を、亡骸《なきがら》に付《つ》き添《そ》わせ、牛車に乗せると、惟光自身は、徒歩《とほ》で、東山へ向かう。源氏に、馬を差し上げて、自分の指貫《さしぬき》（袴《はかま》の一種）を膝下《ひざした》まで上げて、括《くく》っている。ふと、「まったく奇妙《きみょう》な、思い掛けない葬送《そうそう》である」と、思いはするものの、源氏の君の、悲嘆に暮れる姿を見れば、身《み》を挺《てい》する思いで、出かけて行く。

源氏の方は、分別がつかず、憔悴《しょうすい》し、正気《しょうき》を失った有様で、二条院にたどり着いた。

［一四］

二条院の女房達は、帰り着いた源氏の君に、
女房「どちらから、お帰りになったのですか。ご気分が悪いように、見受けられますが」

などと、問い掛けるが、源氏は、御帳《みちょう》の中に入ってしまう。胸に手を当てて考えてみると、ひどく苦しくてたまらない。

源氏（内心）「どうして、一緒に、牛車《ぎっしゃ》に乗って、寄り添い、葬送に、付いて行かなかったのだろうか。もし女（夕顔）が、生き返ったならば、どんな気持ちを抱くだろう。私が傍にいないので、『見捨てて、離れて行ってしまったのだ』と、耐《た》え難《がた》く思うに違いない」

と、心は乱れ、途方《とほう》に暮《く》れながら、胸の苦しく、詰《つ》まる思いをしている。頭も痛くなり、身体も熱くなっているような気がする。とにかく苦しくて、心も乱れるので、
源氏（内心）「あのように、あっけなく、私自身も、死んでしまうのだろう」

と、思っている。

日が高く昇っても、源氏は、起きて来ない。女房達は、心配して、粥《かゆ》などを勧《すす》めるが、苦しく

て、ひどく不安な気持ちに襲《おそ》われているところへ、宮中から、帝の使いの者がやって来た。昨日、源氏を探し当てることができず、気を揉《も》まれていたのである。左大臣家の息子達が、遣わされたのだが、源氏は、頭中将《とうのちゅうじょう》だけに、

源氏「立ったまま、こちらに入って下さい」

と、言うと、御簾《みす》の中から話をする。

源氏「私の乳母《うば》である者が、この五月頃から、病が重くなり、剃髪《ていはつ》をして、戒律《かいりつ》を受けていました。その甲斐《かい》もあって、持ち直していたのですが、最近、再び、具合が悪くなり、『弱っているので、もう一度、見舞いをしてほしい』と、言われ、幼い頃から、慣れ親しんでいた人ですから、『臨終《りんじゅう》の際に、私がいなければ、思《おも》い遣《や》りがないと思うだろう』と、思い、訪ねていましたところ、その家に仕える下人《しもびと》で、病がちであった者が、急に、他所《よそ》へ移されることもなく、亡くなってしまいました。家の者が、私に気兼《きが》ねをして、日暮れを待ってから、その亡骸《なきがら》を運び出したと聞きましたので、神事の多い、この季節柄、たいそう穢《けが》らわしく、不都合なことであると思い、謹慎《きんしん》をして、参内《さんだい》せずにいました。今日の未明より、咳病《しわぶきやみ》（風邪）をひいたのか、頭がひどく痛く、しんどい思いをしていますので、たいそう、失礼ながら、御簾《みす》を隔《へだ》てて、お話をしています」

などと、嘘《うそ》の作り話を語る。

中将「それでは、その旨《むね》を、帝にお伝えしましょう。昨夜も、管弦《かんげん》の遊びの折に、源氏の君を探すように命じられ、ご機嫌《きげん》の悪い様子でした」

と、言いながらも、帰りがけに振り返り、
中将「本当は、どのような、行きずりの穢《けが》れに、触《ふ》れたのですか。説明をお聞きしていても、真《まこと》の話とは、思えませんでしたよ」

と、言うので、源氏は、嘘を見透《みす》かされた気持ちで、胸《むね》の潰《つぶ》れる思いとなって、
源氏「ここまで、細かな話ではなく、ただ、思い掛けない穢《けが》れに触《ふ》れた旨《むね》を、お伝え下さい。本当に、みっともない話です」

と、平然と振る舞って言うものの、心の中では、言ってもどうにもならない、女（夕顔）の死の悲しみを思い、気分も悪いので、誰とも顔を合わせないようにしている。源氏は、中将の弟、蔵人弁《くろうどのべん》を呼び出して、丁寧に、この度の旨《むね》を、帝に伝えさせる。

（読者として……源氏は、中将に嘘を見破られ、警戒心を抱き、念の為、改めて、蔵人弁に、父帝への報告をさせています）

　左大臣邸（正妻葵の上）へも、このような事情により、伺《うかが》えない旨《むね》を、手紙にしたためて伝える。

（読者として……源氏は、女〔夕顔〕について、中将の探している女〔常夏《とこなつ》〕であったと感じながらも、中将には知らせません。中将の妹、源氏の正妻葵の上も、何も知りません。源氏と左大臣家の真の関係性は、表からは、誰にも分からないのです。紫式部は、読者にだけ、内情を伝えています）

［一五］

日が暮れて、惟光《これみつ》が、二条院にやって来た。源氏は、「このように、穢《けが》れに触《ふ》れたゆえ」と、言って、来訪者は、皆、立ったまま用事を済ませ、退出させられているので、邸《やしき》の中は、人数《ひとかず》も少なく、ひっそりとしている。源氏は、惟光を、近くへ、呼び寄せると、
源氏「女（夕顔）は、どのような様子であるか。最後まで、見届けたのか」
と、言いながら、袖《そで》を、顔に押し当てて、泣いてしまう。惟光も、泣きながら、
惟光「もはや、助からないでしょう。いつまでも、あの家に籠《こも》っているのも不都合ですから、明日は丁度《ちょうど》、日取《ひど》りも良いので、今後について、たいそう尊い老僧が、知り合いにおりますので、頼み、託《ことづ》けて来ました」
と、伝える。
源氏「付き添った女房右近《うこん》は、どうしているのか」
と、尋《たず》ねると、
惟光「それが、気掛かりでして。あの女も、もはや、生きてはいられないような有様です。『自分も、後を追って死にたい』と、心が乱れています。今朝は、谷に、身投げをしそうな有様でし

た。女が、『あの五条の垣根の家の者達に、知らせてやりたい』と、言いますので、私が、『暫《しばら》く、心を落ち着けなさい。何が起きたのか、よく考えて……』と、それだけを、なだめながら、言い聞かせました」

と、説明するにつれて、
源氏（内心）「悲しくて、たまらない」

と、思い、
源氏「私も、たいそう心が苦しくて、辛《つら》いのだ。どうかなってしまうのではないかとさえ、思うのだ」

と、言う。

惟光「どうして、今になって、また、思い悩むのですか。こうなる宿命だったのです。万事《ばんじ》、そのようなものでしょう。誰にも知られないように致します。私、惟光が、懸命《けんめい》に、手際《てぎわ》よく、始末《しまつ》をつけますから」

などと、言う。

源氏「その通りだな。そのように、万事、思うようにしているのだが、私の、浮《うわ》ついた、気まぐれの懸想心《けそうごころ》から、人を、死なせてしまい、恨《うら》みを背負《せお》うことが、辛《つら》くてたまらないのだ。お前の妹、少将命婦《しょうしょうのみょうぶ》などの耳にも、入れるなよ。乳母尼君には、なおさらのこと。このような、遊《すさ》びの忍《しの》び歩きについて、耳に入れれば、諭《さと》されるに違いないからな。気恥《きは》ずかしくてたまらぬ」

と、口止《くちど》めをしている。

惟光「葬送《そうそう》について、老僧の下の、その他の法師達などにも、すべて、言い方を変えて、違う話のように、説明してあります」

と、言うので、源氏は、惟光を頼りにしている。

二人の話し声を、かすかに聞いている女房などは、

女房「妙な話ですね。何があったのでしょうか。穢《けが》れに触れた経緯《いきさつ》を報告して、宮中にも参内《さんだい》せず、一方で、このように、小声で話し、悲しみに暮れて泣いているとは……」

と、薄々、不審《ふしん》に思っている。

源氏「今後のことも、更《さら》に、万事、上手《うま》くやってくれ」

と、仏事について、話そうとするが、

惟光「どうして、そのような。大袈裟《おおげさ》には、しない方が良いでしょう」

と、言って、立ち上がる。それが、源氏には、悲しくてたまらず、

源氏「不都合であるとは思うが、もう一度、あの女（夕顔）の亡骸《なきがら》を見もせずに、このまま終わってしまえば、憂鬱《ゆううつ》な思いを、抱《かか》えることになりそうだ。馬で、出向こう」

と、言うので、
惟光（内心）「まったく、困ったことだ」
と、思うものの、
惟光「そのように思われるならば、仕方ありません。早く出発して、夜の更《ふ》ける前に、戻って来るのが良いでしょう」
と、言う。早速《さっそく》、近頃、忍び歩きの際、目立たぬ格好をするために着ていた、狩《かり》の装束《しょうぞく》に着替《きが》えるなど、支度《したく》をして出発する。
源氏の心の中は、暗く沈み、耐《た》え難《がた》い苦しみを抱えているので、このような心許《こころもと》ない道中も、昨夜、恐ろしく危《あぶ》ない思いをして、懲《こ》りたはずなのに、
源氏（内心）「自分は、何がしたいのだ」
と、思い悩みもするが、やはり、募《つの》る悲しみを、抑《おさ》えることができず、
源氏（内心）「今ここで、女（夕顔）の亡骸《なきがら》を見ずに、また、いつの世で、女の顔を、見ることができようか」
と、思い、祈る気持ちで、いつものように、大夫《たいふ》（惟光《これみつ》）と随身《ずいじん》を供にして、出かけて行く。
道のりが、遠く感じる。十七日の月（立待月《たちまちづき》）が、輝き昇る頃である。賀茂川《かもがわ》の河原の辺り

では、先払《さきばら》いの明《あ》かりの火も、微《かす》かな仄暗《ほのぐら》い中、鳥野辺《とりのべ》の火葬場《かそうば》の方を眺《なが》める。無気味《ぶきみ》な雰囲気ではあるが、怖さも何も感じない。心の乱れる思いの中、東山の尼の家に到着した。

辺《あた》りの様子だけでも、ぞっとするのに、板葺《いたぶ》きの家の横に、お堂を建て、修行をしている尼（惟光の故父朝臣の乳母）の住まいは、たいそう寂《さび》しい風情《ふぜい》である。お堂《どう》の灯明《とうみょう》の光が、かすかに透《す》けて見える。板葺きの家からは、女（右近）が、一人で泣いている声だけが聞こえ、外の方では、法師達、二、三人が、言葉を交わしながら、声をひそめて念仏《ねんぶつ》をしている。周辺の寺の、初夜《そや》（午後八時頃）の勤行《ごんぎょう》も、すべて終わり、辺りは、たいそう、物静かな、しっとりとした雰囲気である。清水寺《きよみずでら》の方角だけ、灯明の光が、たくさん見える。訪れる人で、賑《にぎ》やかな様子である。この尼君の息子である、大徳《だいとこ》（僧）が、素晴らしい声で経《きょう》を読んでいるのを聞くと、源氏は、涙を、出し尽《つ》くすほどの思いになる。

源氏が、板葺きの家の中に入ると、灯火《とうか》は、女（夕顔）の亡骸に背を向けて置かれ、右近は、屏風《びょうぶ》を隔てて、横になっていた。源氏は、女（夕顔）の亡骸《なきがら》を、

源氏（内心）「どれほど、辛《つら》かったことか」

と、思いながら、見ている。亡骸に、恐ろしさは、何も感じない。たいそう、可愛らしい様子

で、まだ、生前と、少しも変わったところがない。源氏は、女（夕顔）の亡骸の手をとると、
源氏「私に、もう一度、声だけでも聞かせて下さい。どのような、前世の因縁《いんねん》があったのでしょうか。ほんの僅《わず》かな間でしたが、心の底から、愛情を抱いていましたのに。私を置いて先立ち、苦しませるとは、酷《ひど》いではないですか」
と、声を潜《ひそ》めることなく、泣く姿は、果てしない。大徳達《だいとこたち》は、源氏のことも、亡骸の女のことも、どこの誰とも知らぬのに、
大徳達「お気の毒なことで」
と、思いながら、皆、涙を落としていた。

源氏は、右近に対して、
源氏「さあ、あなたは、私と一緒に、二条院へいらっしゃい」
と、言うが、
右近「女君（夕顔）の幼い頃より、ほんの暫《しばら》くの間でも、離れることなく、親しく、傍《そば》に仕えて来ました。その女君が、突然、亡くなって、お別れしてしまい、私は、どこへ帰れば良いのでしょうか。『女君は、このようになってしまった』などと、人に言えるはずもありません。悲しみは当然ですが、人に話せば、騒《さわ》がれるでしょうから、それも、辛くてなりません」

と、言うと、泣いて取り乱し、
右近「火葬《かそう》の煙と一緒になって、女君に寄り添い、あの世へ行きたいです」

と、言う。

源氏「当然の思いではあるが、これが、この世の現実だ。別れに、悲しくないものはない。あれこれと言ったところで、誰しも、限りある命を生きているのだ。気持ちを穏《おだ》やかにして、私を頼りにしなさい」

と、なだめながらも、
源氏「このように、言っている私自身の方が、本当は、生きてはいられないほどの、悲しい気持ちなのだよ」

と、言っている。

〈まったく、頼りない人であることよ〉

惟光「夜も、明ける頃になって来たようです。早く、お帰りになる方が良いでしょう」

と、言う。源氏は、何度も後ろを振り返り、胸の潰《つぶ》れる思いを抱きながら、板葺《いたぶ》きの家を出て、二条院へ向かった。道中、たいそう露《つゆ》が多く、涙《なみだ》も流れる。深い朝霧《あさぎり》も立ち込めて、自分が、どこへ向かっているのかさえ、分からなくなるほどに、心は乱れている。

源氏（内心）「女（夕顔）の亡骸《なきがら》が、生前と同じように、横たわっていた姿。互《たが》いに取《と》り替《か》えた、我《わ》が紅《くれない》の衣を、亡骸が、着ていたこと。どのような宿縁《しゅくえん》で、このようなことになってしまったのか」

と、道中、考えている。馬にも、しっかりと乗っていられない有様で、行きがけと同じように、惟光が、付き添い、助けているが、賀茂川《かもがわ》の堤《つつみ》の辺りで、源氏は、馬から、滑《すべ》り落ちるように降りて、たいそう心は思い乱れている。

源氏「このような道すがら、私も、野垂《のた》れ死《じ》にするのだろうか。まったく、二条院まで、帰り着くことが、できそうにない」

と、言うので、惟光は、困惑《こんわく》し、

惟光（内心）「私が、しっかりしてさえいれば……源氏の君が、亡骸を見に行きたいと言われた際、このような道中、お連れして、案内すべきだったのかどうか……」

と、思うと、まったく、心は落ち着かず、川の水で手を洗って清め、清水寺の観音様《かんのんさま》の方角に、祈ってはみるものの、どうにもならず、途方《とほう》に暮《く》れている。

源氏も、無理やり、気持ちを奮《ふる》い立《た》たせ、心の中で、仏に念《ねん》じると、再び、惟光に、何やかやと、助けられながら、二条院へ、帰り着《つ》いた。

二条院では、源氏の怪《あや》しげな、夜中の忍び歩きについて、女房達が、噂《うわさ》をしている。

女房達「みっともないことですね。近頃《ちかごろ》は、何時《いつ》になく、落ち着きもなく、忍《しの》び歩《ある》きばかりが続いていいます。昨日の早朝、帰って来られた際、ひどく気分の悪い様子でしたのに、どうして、このように、あちらこちら、出歩くのでしょう」

と、互いに、溜息《ためいき》をついて、心配している。

［一六］

源氏は、本当に、床に入ると、そのまま、ひどく苦しがり、二、三日経《た》つうちに、すっかり、弱ってしまった。宮中では、父帝も、源氏の様子を聞いて心配し、嘆《なげ》く様子は、この上ない。祈《き》禱《とう》の儀式《ぎしき》が、あちらこちらで、絶え間なく、大きな声で行われている。神道《しんとう》や陰陽道《おんようどう》の祭《まつり》や祓《はらえ》、仏道《ぶつどう》の修法《ずほう》など、言《い》い尽《つ》くすことのできないほどの騒《さわ》ぎである。源氏は、この世に、例がないほど、不吉な美しさなので、

世の人々「この世では、長生きできない方なのだろうか」

と、心配し、大騒ぎとなっている。

源氏は、苦しい思いをしながらも、あの右近《うこん》（夕顔の女房）を呼び寄せ、自分の部屋の近くに、局《つぼね》（女房の部屋）を与えて、仕えさせる。惟光も、源氏を、手引《てび》きしたばかりに、このような事の成り行きになってしまい、狼狽《うろた》えているが、気を静めて、右近が、「頼れる人は、誰もいない」と、不安に思っている様子が分かるので、世話をし、助けながら、源氏に仕えさせている。

源氏は、少しでも、気分の良い時には、右近を呼び寄せる。右近は、源氏の、身の回りの世話をしているうちに、二条院での暮らしに慣れて行った。黒い喪服《もふく》を着て過ごし、容姿などは良くもないが、醜《みにく》いほど見苦しい人でもない。若い女房である。

源氏「女君（故夕顔）とは、奇妙《きみょう》な、短い宿縁《しゅくえん》であったが、情《じょう》に絆《ほだ》されて、私も、この世で、生きて行けそうにない気持ちだよ。あなたも、長年、頼りにして、仕えていた主《あるじ》（故夕顔）を失い、心細く思っているのだろう。その慰《なぐさ》めに、もし、私が、長く生きられるのならば、万事、世話をしてやりたいと思っていたが、あっという間に、私もまた、あの人の後を追って、寄り添うように、あの世へ逝《い》ってしまいそうだよ。残念であるが」

と、密《ひそ》やかに話をしながら、弱々しく泣く有様に、亡くなった人（夕顔）について、何を言っても、仕方がないのであるが、

右近（内心）「これほど、源氏の君に愛されて、亡くなってしまったとは、本当に、残念なことでした」

と、思っている。

二条院に仕える人々は、源氏の君の病状を心配し、足が地に着かないほど、落ち着きを失くしている。宮中から、見舞いの使いが、雨脚《あまあし》よりも一層頻繁《いっそうひんぱん》にやって来る。父帝が、源氏を心

配し、悲嘆に暮れている様子を耳にすると、源氏は、畏《おそ》れ多《おお》く、敢《あ》えて、気丈《きじょう》に努《つと》めている。

左大臣家も、精《せい》を出して、源氏の世話をしている。左大臣は、毎日、二条院へやって来て、加持祈禱《かじきとう》や薬など、あれやこれやと、家の者達に命じている。その甲斐《かい》も、あったのだろうか。源氏は、二十日余りの間、本当に、病状が重く、患《わずら》っていたのであるが、特に後遺症《こういしょう》も無く、治ったように見える。丁度《ちょうど》、女（夕顔）の亡骸に触れてから、満月を迎えて一か月、忌明《いみあ》けの夜でもある。父帝が、心配されているお気持ちを思うと、源氏は、申し訳なく、宮中の宿直所《とのいどころ》に、参内《さんだい》することにする。

左大臣が、自《みずか》らの牛車で、二条院に、迎えにやって来た。物忌《ものい》みやら、何やかやと、面倒なほど、穢《けが》れを払《はら》っている。源氏は、まだ、頭がぼんやりとして、別の世界に、生き返ったような気持ちを、暫《しばら》くの間、感じていた。

［一七］

九月二十日頃になると、源氏は、すっかり快方《かいほう》した。ひどく痩《や》せてしまったものの、却《かえ》って、たいそう優美な雰囲気である。しかし、物思いに耽《ふけ》ると、声を上げて泣くことがあり、源氏の様子を、不審《ふしん》に思う女房もいて、中には、

女房「物《もの》の怪《け》の仕業《しわざ》でしょうか」

などと、言っている者もいる。

源氏は、右近《うこん》を呼び出すと、穏《おだ》やかな夕暮れ時、世間話などをしている。

源氏「やはり、どうしても、奇妙《きみょう》に思っていることがある。なぜ、女（故夕顔）は、どこの誰とも言わず、素性《すじょう》を知られないように、私に、隠していたのだろうか。本当に『海人《あま》の子』だったとしても、あれほどまで、私の気持ちを受け止めず、余所余所《よそよそ》しく、振る舞っていたことは、本当に、耐《た》え難《がた》いことであった」

と、言うと、

右近「どうして、女君（故夕顔）が、意固地《いこじ》に、隠し立てをするものですか。どのような時なら

ば、何の身分も無い自らの名前を、名乗れましょうか。初めから、奇妙で、思い掛けない有様の、お付き合いでしたから、女君は、『現実のこととは思えない』と、言われていました。貴方様《あなたさま》が、名前を隠されているのも、源氏の君であるからに違いないと、思いながら、『やはり、本気のお付き合いではないから、名前を、隠しておられるのだろう』と、辛《つら》く思っておられました」
と、言うので、
源氏「つまらない、意地《いじ》の張り合いを、互《たが》いにしていたものだな。私には、そのような、隠し立てをする気持ちは、無かったのだが。ただ、この度《たび》のような、人から許されぬ、忍び歩きを、これまで、経験したことは無かった。私は、帝から、戒《いまし》めの言葉を、頂戴《ちょうだい》するのを始めとして、身を慎《つつし》まねばならぬことの多い身の上で、ちょっとした時、人に冗談《じょうだん》を言うのさえ、気を遣《つか》い、窮屈《きゅうくつ》な思いをしている。周りの者への影響も大きい、面倒《めんどう》な身の上なので、あの、ふと、夕顔の花を見つけた、夕暮れ時から、奇妙なほど、女君を忘れられなくなり、無理に、しつこく、お会いしていたのも、こうなる宿命であったのだと思うと、それゆえに、亡くなってしまったことが、悲しくてたまらないのだ。また、思い出して、辛くてたまらないよ。このように、長くはない縁《えにし》であったが、なぜ、あれほどまで、私は、女君のことが、心から離れず、愛《いと》しく思ったのだろうか。やはり、女君について、もっと詳《くわ》しく話をしなさい。亡くなってしまった、今となっては、何を隠す必要があろうか。七日毎《ごと》の法要《ほうよう》に、仏像を描《えが》かせるにしても、名前も知らなければ、誰の為に、心の中で、冥福《めいふく》を、祈れば良いのか、分からぬではないか」

と、言えば、

右近「私が、どうして、隠そうとするでしょうか。女君（故夕顔）が、ご自分で言わずに、我《が》慢《まん》して過ごされていたことを思うと、亡くなった後、私が、代《か》わりにお話するのは、出しゃばりではないかと、思うばかりなのでございます。

女君の両親は、早くに亡くなりました。父親は、三位中将《さんみのちゅうじょう》と呼ばれていました。娘の女君を、たいそう可愛がり、育てられていましたが、ご自分の、身の程の拙《つたな》さに悩まれて、そのうちに、命まで、持《も》ち堪《こた》えることができず、亡くなってしまいました。その後《のち》、ちょっとした、ご縁がありまして、左大臣家の頭中将が、まだ、少将の身分でいらした時、女君を、見初《みそ》められまして、三年ほどの間は、熱心に通っておられたのです。ところが、昨年の秋頃、あの右大臣殿（正妻四の君の父）の方から、たいそう、恐ろしい苦言《くげん》が、伝えられました。女君は、ひどく怖《こわ》がりの性分でしたから、どうしたら良いのかも分からず、恐ろしくなり、西の京に、乳母が住んでいましたので、そこに、そっと隠れておられました。そこも、たいそう見るに忍びないほどの有様で、住んでいられず、『山里にでも、移り住もうか』と、思っておられたのですが、今年からは、方塞《かたふた》がりの方角で、行くことができず、方違《かたたが》えをして、向かった先が、あの五条の粗末な垣根の家でした。あそこで隠れて暮らしている時に、源氏の君に、見つけられてしまい、女君は、嘆き悲しんでいるようでした。珍しいほどに、控え目な振る舞いをする方で、他人に、心の悩みを見せることを、恥ずかしく思い、外見では、平然と振る舞いながら、源氏の君にも、お会いしていたようでした」

と、語るので、源氏は、「雨夜の品定め」の際、頭中将の話していた「常夏《とこなつ》の女」を思い出し、
源氏（内心）「やはり、頭中将が、探していたのは、この女君（故夕顔）であったのか」

と、話が繋《つな》がって、ますます、愛《いと》しさが、募《つの》るのだった。

源氏「『幼い子供の行方《ゆくえ》が、分からなくなった』と、頭中将は、嘆いていたが、そのような子供はいたのか」

と、尋ねる。

右近「そうです。一昨年《おととし》の春、お生まれになりました。女の子で、本当に、可愛らしいです」

と、説明する。

源氏「それで、その子は、どこにいるのだ。誰にも言わず、私に、引き取らせておくれ。女君が亡くなって、悲しくてたまらないのだ。その子を形見《かたみ》にできるのであれば、どんなに、嬉しいことであろうか」

と、言う。

源氏「あの頭中将にも、知らせるべきではあるが、言っても甲斐《かい》のないことで、恨《うら》み言《ごと》を言わ

れるだけだろう。あれこれと考えてみたところ、私が育てたとしても、罪にはなるまい。その子の世話をしている乳母などに、嘘をついてでも、上手く話をして、連れて来てくれ」

などと、話しかける。

右近「それは、何と嬉《うれ》しいお話でしょう。あの西の京で育てられることになれば、可哀想《かわいそう》でなりません。頼りになるような、子育てのできる者が、五条の家にはいないので、西の京の乳母の家にいるようです」

と、伝える。

夕暮れ時の静けさ。空の風情《ふぜい》は、たいそう美しい。御殿の前庭の植え込みは、枯れ始めている。虫の鳴き声もかすれ、紅葉《もみじ》のだんだんと、色づく季節である。右近は、二条院の庭の、絵に描いたような、趣《おもむきぶか》深い景色を見渡して、

右近（内心）「思いがけず、素晴らしい宮仕《みやづか》えを、することになったものよ」

と、五条の夕顔の咲く粗末な家を思い出し、恥ずかしくなっている。

一方で、源氏は、竹藪《たけやぶ》の中から、家鳩《いえばと》という鳥の、野太《のぶと》い鳴き声を聞いて、あの、「なにがしの院」で、これと同じ鳥の鳴き声を、女君（夕顔）が「恐ろしくてたまらない」と、思っていた姿の可愛らしさを、幻《まぼろし》のように思い出していた。

源氏「女君は、年齢は、幾つであったのか。不思議なほど、世間離れした人で、か弱く、頼りなく思えたから、このように、長生きできなかったのだろう」
と、言う。
右近「十九歳に、なっておられたでしょうか。私、右近は、女君の亡くなった乳母の娘でございます。母に先立たれ、女君の父上、三位《さんみ》の君（三位中将《さんみのちゅうじょう》）に可愛がって頂きました。女君の傍で、育てて頂いたことを思い出しますと、これから、どのように、この世を生きて行けば良いものか。『いとしも人に』と、古歌を思い浮かべ、女君と、睦《むつ》まじい仲であったことが、悔《く》やまれるほどです。女君は、どことなく頼りない、弱々しい方でしたが、お気持ちにすがり、長年、慣れ親しんで、傍に仕えておりました」
と、話す。
源氏「頼りない女こそ、可愛らしいというものだ。賢《かしこ》くて、人に従わない女は、まったく、不愉《ふゆ》快《かい》である。私自身が、頼り甲斐《がい》も、真面目《まじめ》さも、無い性格であるから、女は、ただ、素直な人が良い。こちらが、うっかりしている間に、逃げ出したり、人を騙《だま》したりするような女が、それでも、やはり遠慮して、男の心に従おうとするならば、愛《いと》しいものだろう。私の思い通りの女に、育て直して妻にしたら、嘸《さぞ》かし、可愛らしくて、たまらなかったに違いない」
などと、言えば、

右近「女君は、源氏の君の、お好み通りの方でした。裏切ることは無かっただろうと思うほどに、残念でなりません」

と、言いながら、泣いている。空は、すっかり曇り、風も冷たくなって来た。源氏は、本当に、辛《つら》い思いで、外を眺《なが》めながら、

源氏　**見し人の煙を雲とながむれば夕《ゆふべ》の空もむつましきかな**

（愛しい人の、葬《ほうむ》られた煙が、あの雲になったのかと、思って眺めてみれば、この夕暮れ時の空も、懐《なつ》かしくてたまらない）

と、独《ひと》り言《ごと》を呟《つぶや》くが、右近は、返事をすることもできない。

右近（内心）「もし、女君が、今ここに、このように、源氏の君と、一緒にいることができたならば……」

と、思うと、悲しさで、胸《むね》の詰《つ》まる思いである。

源氏は、五条の家で、耳にして煩《うるさ》く感じた、砧《きぬた》の音を思い出すだけでも、女（故夕顔）のことが、恋しくてならず、

源氏「正《まさ》に長き夜」

と、古歌を、口ずさんで、横になるのだった。

［一八］

あの伊予介《いよのすけ》（空蟬《うつせみ》の夫）の所から、小君《こぎみ》（空蟬の弟）が、源氏の邸《やしき》へ、参上する時がある。源氏から空蟬へ、特に、以前のような、言付《ことづ》けも無いので、

小君（内心）「源氏の君が、姉君（空蟬）を、薄情《はくじょう》な人と思ってしまっているならば、姉君には、気の毒なことになってしまったな」

と、思っていたところ、源氏が、このように病《やまい》に臥《ふ》せっている様子を耳にする。空蟬も、それを聞くと、やはり、思わず泣いていた。夫の任国《にんこく》、伊予《いよ》へ下向《げこう》する時も近づき、やはり、このままでは、物寂《ものさび》しく、

空蟬（内心）「源氏の君は、私のことを、お忘れになってしまったのだろうか」

と、思い、試《ため》しに、手紙を送る。

空蟬（手紙）「ご病気と聞いて、心配しております。私から、口に出しては、

問はぬをもなどかと問はでほどふるにいかばかりかは思ひ乱るる

（お見舞いできずにいることを、何故《なぜ》かとも、尋ねて下さらないまま、日々は、過ぎて行きました。どれほど、私の心は、思い乱れておりますことか）

『益田《ますだ》』の古歌のように、『生きている甲斐もない』とは、本当に、私のことです」と、伝えた。空蟬からの、滅多にない便りで、源氏は、この人への愛《いと》しい思いも、忘れずにいたので、

源氏（手紙）「『生きている甲斐もない』とは、誰の言いたい言葉でしょうか。

うつせみの世はうきものと知りにしをまた言《こと》の葉《は》にかかる命よ

（空蟬のように、あなたとの仲は、儚《はかな》いものと思い知りましたのに、また、このような便りの言葉に、すがって生きる気持ちになります）

頼りない私ですが」

と、筆を持つ手は震えて、乱れ書いた文字であるが、たいそう見事な、美しい便りである。今でも、あの夜、もぬけの殻《から》のように逃げ出したことを、源氏が、忘れずにいたことを、空蟬は、辛《つら》くも、嬉《うれ》しくも思っているのだった。このように、見苦しくない程度に、手紙を交《か》わしているが、近くでお会いしたいとは思っていない。

空蟬（内心）「やはり、情緒《じょうちょ》の分からぬ女ではなかったと、思われてから、源氏の君との関係を終わりにしたい」

と、思っているのだった。

あの、もう一人の女（軒端荻《のきばのおぎ》）は、「蔵人少将《くろうどのしょうしょう》である男を、婿《むこ》として通わせている」と、源氏は、噂《うわさ》で耳にする。

源氏（内心）「蔵人少将には、気の毒なことをしたな。女（軒端荻）に手を出した、私のことを、どのように思っているだろうか」

と、蔵人少将の気持ちを思えば、気の毒になるものの、一方でまた、あの女（軒端荻）の様子も、知りたくなり、小君（空蟬の弟）を呼び出して、

源氏「死にそうなほど、貴女《あなた》のことを思っている、私の気持ちを、お分かりですか」

と、言伝《ことづ》ての使いにやる。

源氏　**ほのかにも軒端《のきば》の荻《をぎ》を結ばずは露のかごとを何にかけまし**

（ほんの少しの間でも、軒端の荻のような貴女と、契《ちぎ》りを結ばずにいる苦しさです。露のような私の恨み言を、何にぶつければ、良いのでしょうか）

と、歌を詠《よ》み、丈《たけ》の高い荻《おぎ》に結びつけて、

源氏「人目を避《さ》けて、届けなさい」

と、小君に命じるものの、一方で、

源氏（内心）「もし、小君が、過《あやま》ちを犯《おか》して、蔵人少将が、見つけたならば、私（源氏）からの手紙であると、気づくかもしれない。しかし、たとえそうであったとしても、私ならば、罪を

許してくれるだろう」
と、思っている。
〈源氏の傲慢《ごうまん》な態度は、身分が高いとはいえ、うんざりするわ〉

蔵人少将の留守中、小君は、手紙を届けた。

軒端荻（内心）「情けないこと」
と、思ったものの、このように、源氏の君が、自分を思い出し、手紙の届いたことは、やはり、嬉しくもあり、返事は、速《はや》いのだけが取《と》り柄《え》のような、言い訳にして、小君に渡す。

軒端荻　**ほのめかす風につけても下荻《したをぎ》のなかばは霜に結ぼほれつつ**
（それとなく知らせる、風のような手紙を頂いて、荻の下半分が、霜に覆われるように、私の心は、ふさいでしまいます）

筆遣いの綺麗《きれい》ではないのを誤魔化《ごまか》して、気取った風情の書《か》き振《ぶ》りには、品の良さもない。灯火の光に照らされて見えた、囲碁《いご》をしていた女二人の顔を、源氏は、思い出す。
源氏（内心）「落ち着いて、向かい側に座っていた女（空蟬）は、見限ることのできない、魅力のある人だったな。この女（軒端荻）は、まったく思慮深《しりょぶか》さの無い様子で、騒々《そうぞう》しく、得意気になっていたことよ」

と、思い浮かべながらも、憎《にく》めないのである。

〈源氏は、ますます、性懲《しょうこ》りもなく、またもや、浮名《うきな》を立てそうな、遊《すさ》び心を抱いている様子である〉

［一九］

あの女（故夕顔）の、四十九日の法要《ほうよう》は、密《ひそ》やかに、比叡山延暦寺《ひえいざんえんりゃくじ》の法華堂《ほっけどう》で、省略《しょうりゃく》することなく執《と》り行われた。源氏は、装束《しょうぞく》をはじめとして、布施《ふせ》など、細やかな心遣いをし、誦経《ずきょう》などをさせている。経典《きょうてん》や仏像《ぶつぞう》の飾《かざ》りまで、手を抜くことはしない。惟光《これみつ》の兄阿闍梨《あじゃり》は、高僧で、仰々《ぎょうぎょう》しいほど盛大《せいだい》に唱《とな》えていた。

源氏は、学問の師《し》として慕《した》う、文章博士《もんじょうはかせ》を呼び寄せて、願文《がんぶん》（神仏への祈願の漢文書状）を作らせる。女君（故夕顔）は、素性《すじょう》の分からぬまま、愛《いと》しい思いを抱《いだ》いていたのに、亡くなってしまった。極楽往生《ごくらくおうじょう》を、阿弥陀仏《あみだぶつ》にお任《まか》せしたい旨《むね》を、いかにも真剣《しんけん》に書き出している。

文章博士「ただもう、このままで、付け加えることは無いでしょう」

と、言う。源氏は、我慢していたものの、涙がこぼれ落ち、悲しみに浸《ひた》っている様子なので、

文章博士「亡くなったのは、どのような方であろうか。どこの誰であると、噂も聞かず、このように、源氏の君が、悲嘆《ひたん》に暮れるほどの、宿縁《しゅくえん》の深い方とは……」

と、言っているのだった。

源氏は、密《ひそ》かに整えさせていた、装束《しょうぞく》の袴《はかま》を取り寄せて、

源氏　泣く泣くも今日《けふ》はわが結《ゆ》ふ下紐《したひも》をいづれの世にかとけて見るべき

（涙を流しながら、今日、私が一人で結ぶ下紐《したひも》を、いつの世に、再び、あの人に逢《あ》い、共に解《と》いて、打ち解け合うことができるだろうか）

源氏（内心）「この四十九日までは、魂《たましい》が、彷徨《さまよ》っていると言うが、あの女君は、来世、どの道に生まれ変わるのだろうか」

と、思いを馳《は》せながら、念誦《ねんじゅ》を、殊勝《しゅしょう》にしている。

源氏は、頭中将と顔を合わせると、ただもう、心穏《こころおだ》やかではいられず、あの、探していると話していた幼子《おさなご》（頭中将と夕顔の娘、後の玉鬘《たまかずら》）が、生きていることを知らせたいところではあるが、女君の亡くなったことを言えば、恨《うら》み言《ごと》を言《い》われるのが恐ろしく、何も話さずにいる。

［二〇］

一方で、あの五条の夕顔の咲いていた家では、
女房達「女君（夕顔）は、どこへ行かれたのだろうか」
と、途方《とほう》に暮《く》れているが、なす術《すべ》もなく、探すこともできない。右近《うこん》からさえ、音沙汰《おとさた》も無く、
女房達「心配だわ」
と、皆で、嘆き悲しみ合っている。確かではないが、男の雰囲気を思い出し、
女房達「源氏の君ではなかったのだろうか」
と、ひそひそと噂をしていた。惟光に、事情を知っているのではないかと、愚痴《ぐち》をこぼしてみるものの、惟光は、まったく心当たりの無い様子に振る舞い、言《い》い繕《つくろ》い、今までと同じように、この家の女房を目当《めあ》てに、浮気心で遊《すさ》び歩いていた。ますます、皆、女君の行方《ゆくえ》の分からぬことが、悪い夢を見ているように思われて、
女房達「もしかしたら、受領《ずりょう》の息子達の中に、好色《こうしょく》めいた者がいて、女君に手を出して、頭中将の怒りを恐れ、そのまま連れて、地方へ下ってしまったのだろうか」
などと、思いを巡らしていた。この五条の家の女主《おんなあるじ》は、西の京に住む乳母《めのと》の娘であった。こ

の乳母には、三人の娘がいたのであるが、西の京の乳母の娘「私達と右近は、他人だったから、心に隔《へだ》てを置いて、女君の様子を、知らせてくれないのでしょうか」

と、泣きながら恋しがっていた。

一方、右近も、

右近（内心）「女君の死を、五条の家に知らせれば、それはそれで、やかましく言われて、騒がれることになるだろう」

と、思っている。源氏の君も、

源氏（内心）「今となっては、女君とのことを、誰にも知られたくはない」

と、秘密にしている様子なので、右近は、女君（夕顔）の娘（後の玉鬘《たまかずら》）の身の上が、どのようになっているのかさえ、噂《うわさ》を耳にすることもできず、嘆《なげ》きながら、途方《とほう》に暮《く》れたまま、時は過ぎて行く。

源氏（内心）「せめて、夢の中だけでも、女君に会いたいものだ」

と、思い続けていたところ、この四十九日の法要の翌日の夜、かすかに、あの「なにがしの院」

さながら、枕元に座っている女がいて、同じような姿に見えた。

源氏（内心）「荒れ果てた所に、住み着いていた物の怪が、私に目をつけて、とりついて、その序《つい》でに、女君は、命を奪われて、亡くなってしまったのか」

と、思い出しているが……

〈それだけでも、気味《きみ》の悪いことだろう〉

［二二］

伊予介《いよのすけ》は、神無月朔日《かんなづきついたち》（十月《じゅうがつ》の初め頃）、任国《にんごく》へ下《くだ》る。

源氏「妻（空蟬《うつせみ》）も、共に、下るのであろうから」

と、言って、餞別《せんべつ》の品を、特別に贈《おく》る。また、空蟬本人へも、内密《ないみつ》に、わざわざ贈り物をする。

細工《さいく》の美しい櫛《くし》や扇《おうぎ》をたくさん用意して、幣《ぬさ》（旅の途中、神に奉《たてまつ》る物）なども特別に拵《こしら》えて、あの小袿《こうちぎ》（空蟬の残した薄衣）も一緒にして返す。

源氏　**逢ふまでの形見ばかりと見しほどにひたすら袖の朽《く》ちにけるかな**
（再びお会いするまでの間と思いながら、この薄衣を、貴女《あなた》の形見のように、大切に見ているうちに、すっかり、私の涙で、袖《そで》が、朽《く》ちてしまいましたよ）
〈他にも、この二人の間では、色々とやり取りがあったに違いないのだが、面倒《めんどう》なので、これ以上、書くのは止《や》めにしておく〉

源氏の使いの者は、帰ってしまったが、女（空蟬）は、弟の小君を使いにして、小袿を受け取ったことへの、返事だけは届けさせた。

空蟬　**蟬《せみ》の羽《は》もたちかへてける夏衣かへすを見ても音《ね》はなかれけり**

（蟬の羽のように、脱ぎ残した夏の薄衣が、手元に戻って来たのを見るだけで、声を出して、泣かずにはいられません）

源氏（内心）「思い出してみると、あの女は、珍しいほど、人とは違う気の強さで、私のことを、振り切って、去って行ってしまったものよ」

と、思い続けている。

今日は丁度《ちょうど》、冬立《ふゆた》つ日（立冬《りっとう》・二十四節気の一つ）である。正《まさ》に、さっと時雨《しぐれ》が降って、空の景色は、たいそう、悲しみの風情である。源氏は、物思いに沈み、一日を過ごしている。

源氏　**過ぎにしもけふ別るるも二道《ふたみち》に行く方《かた》知らぬ秋の暮かな**

（亡くなってしまった女君〔夕顔〕も、今日、旅立つ女〔空蟬〕も、二人とも、それぞれの道を、どこへ行くのか。私には、分からない、寂《さび》しい秋の夕暮れであることよ）

〈やはり、このように人知れぬ恋は、苦しいものであると、源氏は、思い知ったことでしょうね。このような、くどくて煩《わずら》わしい話を、あまりに念《ねん》を入れて、しつこいほど隠して、秘密にしているのが気の毒なので、誰もが、口外《こうがい》するのを、止《や》めているけれど、でも、どうして、帝の皇子だからと言って、傍《そば》で見て、知っている人でさえも、源氏を、完璧《かんぺき》な人であると、誉《ほ》めてばかりいるのかしら。そうなると、嘘《うそ》を、本当のように、上手《うま》く取《と》り繕《つくろ》う人が、出て来てしまうでしょ。（だから私が、源氏の隠していることを、語ってしまおうと思っているのよ）。でも、私も、あまり調子に乗って、意地悪《いじわる》に喋《しゃべ》り過《す》ぎてしまうと、その罪《つみ》は、逃れようがないかもしれないわね〉

（読者として……旧暦・太陰太陽暦の、一月〔正月〕から十二月までの、和名《わめい》を、確認しておきましょう。

睦月《むつき》・如月《きさらぎ》・弥生《やよい》・卯月《うづき》・皐月《さつき》・水無月《みなづき》・文月《ふみづき》・葉月《はづき》・長月《ながつき》・神無月《かんなづき》・霜月《しもつき》・師走《しわす》

二十四節気は、地球から見た太陽の通り道を区切った、季節の目安です。春分《しゅんぶん》・夏至《げし》・秋分《しゅうぶん》・冬至《とうじ》は、よく知られていますが、立春《りっしゅん》・立夏《りっか》・立秋《りっしゅう》・立冬《りっとう》なども、意識して生活すると、季節の移り変わりを、自然とともに、感じることができます）

五

若紫《わかむらさき》

［一］

源氏は、瘧病《わらわやみ》を患《わずら》う。

（読者として……後《のち》に、「末摘花《すえつむはな》」の巻で、この病《やまい》は、藤壺との秘事の罪による苦しみからの発《はっ》作《さ》であったと分かります）

様々な呪《まじな》いや、祈禱《きとう》をさせるものの、効果は無く、頻繁《ひんぱん》に、具合が悪くなっていたところ、ある人「北山にあるのですが、『なにがし寺』に、賢明《けんめい》な行《おこな》い人（修行僧《しゅぎょうそう》）がいます。昨年の夏、世間《せけん》で、流行《はや》り病《やまい》が蔓延《まんえん》し、人々は、神仏に祈りながらも、病に苦しんでいました。そのような中で、その行い人が、直《す》ぐに、治《なお》してしまった例が、たくさんあるのです。源氏の君が、病を悪化させてしまいますと、困ったことになりますから、早めに、試《ため》しに、お会いになったらいかがでしょうか」

などと、進言《しんげん》するので、源氏は、行い人を呼び寄せる為、使いの者を、北山へ行かせた。

行い人「私は、年老いて、腰も曲がり、僧庵《そうあん》の外に、出ることもなくなりました」

と、源氏は、報告を受ける。

源氏「どうすれば良いものか。私が自ら、人目を忍び、北山へ、出かけることにしよう」

と、言うと、供人に、信頼できる四、五人ほどを連れて、まだ、夜明け前の、暗いうちに出発する。北山のなにがし寺は、山深く入った所にあった。三月晦日《つごもり》（弥生《やよい》下旬の頃）で、京の都の花の盛りは、すっかり過ぎていた。一方で、北山の桜は、まだ真っ盛りで、源氏は、山の中へ入るにつれて、霞《かすみ》の風情を美しく思いながら眺めている。このような遠出《とおで》は、滅多《めった》にないことである。窮屈《きゅうくつ》な身の上であるから、何を見ても、珍しく感じていた。なにがし寺も、たいそう、しみじみとした趣《おもむき》のある風情である。高い山の頂《いただき》の、岩に囲まれた奥深い場所で、聖《ひじり》（行い人）は、籠《こも》って、修行をしているところであった。源氏は、そこまで登って行った。身元を明かすことなく、たいそう酷《ひど》い、質素《しっそ》な身なりに扮《ふん》しているものの、やはり、誰の目にも、源氏の君と分かる風采《ふうさい》なので、

聖（行い人）「ああ、何と畏《おそ》れ多《おお》いことでしょう。先日、私に、ご依頼を頂きました方が、ここまで、お越しになったのでしょうか。私は、今では、現世《げんせ》のことを、願うこともなくなり、加《か》持祈禱《じきとう》など、効験《こうけん》の勤行《ごんぎょう》もしておりません。老齢《ろうれい》となり、忘れてしまっておりますのに、なぜ、このように、お越しになったのでしょうか」

と、驚いて、騒々《そうぞう》しく振る舞いながらも、笑《え》みを浮かべて、源氏を見ている。

行い人とは、聖《ひじり》のことであった。実は、たいそう尊ばれている、大徳《だいとこ》（高徳の僧）なのである。護符《ごふ》などを作り、源氏を宥《なだ》め、慰《なぐさ》めている。加持祈禱《かじきとう》をしているうちに、日も高く昇った。

［二］

源氏は、少し外へ出て、辺りを見渡すと、そこは、峰の高い場所で、あちらこちらに、幾《いく》つもの僧坊《そうぼう》（僧の住む建物）が、はっきりと見下《みお》ろせる。すぐ傍《そば》に見える、葛《つづら》（蔓《つる》植物）のように折れ曲がった、坂道の下に、他の家と同じ様子ではあるが、小柴《こしば》の垣根《かきね》を、品良く巡《めぐ》らした、小綺麗《こぎれい》な家がある。廊《ろう》（建物を結ぶ細長い建物）なども繋《つな》げられて、庭の植え込みの木立も、たいそう趣《おもむき》がある。

源氏「どのような者が、住んでいるのか」

と、尋ねると、

供人「この僧坊《そうぼう》ですか。なにがし僧都《そうず》が、この二年、籠《こも》っている家のようです」

源氏「こちらが、恥ずかしくなるような、立派な人の住んでいる家なのだな。みっともなく、あまりにも、みすぼらしい姿で、来てしまったものだ。もし、私のことを耳にされたら、困ったことだ」

などと、言う。可愛らしい子供達などが、大勢出て来て、閼伽《あか》（仏に供える水）を供え、花を折り取って供える様子が、源氏の場所から、はっきりと見える。

供人「あそこに、女の姿が見えるようですよ」
供人「僧都が、まさか、女を囲っているとは、思えないが」
供人「どのような間柄の女だろうか」
と、供人達は、口々に話をしている。中には、坂道を下りて、覗《のぞ》いて来る者までいる。
供人「美しい娘達や、若い女房、女童《めのわらわ》が、見えましたよ」
と、言っている。

［三］

源氏は、北山の聖《ひじり》の寺で、仏道の修行をしている。そのうちに、日も高く昇って来て、
源氏（内心）「これから、一体、自分は、どうなるのだろうか」
と、思っている様子に、
供人「とにかく、気晴《きば》らしをして下さい。思い詰《つ》めて考えない方が、体調も、良くなることでしょう」
と、言うので、寺の裏手の山へ出かけ、京の都の方を眺《なが》める。遥《はる》か遠くまで、霞《かすみ》は続き、周りの木々の梢《こずえ》は、新芽が萌《も》え出して、ぼんやりと霞んで見えている。
源氏「まったく、絵に描いたような、美しい景色だな。このような所で暮らす人は、あらゆる風情を、心に感じ、思い残すことはないのだろうな」
と、言えば、
供人「これは、それほど、たいした景色ではありません。地方の国々などの、海や山の風情を、もし、見て頂けましたら、どれほど絵を描く腕前が、上達されることでしょう」
供人「富士山《ふじのやま》、なにがしの岳《たけ》（何とか岳）」

などと、山の名前を、話し出す者もいる。また、西の国の、風情ある浦々や、海岸の磯《いそ》の景色《けしき》について、語り続ける者もいて、皆で、あれこれと、源氏の気を紛《まぎ》らわせようとしている。

良清《よしきよ》という名の者が、話を始める。

良清「西の国の浦々の中で、京の都から、近い場所と言えば、播磨《はりま》の明石《あかし》の浦が、やはり、格別です。趣深《おもむきぶか》い場所は、特には無いのですが、ただ、海の面《おもて》を見渡した眺めが、何とも神秘的で、他では見られないような、ゆったりとした場所なのです。

播磨国《はりまのくに》の前《さき》の守《かみ》（国司《くにのつかさ》）が、仏道に入り（新発意《しぼち》）、暮らしています。（後の明石入道《あかしのにゅうどう》）娘を大切に育て、家も甚《はなは》だ立派です。大臣の子孫で、京《きょう》の都《みやこ》にいれば、立身出世《りっしんしゅっせ》のできるはずの人でしたが、世間でも噂の、変わり者でして、人付き合いもせず、近衛中将《このえちゅうじょう》の身分を捨て、自《みずか》ら願い出て、与えられた、播磨国の司《つかさ》（官職）になっていました。播磨国の人々からは、少しばかり、馬鹿にされていたようです。それで、本人は、『どのような世間体《せけんてい》の為であっても、再び、京の都へ戻るものか』と、言って、髪を下ろして出家してしまったのです。それなのに、奥まった山に引き籠《こ》もるような、仏道に励む暮らしは、まったくせず、先ほど、お話したように、海の近くで、暮らしています。捻《ひね》くれ者のようにも思えますが、まあ、確かに、播磨国の中には、いかにも、人が籠って生活するのに適した場所は、あちらこちらにあるのですが、深い山里は、人家《じんか》も遠く、ぞっとするような寂しい雰囲気です。若い妻と娘が、辛い思いをするのは間違いなく、それゆえ、海辺で、暮らしているのでしょう。しかし、一方で、やはり、本人が満足する為の、立派な住まいにも見えます。

先日、私が、西の国へ下向《げこう》した際、序《つい》でもあって、その様子を見る為に、立ち寄って来ました。京の都では、居場所の無い、肩身の狭い有様でしたが、明石の浦の、辺り一帯を、威勢《いせい》よく手に入れて、立派な邸を構え、播磨国の人々から、馬鹿にされているとはいえ、国司の時に築いた財《ざい》のようで、生涯、豊かに暮らせそうなほどの、最上《さいじょう》の暮らしぶりでした。自らの極楽往生《おうじょう》の勤行《ごんぎょう》を熱心にして、却《かえ》って、『法師まさり』（法師となり威勢《いせい》を振るう人物）になっているように見えました」

と、話をすると、

源氏「ところで、その、法師の娘とは……」

と、尋ねる。

（読者として……明石入道《あかしのにゅうどう》の娘は、後に、源氏の妻、明石の君となります）

良清「それが、悪くはないようです。容姿も気立ても良くて、播磨国《はりまのくに》の代々の司《つかさ》が、格別《かくべつ》な心遣《こころづか》いをして、縁談《えんだん》の申し込みをしているようですが、法師は、決して、承知《しょうち》しません。法師は、『私が、このように京の都を離れ、虚《むな》しく、落ちぶれる思いまでしているのは、この娘の為である。特別な宿願《しゅくがん》があるのだ。もし、私に死に後《おく》れ、思い通りに行かず、宿願《しゅくがん》を果《はた》せないのであれば、海に飛び込め』と、いつも、遺言《ゆいごん》として、言い聞かせているようですよ」

と、言うので、
源氏（内心）「面白い話だ」

と、思いながら、聞き入っている。

供人「海竜王《かいりゅうおう》（海中に住む竜王。竜神）の后《きさき》になるに相応《ふさわ》しい、清らかな娘なのだろうな」

供人「思い上がった理想の高い法師だな。見苦しいことだ」

と、言いながら、笑っている。

　このように、播磨国《はりまのくに》明石の浦の法師について、噂話を語っている良清は、播磨守《はりまのかみ》の息子である。今年、蔵人《くろうど》の身分から、五位を叙《じょ》された男だった。

供人「良清は、たいそう好色めいた男だから、あの入道（法師）の遺言《ゆいごん》を反故《ほご》にしてでも、娘を手に入れたいという、下心があるのかもしれないな」

供人「だから、あの辺りを、うろうろして、近寄っているのだろうな」

と、供人達は、皆で、言い合っている。

供人「いやはや、何を期待して、そのようなことを願うのか。悪くはないと言っても、どうせ、田舎《いなか》めいた娘だろうよ。幼い頃から、そのような場所で育ち、古臭《ふるくさ》い親に、育てられたのだからな」

供人「母親は、由緒《ゆいしょ》ある家柄《いえがら》の出身の人のようだ。綺麗《きれい》な若い女房や、女童《めのわらわ》など、京の都の高貴な家々から、親類縁者に伝《つて》を求めて、探し出し、呼び寄せたようだ。眩《まぶ》しいほどの暮らしの中で、娘を大切に育てているようだぞ」

供人「そのように、情けない人物が、国司となって赴任《ふにん》しているとなれば、そのまま、気楽に、放っておくことはできないな」

などと、言う者もいる。

源氏「どのような、特別な宿願があって、海の奥底まで入っていかねばならぬほど、思い詰めるのか。海の底の海松布《みるめ》（海藻《かいそう》）の見る目にも、鬱陶《うっとう》しいだろうに」

などと、言いながら、この娘の話には、尋常《じんじょう》ではないほどの関心を抱いていた。

源氏は、このような噂話には、並々ならぬ興味《きょうみ》を持ち、捻《ひね》くれたことを好み、執着する性格なので、それを知っている供人は、

供人（内心）「源氏の君は、この明石の浦の娘のこと、耳から離れないだろうな」

と、思いながら、見ている。

（読者として……後の、「須磨《すま》」「明石《あかし》」の巻の、伏線《ふくせん》と分かります）

供人「日も暮れて来ました。源氏の君の発作《ほっさ》は、起こらなくなったようですね。早めに、都へ、お帰りになるのが良いでしょう」

と、言うと、
大徳《だいとこ》（行《おこな》い人《びと》・聖《ひじり》）「物《もの》の怪《け》などが、源氏の君に、取り付いていましたから、今晩は、やはり、静かに、加持祈禱《かじきとう》をされて、明日、出発されるのが良いでしょう」

と、言う。

供人達「それも、もっともなことだ」

と、皆、口をそろえて、源氏の君に伝える。源氏も、このような旅寝《たびね》の経験は、これまで、あまりないことで、病の療養《りょうよう》とはいえ、楽しさも感じていたので、
源氏「それならば、明朝《みょうちょう》の暁《あかつき》（夜明け前）に、出立《しゅったつ》しよう」

と、言う。

［四］

日の随分《ずいぶん》と長くなった季節である。源氏は、手持無沙汰《てもちぶさた》で、夕暮れ時の、たいそう霞《かすみ》のかかる、見通しの悪い景色に紛《まぎ》れて、あの小柴の垣根に囲まれた、小綺麗《こぎれい》な家の辺りへ出かける。供人達を、大徳《だいとこ》の山寺へ、先に帰らせて、惟光朝臣《これみつのあそん》を供にして、その家を、外から覗《のぞ》いてみると、直《す》ぐ近くの、西向きの部屋に、仏像を置いて、勤行《ごんぎょう》をしている尼の姿が、見えるのだった。簾《すだれ》を少し巻き上《ま》《あ》げて、花も供《そな》えられている様子である。部屋の真ん中の柱に寄り掛かって座り、脇息《きょうそく》（肘掛《ひじか》け）の上に経典《きょうてん》を置き、たいそう、しんどい様子で、経を読んでいる尼君は、普通の身分の者には見えない。

源氏（内心）「年齢《とし》は、四十を過ぎたくらいだろうか。たいそう色白で、気品もあり、ほっそりとしているが、顔立ちはふっくらとして、目元《めもと》の辺《あた》りや、髪の美しく切り揃《そろ》えられた端《はし》が、却《かえ》って、長い髪よりも格別で、今風の趣に、見えるものだ」

と、しみじみ思いながら、見ている。

さっぱりと美しい女房が二人ほどと、その他に、子供達が出入りして遊んでいる。その中に、源氏（内心）「十歳ほどだろうか」

と、思える、白い衣に、山吹色《やまぶきいろ》の、柔《やわ》らかそうな上着を着て、走って来る女の子が見える。大勢《おおぜい》の子供達とは、似《に》ても似《に》つかぬ可愛らしさで、大人になれば、たいそう美しくなりそうな容姿である。髪は、扇《おうぎ》を広げたように、ゆらゆらとして、泣いた顔をこすり、たいそう赤く腫《は》らしながら立っている。

尼君「どうしたのですか。誰かと喧嘩《けんか》をしたのですか」

と、言って、見上げる顔が、女の子と、少し似《に》ているところがあるので、
源氏（内心）「尼君の娘のようだな」

と、思いながら見ている。

（読者として……女の子は、実際は、尼君の孫娘で、後に源氏の妻となる紫《むらさき》の上《うえ》です）

紫の上「雀《すずめ》の子《こ》を、犬君《いぬき》（女童《めのわらわ》）が、逃がしてしまったの。伏籠《ふせご》の中に入れて置いたのに……」

と、言いながら、
紫の上（内心）「とっても残念」

と、思っている様子である。その子の傍《そば》で、座っていた女房が、
女房「また、いつものように、犬君《いぬき》が、意地悪《いじわる》をしたのですね。叱《しか》られるようなことをして、困った子ですね。雀は、どこへ行ってしまったのかしら。たいそう可愛らしく、ようやく、大

きくなって来たところでしたのにね。烏《からす》などに、見つかったら、大変ですね」

と、言うと、立ち上がって、探しに行く。この女房は、髪がゆったりと、たいそう長く、見た目から、感じの良い人のようである。少納言乳母《しょうなごんのめのと》と、周りから呼ばれている様子なので、この女の子の後見《うしろみ》（世話役）なのであろう。

尼君「まあ、何て幼いこと。情《なさ》けない遊び事をしているのですね。私が、このように病気で、今日か明日か、何時《いつ》、絶《た》えるとも分からぬ命であるのに、お構《かま》いなしに、雀ばかりを追いかけているなんて。『生き物を大切にしないと、罪《つみ》になり、罰《ばち》が当《あ》たりますよ』と、いつも、言って来ましたのに、心配な子です」

と、言いながらも、
尼君「こっちへ、いらっしゃい」

と、言うと、女の子（紫の上）は、膝《ひざ》をついて、尼君の傍へ行って、座った。

源氏（内心）「顔つきが、たいそう可愛らしい。眉《まゆ》の辺りは、柔らかく、ぼかしているように見える。あどけなく、手で払《はら》い除《の》けている額髪《ひたいがみ》の様子も、髪《かん》ざし（髪の様子）も、とても美しい。これから、どのように成長して行くのか、見たいと思う人であるな」

と、目が引き付けられている。

源氏（内心）「それにしても、私が、物思いの限りを尽《つ》くしている、あの方（藤壺）に、たいそう、よく似ている。だから、じっと、見入ってしまうのかもしれない」

と、あの方を、思い出すだけでも、涙が、こぼれ落ちる。

（読者として……物語では、全般、様々な場面で、突如として、源氏の藤壺への感情が表現されます。常に忘れてはならない、重要な、「物語の中心軸」であると考えています）

尼君は、女の子（紫の上）の髪を、掻《か》き撫《な》でながら、

尼君「櫛《くし》で梳《と》かすことを、嫌《いや》がりますが、美しい髪なのですよ。貴女《あなた》（紫の上）が、たいそう幼いので、可哀想《かわいそう》で心配しているのです。貴女の年ほどになれば、まったく手のかからない人もいますのに。貴女の母親、故姫君は、十歳ほどの時に、父君に、先立たれました。その頃には、もうしっかりと、物事を弁《わきま》えていましたよ。今すぐにでも、私が、あの世へ旅立ち、貴女を後に残して、見捨てることになったならば、貴女は、一体どのように、この世で生きて行かれるのでしょう」

と、言って、ひどく泣いている姿を、垣根《かきね》から覗《のぞ》いて、見ている源氏も、なんとはなしに、悲しい気持ちになっている。女の子は、幼心《おさなごころ》にも、さすがに、じっと、尼君を見つめると、伏《ふ》し目になって、俯《うつむ》いている。顔にこぼれかかる髪が、艶《つや》やかで、

源氏（内心）「美しい子だなあ」
と、思いながら見ている。
尼君　**生《お》ひ立たむありかも知らぬ若草をおくらす露ぞ消えんそらなき**
（これから、どこで暮らし、大人になって行くのかさえ、分からない、若草のような貴女を後に残して、露のように消える、我が身の、行くあての空さえありません）
もう一人の傍にいる女房が、
女房「ごもっともでございます」
と、声を上げて泣きながら、
女房　**初草《はつくさ》の生ひゆく末《すゑ》も知らぬ間にいかでか露の消えんとすらむ**
（芽生《めば》えたばかりで、まだ、これから生い立って行く、若草のような姫君の、行く末も見届けず、どうして、尼君は、露のように、消え去って逝《ゆ》こうとされるのですか）
と、歌を詠《よ》んで、返事をしているところへ、僧都《そうず》（尼君の兄）が、向こうの方からやって来た。
僧都「此処《ここ》は、外から丸見《まるみ》えですよ。今日に限って、庭に近い、部屋の端にいたのですね。この上の、聖《ひじり》の寺に、源氏の中将が、瘧病《わらわやみ》の呪《まじな》いの為、訪れていると、たった今、聞いたところです。たいそう忍《しの》んで、人目を避けてのお越しで、私は、知らず、此処《ここ》に居ながら、お見舞いにも行っておりませんでした」

と、言うと、

尼君「まあ、大変なことです。まったく、私達の見苦しい有様を、誰かに、外から、見られてしまったでしょうか」

と、言って、簾《すだれ》を下ろしてしまった。

（読者として……垣根から覗《のぞ》いている源氏には、部屋の中の様子は、見えなくなってしまいます。声や音だけが、聞こえてくる情景です）

僧都「世間でも評判の、『光源氏《ひかるげんじ》』を、この機会に、拝見したいとは、思いませんか。俗世《ぞくせ》を捨て、出家した法師である私の気持ちも、情《なさ》けないことではありますが、この世の不安を忘れ、長生きのできる思いになるような、素晴らしいお姿と聞いています。さて、私も、ご挨拶《あいさつ》をして参りましょう」

と、言って、僧都の立ち上がる音がするので、源氏も、聖《ひじり》の山寺へ、帰って行った。

源氏（内心）「可愛らしい女の子を見つけたものだな。このようなことがあるから、色好みの男達は、こんな忍び歩きばかりをして、上手く、滅多にいない良い女を、見つけ出しているのだな。たまたま、立ち寄っただけで、このように、思いがけない出会いがあるのだからな」

と、面白く思っている。

源氏（内心）「それにしても、本当に、可愛らしい子だったな。どういう人なのだろうか。あの方（藤壺）の身代わりとして、明《あ》け暮《く》れの心の慰《なぐさ》めに、見ていたいものだな」

と、思いながら、心に深く留《とど》めていた。

［五］

源氏が、先に、聖《ひじり》の山寺へ戻り、横になっていると、僧都《そうず》の弟子《でし》が、使いとしてやって来て、惟光《これみつ》を呼び出している。狭い場所で、源氏にも、その声が、そのまま聞こえてくる。

僧都（弟子の口上《こうじょう》）「私《わたくし》の僧坊《そうぼう》に、お立ち寄りにならず、聖の寺を、訪問されていると、たった今、耳に致しました。直《す》ぐにでも、参上すべきでございましたが、私が、僧坊に籠《こも》っていることを、聖は、ご存《ぞん》じながら、内密にされましたこと、嘆く思いでおります。草の筵《むしろ》のような、粗末な場所ではありますが、私の僧坊でも、御座所を、ご用意できましたのに。まことに残念な思いでございます」

と、伝えた。

源氏「去る十日過ぎの頃から、瘧病《わらわやみ》に悩まされ、何度も苦しみに襲《おそ》われて、人に勧《すす》められるまま、聖の山寺へ、直ぐに、出掛《でか》けることにしたのです。世間でも知られた聖が、もしも、私の病を治せず、験《しるし》（効果《こうか》）を表せなかったならば、体裁《ていさい》も悪く、ただの修行者とは、比べ物にならないほど、不名誉《ふめいよ》なことになると思い、人目を忍び、内密にやって来たのです。今すぐ、そちらの僧坊へも」

と、答える。

源氏の返事を、弟子が伝えると、僧都は、直ぐに、聖の山寺へやって来た。法師ではあるが、こちらが恥ずかしくなるほど、大変立派で、人柄も素晴らしく、世間からも尊敬《そんけい》されている人物であるから、源氏は、自分の粗末《そまつ》な忍び歩きの身なりを、みっともなく思っている。僧都は、この北山に籠《こも》る中での、暮らしの話などをしながら、
僧都「私の僧坊も、他所《よそ》と同じような、柴垣《しばがき》の庵《いおり》ですが、少しは、涼しい水の流れを、お見せすることもできるでしょう」

と、熱心に勧《すす》めるので、源氏は、先ほど、垣根から覗《のぞ》いている際に、僧都が、尼君達に、我が身を、大袈裟《おおげさ》に褒《ほ》め称《たた》えていたことを思い出すと、恥ずかしくもなるが、あの可愛らしい女の子の身の上について、知りたい気持ちも募《つの》るばかりで、出掛けて行った。

なるほど、話の通り、僧都の僧坊の庭は、たいそう格別《かくべつ》な趣《おもむき》で、同じ草木でも、工夫を凝《こ》らして、植えられている。月の見えない月末《げつまつ》（晦日《つごもり》）の、暗い夜で、遣水《やりみず》の傍《そば》には、篝火《かがりび》を灯《とも》し、燈籠《とうろう》などにも、火が点《とも》されていた。南側の正面の部屋は、源氏を迎え入れる為に、たいそう美しく、整えられている。空薫物《そらだきもの》が、奥ゆかしく、香りを漂《ただよ》わせ、仏前から部屋全体に、名香《みょうこう》の素晴らしい香《かお》りなども匂《にお》い満ちる中、源氏の君の動きに合わせて、装束《しょうぞく》に焚《た》き染《し》められた

香りが、風に運ばれて、僧坊の奥の部屋にいる女達も、心を引き締《し》めているに違いない様子である。

［六］

僧都は、源氏に、この世の無常《むじょう》を伝える物語や、来世の話などを、説《と》いて聞かせている。

源氏（内心）「我が罪《つみ》の、あまりの大きさに恐ろしく、どうにもならない苦しみが、心から離れず、生きている限り、この罪を抱えて、思い悩まなければならないのだろう。まして、来世の苦しみは、酷《ひど》いものになるに違いない」

と、思い続けている。

（読者として……源氏が、藤壺との秘事の罪の苦しみを、深刻《しんこく》に悩んでいると分かります）

源氏は、僧都のように、俗世《ぞくせ》を捨て、山住みの暮らしをしたいものだと、思う一方で、昼間に見た、あの可愛らしい女の子の面影《おもかげ》が、頭から離れず、恋しくてならない。
源氏「こちらに住んでいるのは、どなたですか。尋《たず》ねたいと思う人がいる、夢を見たことがありました。今日、こちらの北山に来て、それを思い出したのです」
と、言葉巧《ことばたく》みに、嘘の作り話をすると、僧都は、笑みを浮かべて、
僧都「これはまた、突然の、夢物語のお話ですね。こちらにお尋ねになっても、期待外《きたいはず》れに

違いありません。按察大納言《あぜちのだいなごん》は、亡くなってから、長い年月が、経《た》ちますので、源氏の君は、ご存じないと思われますが、その北の方（正妻）が、私の妹にあたります。夫の亡き後、出家をしておりましたが、近頃、病《やまい》を患《わずら》っておりました。私が、山に籠《こも》り、京の都へ出向くことができず、妹の方から、この僧坊を頼りに、やって来まして、籠って養生《ようじょう》しているのでございます」

と、言う。

源氏「その、故按察大納言には、娘がいると耳にしたことがありますが。私は、浮《うわ》ついた思いからではなく、真面目《まじめ》な気持ちで、お話をしています」

と、当て推量《すいりょう》に言う。

（読者として……源氏は、可愛らしい女の子を、尼君の娘ではないかと想像しています）

僧都「娘が、ただ一人おりました。亡くなって十年余りになるでしょう。故大納言は、娘を、宮仕《みやづか》えに出したいと願い、とても大切に育てていたのですが、その願いを叶《かな》えることもできず、亡くなってしまいました。妻であった、私の妹尼君は、ひたすら、娘を大切に育てていましたが、誰の手引きによるものか、兵部卿宮《ひょうぶきょうのみや》が、人目を避けて通うようになり、親しい仲になって行きました。すでに、北の方（正妻）として、高貴な方がおられましたので、妹尼君の娘は、心安らかではいられないことが多く、明けても暮れても、思い悩むようになり、とうとう、亡くなってしまいました。『もの思いに病《やまい》づくもの』（病は気から）の言葉通りの有様を、身近で、見る思いを致しました」

などと、話をしている。

源氏（内心）「ならば、あの可愛らしい女の子は、その娘の子供であったのか」

と、思い巡らし、
源氏（内心）「兵部卿宮の娘か。だから、あの子を見て、あの方（藤壺）に、似ていると感じたのだな」

と、ますます、しみじみとした思いになり、女の子と対面したくてたまらない。

（読者として……兵部卿宮と藤壺は、兄と妹の間柄。女の子は、藤壺の姪で、後の源氏の妻、紫の上です）

源氏（内心）「性格も上品で、可愛らしい。中途半端《ちゅうとはんぱ》に、利口ぶるところも無い。一緒に、語り合いながら暮らして、私の思い通りに、教え育てて、妻にしたいものだ」

と、密《ひそ》かに、思っている。

源氏「それは、たいそうお気の毒なことでした。その亡くなった娘には、後に残した形見の子供は、いなかったのですか」

と、あの可愛らしい女の子の、これから先を、やはり、はっきりと知りたくて尋ねると、僧都「亡くなる直前に、生まれた子供がいました。それも、女の子でして。その孫娘のことが、妹尼君には、心配の種のようです。老い先短い年になって、孫娘の行く末を、悲嘆しているのです」

と、話をする。

源氏（内心）「それならば……」

と、思っている。

源氏「突然のことで、不審《ふしん》に思われるかもしれませんが、私を、その幼い孫娘の後見人として、認めて頂きたいと、妹尼君に、お伝えしてもらえないでしょうか。様々な事情がありまして、正妻（葵の上）はおりましても、心から馴染《なじ》めないのでしょうか、私は、独り暮らしをしているようなものです。まだ幼く、似つかわしくないと、世間の常識に当てはめて思われると、私も、きまりが悪いのですが」

などと、言うと、

僧都「まったく、この上なく喜ばしい、お話ではありますが、その孫娘は、未《いま》だに、まるで、幼い子供のようにしています。冗談《じょうだん》にも、お相手できないでしょう。元来《がんらい》、女とは、人に世話をされながら、大人になって行くものでしょうが、私は僧侶ですから、何とも言えませんので、あの子の祖母、妹尼君に、お話を伝えて、お返事をさせることに致しましょう」

と、真面目《まじめ》に応《こた》える。何とも堅苦《かたくる》しい雰囲気なので、源氏は、自分の下心が、恥ずかしく、上手《うま》く話を続けることができない。

僧都「阿弥陀仏《あみだぶつ》のお堂での、勤行《ごんぎょう》の時刻になりました。私は、初夜《しょや》の勤《つと》めを、まだ、しておりません。それを終えてから、妹尼君に、お話を伝え、参上致しましょう」

と、言って、お堂へ上がって行った。


（読者として……『源氏物語』は、多くの場面が、人生の悲しみを発端《ほったん》にして、展開していると感じます。物語前半の主人公は、男性源氏、女性紫の上であると思う時、どちらも、幼い頃、母親が、「もの思いに病づく」有様から亡くなっていることに気がつきます。「人はどのように人生を生きるべきか」、「悲しみとは何か」。紫式部の物語を創作する上での意図を強く感じます）

［七］

僧都《そうず》が、勤行《ごんぎょう》へ出かけ、源氏は、落ち着かず、悩ましい気持ちでいると、雨が、少し降り始め、山からの風は、ひんやりと吹いて、滝《たき》の淀《よど》みの水嵩《みずかさ》は増し、音高く、聞こえてくる。少しばかり眠たそうな、読経《どっきょう》の声が、途《と》切《ぎ》れ途《と》切《ぎ》れに、ぞっとするような趣《おもむき》で聞こえてくる。何とはなしに訪れた人でさえも、この場所では、思い掛けない雰囲気に感じることだろう。まして、源氏には、思い巡らすことが多くあり、うとうととして、眠ることもできない。

（読者として……源氏は、あの可愛らしい女の子と藤壺のことを、思い合わせていると想像できます）

僧都は、初夜《しょや》の勤《つと》めと言って出て行ったが、夜は、すっかり更《ふ》けてしまっていた。奥の部屋から、人の起きている気配が、はっきりと感じられる。音を立てないように、気を付けているようではあるが、数珠《じゅず》の、脇息《きょうそく》に当たって鳴る音が、かすかに聞こえてくる。

源氏（内心）「心《こころ》の惹《ひ》かれる衣擦《きぬず》れの音。さらさらと、上品で優美《ゆうび》だ」

と、思いながら、聞いているが、離れた場所ではなく、直《す》ぐ近くから音がする。源氏は、部屋の外に並べ立ててある、屏風《びょうぶ》の中ほどを、少し横に引いて開ける。扇《おうぎ》を鳴らしてみると、向こ

う側では、思い掛《が》けないことに感じているに違いないが、
女房（内心）「聞こえぬ振《ふ》りをするのも、どうかしら」
と、思いながら、膝《ひざ》をついて、出て来るようである。少し、後退《あとずさ》りをして、
女房「変ね。聞き違いかしら」
と、迷いながら、呟《つぶや》くのを聞いて、
源氏「仏の導《みちび》きならば、たとえ、暗闇の中に入り込んでも、決して道に迷うことはないものですが……」
と、話し掛ける。源氏の声が、たいそう若々しく、気品に満ちているので、女房は、自《みずか》ら声を出すのも、恥ずかしくなる思いであるが、
女房「どなたへの、仏のお導《みちび》きでしょうか。分《わ》かり兼《か》ねますが」
と、返事をする。
源氏「いかにも、突然のことで、不審《ふしん》に思われるのも当然ですが、
初草《はつくさ》の若葉のうへを見つるより旅寝の袖もつゆぞかわかぬ
（芽生《めば》えたばかりの草の、若葉のような可愛らしい人を見てからは、旅先で寝る私の衣の袖は、恋しさの涙の露《つゆ》に濡《ぬ》れて、乾《かわ》く間もないほどです）
と、お伝え下さいませんか」

と、言う。

女房「まったく、そのような取《と》り次《つ》ぎを、受け止めて、歌の意味の分かる人の、この家にはいないこと、お分かりだと思いますが。誰に、お伝えすれば良いものか」

と、言う。

源氏「自然の流れで、このようなことになり、私が、歌を詠《よ》んで届けているのだろうと、推《お》し測《はか》って下さることでしょう」

と、言うので、女房は、部屋の奥へ入ると、尼君に伝える。

尼君「まあ、何と大胆《だいたん》なことか。この若君（孫娘・紫の上）が、男女の仲の、情《なさけ》の分かる年頃だと、勘違《かんちが》いしておられるのでしょう。それにしても、私達が、歌に詠んだ『若草』を、どのように聞いて、知っておられるのか」

と、あれこれと不安になり、心も落ち着かない。返歌に時間がかかると、失礼になると思い、

尼君「**枕ゆふ今宵《こよひ》ばかりの露けさを深山《みやま》の苔《こけ》にくらべざらなむ**

（旅寝《たびね》の枕《まくら》で、貴方様が、一晩だけ流す、涙の露で濡れる袖を、深山《みやま》に住む、苔《こけ》のような私どもの衣と、比べないで下さい）

私どもの衣は、なかなか、乾《かわ》かないものですから」

と、返事をする。その言葉を、女房が、源氏に伝えると、

源氏「このような、言伝《ことづ》ての便りは、これまで、まったくしたことも無く、慣《な》れておりません。失礼ですが、この機会に、真面目《まじめ》な気持ちで、直接、お話したいことがあります」
と、言う。源氏の言葉を、伝え聞いた尼君は、
尼君「源氏の君は、何か、事実とは違うことを、聞いておられるのでしょう。たいそう、こちらも気の引ける、立派な方ですから、何を、どのように、お返事すれば良いものやら……」
と、言うと、
女房達「中途半端《ちゅうとはんぱ》なお返事は、それこそ、大変失礼なことになると思って下さいね」
と、口々に言う。
尼君「そうですね。若い人が応対《おうたい》するのは、難しいでしょう。源氏の君が、このように、真面目にお話をされるとのことですから、畏《おそ》れ多《おお》いことですね」
と、言うと、源氏のいる方へ、膝《ひざ》をついて、近寄って行く。
源氏「突然のことで、浅《あさ》はかな者であると、思われるのも当然で、不躾《ぶしつけ》なやり方ではありますが、私としましては、軽い気持ちからでは決してなく、仏にも、自《おの》ずとお分かり頂けることでございまして……」
と、言うが、尼君の、大人びた雰囲気に、源氏の方が、気恥《きは》ずかしくなり、気も引けて、直ぐには、女の子（紫の上）のことについて、話を切り出すことができない。

尼君「本当に、まさか、思いも寄らぬ、このような機会に、源氏の君に、ここまでお言葉を頂いて、お返事も、どのようにすれば良いものか……」

と、言う。

源氏「可哀想《かわいそう》な身の上の方（孫娘・紫の上）がいるそうですね。私を、亡くなった母親の身代りに、思って頂きたいと思いまして。私も、幼い頃、親身《しんみ》に世話をしてくれるはずの人々（母桐壺更衣、祖母北の方）に先立《さきだ》たれ、普通ではない、浮いているような、落ち着かない気持ちで、年月を重ねて来ました。私と同じ境遇《きょうぐう》ですから、仲間のように、思って頂きたいと、お伝えしたく思っていました。このような機会は、滅多にありませんので、尼君が、どのように思われるかと遠慮もせずにやって来て、お伝えしている次第です」

と、話をすると、

尼君「たいそう嬉しいお話ではありますが、何か、聞《き》き違《ちが》いをされていることがあるようで、気が引けております。尼である私だけを、頼りにしている娘はおりますが、本当に、まだ、取るに足らない幼さです。源氏の君に、大目に見て頂けるような、長所もありませんので、お話を承《うけたまわ》りましても、心に留《と》めることのできない気持ちでおります」

と、言う。

源氏「すべて詳《くわ》しく、事情は、聞いておりますので、狭《せま》い料簡《りょうけん》で、あれこれと心配せずに、私の、思いを寄せる好意の、格別なほどをお察し下さい」

と、言うが、
尼君（内心）「源氏の君は、あの子（孫娘・紫の上）が、釣《つ》り合《あ》わないほどの幼さであるとも知らず、言われているのだろう」

と、思い、気を許して答えることはしない。僧都が、阿弥陀堂《あみだどう》での勤行《ごんぎょう》から戻って来た様子である。

源氏「まあ、良いです。このように、初めて、私の気持ちを、お伝えできたのですから、それだけでも、嬉しいことです」

と、言って出て行くと、屛風《びょうぶ》を元に戻していた。

〔八〕

暁《あかつき》（夜明け前の、まだ暗い時分）、お堂から、法華三昧《ほけざんまい》（法華経を没頭して唱える勤行）の、懺法《せんぼう》（罪《つみ》や過《あやま》ちを懺悔《ざんげ》する法要）の声が、山から吹き下ろす風に乗って聞こえてくる。源氏には、たいそう尊《とうと》く感じられ、滝《たき》の音に相《あい》まって、響《ひび》き合っている。

源氏　**吹き迷ふ深山《みやま》おろしに夢さめて涙もよほす滝の音かな**

（吹き乱れる、奥山からの風に、煩悩《ぼんのう》の夢も覚《さ》め、涙を誘《さそ》う、滝の音であることよ）

僧都「**さしぐみに袖ぬらしける山水にすめる心は騒ぎやはする**

（源氏の君が、何の前触《まえぶ》れもなく、涙を流し、袖を濡らして聞いたと言われる、山の澄んだ水の音に、私は、住み慣れている所為《せい》か、何も、心の動かされることはありません）

耳慣れてしまったのでしょうか」

と、歌を詠んで返す。

夜の明けて行《ゆ》く空は、たいそう霞《かす》み、山の鳥たちは、とりとめもなく、囀《さえず》り合っている。名前も分からぬ、木や草の花々が、色とりどりに散り混じり、錦の絹織物を敷き詰めたように見える辺りを、鹿が、立ち止まりながら、歩く姿を、源氏は、珍《めずら》しい光景《こうけい》と、思いながら見ているうちに、身体の具合が悪いのも、すっかり忘れてしまっていた。

聖《ひじり》（なにがし寺の大徳《だいとこ》）は、腰も曲がり、動くのも容易ではないものの、僧都の小柴垣の家へ、とにかく、源氏の君に、護身法《ごしんほう》（心身を守る為の加持祈禱《かじきとう》）をする為にやって来た。しわがれた声で、たいそう飛び飛びに、事実をゆがめるような、読み方をしているが、しみじみと、いかにも功徳《くどく》ありげに、陀羅尼《だらに》（梵語《ぼんご》の音《おん》を漢字の音《おん》に当てた呪文《じゅもん》）を読んでいる。

［九］

　京から、迎えの人々がやって来て、快方《かいほう》に向かう源氏へ、祝《いわ》いの言葉を述べている。宮中の父帝からも、見舞いが届けられる。僧都《そうず》は、珍しい果物を、あれこれと、谷の底まで探し、手に入れると、源氏のもてなしに、精《せい》を出している。

僧都「私は、年内の修行を、固《かた》く誓《ちか》っておりまして、お見送りもできない有様でございまして……。却《かえ》って、北山に来られましたこと、名残惜《なごりお》しく思われているのではないですか……」

などと、言いながら、酒を差し上げる。

源氏「山と水の景色には、心残りもありますが、宮中では、帝が、私の帰りを待ち兼《か》ねておられるのも畏《おそ》れ多いことです。また直《す》ぐに、この花の季節を逃さず、やって参りましょう。

宮人に行きてかたらむ山桜風よりさきに来ても見るべく

(宮中に戻りましたら、人々に、山桜の美しさを、話して聞かせましょう。風が吹いて、花を散らす前に、是非《ぜひ》とも見に来るように)」

と、返事をする。その源氏の振舞や、声遣《こわづか》いまでもが、眩《まぶ》しいほどに立派なので、

僧都　**優曇華《うどんげ》の花待ち得たる心地して深山桜《みやまざくら》に目こそうつらね**

（優曇華の、三千年に一度の開花を、待ちに待って見ることができたような気持ちで、源氏の君に、お目にかかりました。山奥の桜など、目にも入りません）

と、歌を詠むと、源氏は、笑みを浮かべて、

源氏「その花には、時期があり、一度だけ咲くのも、難しいと聞きますのに」

と、言っている。一方の聖《ひじり》も、源氏から、素焼《すや》きの杯《さかずき》を頂いて、

聖　**奥山の松のとぼそをまれにあけてまだ見ぬ花の顔を見るかな**

（奥深い、山の庵《いおり》の松の戸を、わずかばかり、開けて見たところ、これまで見たことのない、花のような、源氏の君のお顔を見ることができました）

と、声を上げて泣きながら、歌を詠み、源氏を見上げている。聖は、源氏に、お守りとして、独鈷《とっこ》（密教の仏具）を献上《けんじょう》している。

その様子を、傍で見ていた僧都は、聖徳太子《しょうとくたいし》が、百済《くだら》から手に入れた、金剛子《こんごうじ》（菩提樹《ぼだいじゅ》科喬木《きょうぼく》の実）の数珠《じゅず》で、玉に飾《かざ》りの施《ほどこ》された物を、直《す》ぐ様《さま》、百済から入れられて来た、唐《から》の模様の入った箱のまま、透《す》けて見える袋に入れて、五葉《ごよう》の松の枝に付け、紺瑠璃《こんるり》の壺に、薬なども入れて、藤や桜の枝に付け、その土地ならではの贈り物も様々用意して、源氏に献上《けんじょう》する。

源氏は、聖をはじめとして、読経《どっきょう》する法師達に、布施《ふせ》および用意した品々を、それぞれに与え、その辺り一帯の、山里に住む身分の低い者達にまで、相当な物が行き渡るほど、誦経《ずきょう》の礼を果たして、京へ出立《しゅったつ》する。

僧都は、部屋の奥へ入ると、あの源氏の君からの話（幼い孫娘の後見人になりたい旨《むね》）について、ありのまま、妹尼君に伝えたところ、

尼君「とにかく、今すぐには、お答えし兼《か》ねます。もし、変わらぬお気持ちであるならば、あと四、五年経《た》ってから後であれば、お受けすることもできるかと……」

と、言う。

僧都「妹尼君の話では、このような次第《しだい》で……」

と、源氏に伝えると、直《じか》に、尼君と話をした時と同じ内容《ないよう》の返事に、

源氏（内心）「残念だ」

と、思っている。源氏は、尼君への手紙を、僧都に仕える幼い童《わらわ》に、言付《ことづ》ける。

源氏　**夕まぐれほのかに花の色を見てけさは霞《かすみ》の立ちぞわづらふ**

（昨日の夕暮れ時、ちらりと、美しい花のような人の顔を見ましたので、今朝は、霞の中、京へ向けて出立するのが、苦しくてなりません）

尼君からの、返事の歌には、

尼君　**まことにや花のあたりは立ちうきとかすむる空のけしきをも見む**

（真《まこと》の心からの、お気持ちでしょうか。花のような人から立ち去りにくいとのお言葉は。霞《かす》む空の景色のような、仄《ほの》めかしているだけのお気持ちではないかと、眺めております）

と、趣のある筆遣いで、上品な風情ではあるが、呆《あき》れたように書かれていた。

（読者として……源氏と尼君の交わす歌に詠まれている「花の色」「花のあたり」は、尼君の孫娘で、後の源氏の妻、紫の上のことです。幼い頃から、花のように美しい人として、描写されています）

［一〇］

京からの迎えの車に、源氏が、乗り込もうとしていると、
左大臣家君達《きんだち》「行き先も言わずに、お出掛けされてしまうとは」
と、言いながら、迎《むか》えの人々や子息達《しそくたち》などが、大勢やって来た。頭中将《とうのちゅうじょう》、左中弁《さちゅうべん》、その他の君達も、親しそうに、
左大臣家君達「このような、お出かけの際には、供人として、いつでも、仕《つか》える気持ちでいますのに、がっかりしました。置いて行かれましたこと……」
と、愚痴《ぐち》をこぼし、
左大臣家君達「本当に素晴らしく咲いている、これらの花の陰で、少しの間《ま》も、休まずに、京へ帰ってしまうなんて、心残りですよ」
と、言っている。

岩陰《いわかげ》の苔《こけ》の上に、並んで座り、杯《さかずき》を手にして、酒宴《しゅえん》となる。落ちて流れる水の景色など、風情ある滝《たき》のほとりである。

頭中将が、懐《ふところ》に入れていた、横笛《よこぶえ》を取り出し、澄《す》んだ音色で、上手に吹いている。弟の弁の君（左中弁）は、扇《おうぎ》を、何気《なにげ》なく打ち鳴らし、拍子《ひょうし》を取りながら、左中弁「豊浦《とよら》の寺の西なるや」（催馬楽《さいばら》・古代歌謡《かよう》）と、唄《うた》っている。普通の者に比べれば、左大臣家の君達は、格別に優《すぐ》れた若者ではあるものの、源氏の君が、たいそう悩ましい様子で、岩に寄り掛かり、座っている姿は、比べるものの無い、不吉に思えるほど、魅力的な有様で、誰もが、他の何事にも、目移りすることなど、有り得《あえ》ないのだった。

いつものように、一行の中には、篳篥《ひちりき》（竹製の縦笛）を吹く随身《ずいじん》や、笙《しょう》の笛（竹管を環状《かんじょう》に立てた管楽器）を供人に持たせてやって来た風流人などもいた。僧都も、自ら、琴《きん》（七絃琴）を持ち出して、

僧都「この琴で、一曲だけでも、お弾《ひ》き頂いて、同じことなら、人だけでなく、山の鳥をも、驚かしてやってもらえないでしょうか」

と、熱心に、頼み込むので、

源氏「気分が悪くて、辛《つら》いところだが」

と、言いながらも、無愛想《ぶあいそう》には振る舞わず、琴を掻き鳴らして弾いた後、一行は、皆、京へ出立した。

北山の人々「源氏の君の、京へのお帰りは、名残《なごり》も尽《つ》きず、残念なこと」
と、頼りない有様の法師、召使《めしつかい》の子供達までもが、互いに、涙を流して悲しんでいる。まして、部屋の奥では、年老いた尼君達などが、これまで、まったく、源氏の君ほどの美しい人を、見たこともなかったので、
尼君達「この世の方とは、思えませんでした」
と、噂をしていた。僧都も、
僧都（内心）「ああ、何の因果《いんが》で、源氏の君は、これほどまでに美しい姿で、たいそう煩《わずら》わしい、この日本《ひのもと》の国の末の世に、お生まれになったのか。まったく、悲しいことである」
と、思いながら、目に浮かぶ涙を拭《ぬぐ》っている。

若君（紫の上）は、幼心《おさなごころ》にも、
紫の上（内心）「なんて、素敵《すてき》な方かしら」
と、思いながら、源氏を見ていた。
紫の上「父宮（兵部卿宮《ひょうぶきょうのみや》）のお姿よりも、立派《りっぱ》な方ね」
などと、言っている。

女房「それならば、あの方の、お子様になったらよろしいのですよ」
と、言うと、少し頷《うなず》いて、
紫の上（内心）「そうなったら、本当に、素晴らしいことだわ」
と、思っていた。雛《ひいな》遊び（人形遊び）をする時も、絵を描く時も、
紫の上「これは、源氏の君」
と、思いながら、新しく作り、綺麗《きれい》な着物を着せて、大事にお世話をしている。

［一一］

源氏は、京へ戻ると、先《ま》ず、宮中へ参内《さんだい》し、この数日の話などを、帝に報告する。
父帝（内心）「源氏は、本当に、ひどく、やつれてしまったものだ」
と、思いながら、
父帝（内心）「不吉なほどであるな」
と、心配されていた。聖《ひじり》が、どれほど立派な大徳《だいとこ》であったかを、尋《たず》ねている。源氏が、詳《くわ》しく説明すると、
父帝「阿闍梨《あじゃり》（手本となる高僧）などにも、なれるはずの人物であったに違いない。修行《しゅぎょう》の功労《こうろう》を、積み重ねていながら、朝廷《ちょうてい》に知られていなかったとは、残念なことである」
と、尊《とうと》い人物を思い浮かべながら、話をされていた。

左大臣も、宮中へ参内して、源氏に対面すると、
左大臣「源氏の君のお迎えに、北山まで、参《まい》ろうと思いましたが、お忍《しの》びのお出かけでしたから、遠慮致《えんりょいた》しました。私共《ども》の邸《やしき》で、ごゆっくりと、一日、二日、どうぞお休みになって下さい」

と、言うと、続けて、
左大臣「では、このまま、ご一緒に、お送り致しましょう」
と、言うので、源氏は、それほど望みはしないものの、誘《さそ》われるままに、宮中を退出し、左大臣邸へ向かう。左大臣は、自らの牛車《ぎっしゃ》に、源氏を乗せると、自分は、遠慮《えんりょ》がちに、後から乗り込んでいる。左大臣が、源氏を、娘婿《むすめむこ》として、大事に世話をする情《なさけ》の深さには、さすがの源氏も、心苦しく思っていた。

左大臣邸では、
女房達「源氏の君が、お出《い》でになるそうですよ」

と、準備に余念《よねん》がない。しばらく、源氏の訪れのなかった間にも、邸内を、玉の御殿のように磨《みが》き上げ、準備万端《じゅんびばんたん》、美しく整えて、お待ちしていたのである。

女君（正妻葵《あおい》の上《うえ》）は、いつものように、部屋の奥に身を潜《ひそ》め、直《す》ぐには出て来ない。父左大臣が、懇《ねんご》ろに言い聞かせ、漸《よう》く、自分の部屋から、源氏の前に出て来た。まるで、絵に描いた物語の姫君のように座らされ、ちょっとした身動きをすることも、ほとんどなく、きちんと座っている。

源氏（内心）「私が、思っていることを、それとなく仄《ほの》めかし、北山を訪《おとず》れた際の話もしたいものだ。話し甲斐《がい》のある、受け答えをするならば、こちらも楽しくなるのだが、まったく心を開かず、私に余所余所《よそよそ》しくして、親しめない者のように思われるから、年月を重ねているうちに、ますます、互《たが》いの心は離れてしまったのだ」
と、たいそう苦しく、思わずにはいられないので、
源氏「たまには、普通の夫婦のような雰囲気を、味わいたいものです。私が、ひどく、体調を崩《くず》して、病《やまい》に臥《ふ》せっていましたのに、『いかが』（どのような具合か）とも、尋ねて下さらないことに、慣れてはいますが、やはり恨《うら》めしいことです」
と、言う。女君（葵の上）は、やっとのことで、
葵の上「『問わぬはつらきもの』と、古歌にもありますように、問いたくても、問えないことが辛《つら》い。そのような私の思い、お分《わ》かりでしょうか」
と、言いながら、横目で見上げる眼差《まなざ》しは、こちらが、恥ずかしくなるほどに上品で、美しい顔立ちである。
源氏「珍《めずら》しく、お話されると思えば、驚くほどに酷《ひど》いお言葉ではないですか。『問わぬ』などの、古歌は、私達、夫婦の間柄に、当てはまる言葉ではないでしょう。情けないことを、言われるものですね。いつも、私に、素《そ》っ気《け》ない振る舞いをされて、もしかしたら、考え直して下さる時もあるかと、あれやこれやと、私も気《き》を遣《つか》って参りましたが、それも、疎《うと》ましく思っておられ

たのでしょう。仕方がありません。せめて『命だに』の、古歌のように、命があれば良いです」と、言うと、寝床《ねどこ》に入ってしまった。

女君（葵の上）は、直《す》ぐには付いて入らず、話をする言葉も見つからず、溜息《ためいき》をついて、嘆《なげ》きながら、横になっている。

〈源氏は、中途半端で、不愉快な思いをしているのだろう。眠たそうに振る舞いながらも、あれこれと、男女の仲について、思案《しあん》に暮《く》れるばかりであった〉

源氏の心の中は、一方で、あの若草の若君（紫の上）が、これから先、どのように育って行くのか、やはり、見ていたい思いが、募《つの》るばかりである。

源氏（内心）「今はまだ、不釣《ふつ》り合《あ》いな年齢であると、尼君が思うのも、当然のことで、こちらから、申し入れをするのは、難しいことだろう。どのように、策《さく》を練《ね》れば、直《す》ぐにでも、心穏やかに、我が邸《やしき》に迎え取り、明け暮れの慰《なぐさ》めとして、見ていることができるだろうか。あの若君の父、兵部卿宮《ひょうぶきょうのみや》は、たいそう上品で、優美さはあるものの、艶《つや》やかな華やかさは無いが、どうしてあの娘は、あの一族の、あの方（藤壺）に、似ているのだろうか、兵部卿宮と藤壺は、同じ后宮《きさきみや》を母親とする、兄と妹で、姪《めい》に当たるからだろうか」

などと、思いを巡らしている。

源氏（内心）「藤壺の『ゆかり』と思うと、ますますあの若君（紫の上）が、慕《した》わしくてならない。どうにかして、手に入れたいものだ」

と、思いを深くしている。

［一二］

北山から帰京した翌日、源氏は、尼君に手紙を送った。併《あわ》せて、僧都宛《そうずあ》ての手紙にも、それとなく、意中《いちゅう》（若君を引き取りたい意向）を、改めて示したようである。尼君への手紙には、

源氏（手紙）「そちら様の、よそよそしい態度に、遠慮致しまして、私の思いのすべてを、お伝えできずに終わりましたこと、心残りでなりません。このように、お便りすることに、私の並々ならぬ思いのほど、お分かり頂ければ、どれほど、嬉しいことかと思いまして……」

などと、書かれている。その中に、小さな結び文を入れて、

源氏「**面影は身をも離れず山桜心のかぎりとめて来《こ》しかど**

（心から、面影の離れない、山桜のような若君でした。私の心のすべてを、そちらの北山に、残してきたのですが）

夜風も冷たくなり、心配でなりません」

と、書かれている。源氏の筆跡《ひっせき》は、さすがに素晴らしく、ただ、何気《なにげ》なく包《くる》まれた手紙の風情にも、盛《さか》りを過《す》ぎた尼君達の目には、眩《まぶ》しくて、惚《ほ》れ惚《ぼ》れと見入っている。

尼君「まあ、本当に困ったことです。どのように、お返事をすれば良いでしょうか」

と、思案《しあん》に暮《く》れている。

尼君（手紙）「行きずりのお話は、本気ではないと思われる内容で、わざわざお手紙を頂きましても、どのようにお返事をすれば良いものか、分《わ》かり兼《か》ねるばかりです。孫娘は、まだ幼く、『難波津《なにわづ》』の古歌さえ、手習いでは、続《つづ》け字《じ》で書くこともできません。お気持ちに添えず、甲斐《かい》の無いことでございまして。それに致しましても、

嵐吹く尾上《をのへ》の桜散らぬ間を心とめけるほどのはかなさ

（嵐が吹けば、散ってしまう、山の頂《いただき》の桜のように、ほんの一時《ひととき》の間、散らずにいる孫娘に、心を留《とど》められましたこと、頼りない思いでございます）

とても、気掛かりでなりません」

と、書かれている。僧都からの返事も、同じような内容であった。源氏は、残念でならず、二、三日経ってから、惟光《これみつ》を使者として、北山へ向かわせることにする。

源氏「少納言乳母《しょうなごんのめのと》という者がいるはずだ。その者を尋《たず》ね、詳《くわ》しく話をして、相談するように」

などと、指示をしている。

惟光（内心）「本当に、源氏の君は、思い込んだ人と、関《かか》わりを持たずにはいられない性分であることよ。あれほど、まだ幼い様子の娘であったのに……」

と、はっきりではないが、供をした際、一緒に、柴垣から、覗《のぞ》き見《み》をした時のことを思い出し、面白くも感じている。

源氏の君から、わざわざ、このように惟光を使いとして、手紙が届き、僧都は、恐縮《きょうしゅく》して受け取っている。惟光は、少納言乳母に申し入れをして、面会をする。詳しく、源氏の君の気持ちや、話している事柄、普段の様子などを語っている。惟光は、口達者《くちたっしゃ》な男で、もっともらしく話を続けているが、

女房達「若君は、まだ、どうにもならないほど、幼い年頃であることを、源氏の君は、どのように思っておられるのでしょうか」

と、話しながら、気味の悪い思いで、誰もが皆、心配していた。

源氏からの手紙は、たいそう丁寧に書かれていて、例によって、その中に結び文があり、

源氏（結び文）「若君の手習いの、続け字ではなく、放《はな》ち書きの一字一字離して書いたものでも結構《けっこう》です。やはり、見せて頂きたく思います」

と、書かれ、歌も添《そ》えられている。

源氏　**あさか山あさくも人を思はぬになど山の井のかけ離《はな》るらむ**

（『浅香山』の古歌のように、私のあなたへの思いは、浅くはないのに、どうして、『山の井』の古歌のように、私達は、浅い仲になってしまうのでしょうか）

尼君からの返事の歌は、

尼君　**汲《く》みそめてくやしと聞きし山の井の浅きながらや影をみるべき**

（汲んでみて、初めて後悔するという、『山の井』の古歌に、貴方様《あなたさま》を重ねています。浅い心と知りながら、どうして、孫娘の世話を託《たく》せるでしょうか）

　惟光も、少納言乳母との面会の様子を、源氏に報告するが、返事は、同じような内容だった。

少納言乳母「尼君の病が、快方《かいほう》しましたら、暫《しばら》く、北山で過ごし、京の邸《やしき》に帰りましてから、お便りをさせて頂きましょう」

と、書かれている。源氏は、それを見ると、焦《じ》れったくてならない思いをしている。

［一二］

藤壺《ふじつぼ》が、体調を崩し、宮中から里邸へ退出した。帝の、心配のあまり嘆く姿を、源氏は、たいそう気の毒に思いながらも、

源氏（内心）「このような機会にこそ、藤壺に、お会いしたいものだ」

と、心は上《うわ》の空《そら》で、まったく、どこへも出かけず、宮中にいても、自邸にいても、昼間は、ぼんやりと物思いに耽《ふけ》り、日が暮れると、藤壺の女房王命婦《おうみょうぶ》に、しつこく纏《まと》わりついて、藤壺との対面の機会を、催促《さいそく》している。

〈どのように、策《さく》を講《こう》じたのか。無理強《むりじ》いをしてまで、会っているのであるが、それさえ、現実のこととは思えない悲しみを、源氏は、抱いている〉

藤壺も、以前、嘆かわしい思いをした源氏との逢瀬《おうせ》を、思い出すだけでも、生涯抱えるほどの恐ろしい悩みの種であり、

藤壺（内心）「せめて、あれきりにしたい」

と、心に深く決めていたにもかかわらず、源氏が、再びやって来たのであるから、まったく情けなく、ひどく気分の悪い様子になるものの、源氏の目に映る藤壺は、手放したくない可愛らしさである。だからと言って、藤壺は、気配りを忘れることはなく、心を込めて、こちらが恥ずかしくなるほどの振舞をする人でもある。やはり、普通の人とは違う、格別な様子に、

源氏（内心）「なぜ、藤壺には、非《ひ》の打《う》ち所《どころ》が無いのか……」

と、それゆえに、我が心から離れなくなることを、耐《た》え難《がた》く、恨めしい気持ちにさえ、なるのだった。

〈何もかも、すべての思いを言い尽くすことなど、どうしてできようか。「暗《くら》ぶの山」、歌枕《うたまくら》のように、暗闇の夢の中で、夜明けのない宿に泊まり、藤壺とずっと一緒にいたい思いであるが、あいにく、初夏の夜は短く、源氏の嘆かわしい思いは、募《つの》るばかりである〉

源氏　**見てもまたあふよまれなる夢の中《うち》にやがてまぎるるわが身ともがな**

（このようにお会いできましたのに、また会える夜は、滅多《めった》にないのですから、夢の中に、そのまま紛《まぎ》れてしまう、我が身になりたいものです）

と、激《はげ》しく泣いて咽《むせ》ぶ、源氏の姿に、藤壺も、さすがに悲しくなり、

藤壺　世がたりに人や伝へんたぐひなくうき身を醒《さ》めぬ夢になしても

（この世の語り草として、世間の人々は、伝えるのでしょう。類《たぐい》なく、辛《つら》いことばかりの我が身を、譬《たと》え、覚めることのない、夢の中のものにしたとしましても）

藤壺の苦悩する姿は、まったく当然のことであり、源氏は、畏《おそ》れ多《おお》い思いになる。命婦《みょうぶ》の君（王命婦《おうみょうぶ》）が、源氏の直衣《のうし》などをかき集めて、持って来るのだった。

［一四］

源氏は、自邸二条院に戻ると、泣きながら横になり、過ごしていた。藤壺へ、手紙などを届けても、例のように、目を通されない様子が、伝えられるばかりである。いつものことではあるものの、源氏は、恨めしく、ひどい放心状態《ほうしんじょうたい》となり、宮中へも参らず、二、三日、部屋に引き籠《こも》っている。

父帝「源氏は、また、どうしたことなのか」

と、心配されているに違いない様子からも、源氏は、犯した罪に、恐ろしさを抱《いだ》くばかりである。

一方の藤壺も、

藤壺（内心）「やはり、まったく情けない、我が身の宿世《すくせ》であった」

と、思い嘆くうちに、ますます体の具合は悪くなり、宮中からは、早く参内《さんだい》するようにと、催促《さいそく》する使いが、頻《しき》りにやって来るが、その気にもなれない。本当に、気分も悪くなり、何時《いつ》になく体調の悪さで、

藤壺（内心）「どうして、このような事態になってしまったのか」

と、人の知るはずもない、源氏との秘事の罪に悩み、情《なさ》けなくなる。

藤壺（内心）「これから先、どうなってしまうのか」

と、そればかりを考えて、心は乱れ、苦しんでいる。暑さを感じる時などは、一層《いっそう》、起き上がることもできない。

妊娠《にんしん》三か月と公《おおやけ》に知られることとなった。見た目にも、はっきりと分かる頃ではあるが、女房達が、藤壺の姿を見ながら、不審《ふしん》に思っている様子に、藤壺は、恐ろしい宿世《すくせ》のほどが、情けなくてならない。藤壺の懐妊《かいにん》は、誰にとっても思い掛けないことで、
女房達「この月になるまで、帝へ、ご懐妊の報告をされなかったとは……」
と、驚きを隠せず、噂をしている。藤壺自身の心の中だけには、はっきりと、思い当たることがあるのだった。入浴などにも、親しく仕える女房で、藤壺の体調の様子まで、何でもはっきりと知っている、乳母子《めのとご》の弁《べん》や、王命婦《おうみょうぶ》などは、
弁、王命婦「不都合なことに……」
と、察《さっ》してはいるものの、互いに口に出して言えることではない。
王命婦（内心）「やはり、逃れることのできない宿世《すくせ》であられたか」
と、嘆かわしく思っている。

（読者として……王命婦は、源氏と藤壺の秘事の罪を知る、唯一の人物です）

宮中の帝には、物の怪の仕業《しわざ》で、直ぐには、懐妊の兆候《ちょうこう》が無く、それゆえに、ご報告の遅れた旨《むね》が、伝えられたようである。周囲の女房達も、そのように聞かされて、納得《なっとく》していた。

帝は、藤壺をたいそう愛《いと》しく、この上ないものに思い、見舞《みま》いの使いを、絶《た》える間《ま》もないほどによこして来るが、藤壺の心の中は、空恐《そらおそ》ろしくてならず、物思いの絶える間もない。

一方で、源氏も、恐ろしく気味の悪い、異様な夢を見て、夢解《ゆめと》きの者を呼びつけて、占《うらな》わせてみると、想像を絶《ぜっ》する、思いも寄らぬ、筋合《すじあ》いの話をするのだった。

占い者「将来の運勢ですが、人生において、意に反する事態が起こり、謹慎《きんしん》されねばならぬことが起きるでしょう」

と、言うので、源氏は、厄介《やっかい》に思い、

源氏「これは、私の夢ではない。ある方の話をしているのだ。この夢解《ゆめと》きが、将来どうなるのか。それまで、他言《たごん》をしてはならぬぞ」

と、嘘《うそ》を吐《つ》いて命じているが、心の中では、

源氏（内心）「夢解きの意味は、一体どういうことなのだろうか」

と、思い続けていたところ、藤壺の懐妊の話を耳にする。

源氏（内心）「もしかすると、夢解きのような事態になるのだろうか」と、藤壺との秘事の罪の関係から、思い当たる節《ふし》があり、居《い》ても立っても居られず、情けない言葉を並べ尽くして、手紙を届けさせる。しかし、王命婦も、不安な思いになっていたところで、本当に恐ろしく、厄介《やっかい》な思いが込み上げて、もはや、講《こう》ずる策《さく》もない。

これまで、藤壺から源氏へ、ほんの一行ばかりの返事は、時々、あったのであるが、それさえも、今では、すっかりなくなってしまった。

七月になってから、藤壺は、参内《さんだい》した。帝は、久しぶりで、愛《いと》しくてならず、ますます、ご寵愛の深さは限りない様子である。藤壺は、少しふっくらとして、内心に抱える、源氏との秘事の罪の苦しみで、面《おも》やつれしている姿は、それはそれで、いかにも比類《ひるい》ない美しさである。

例によって、帝は、明けても暮れても、藤壺の部屋でばかり過ごしている。管弦《かんげん》の遊びにも、しだいに、風情を感じる、秋の空の季節である。帝は、源氏を、常に、呼び寄せ、傍で琴や笛など、あれこれと奏《かな》でさせる。源氏は、藤壺への思いを、必死に隠しているものの、堪《こら》え切《き》れない思いが、顔に出てしまう。その度《たび》ごとに、それを物陰から見ている藤壺も、思い掛けない多くの苦しみに、悩み続けていた。

（読者として……藤壺と源氏の複雑な表情を、帝が、間近《まぢか》でご覧になっている場面を、想像することができます。夢解きの「謹慎《きんしん》」は、「須磨《すま》」「明石《あかし》」の巻の伏線です）

［一五］

あの北山の尼君は、病《やまい》が快方《かいほう》に向かい、山を出立《しゅったつ》して、京へ戻っていた。源氏は、尼君の京の住まいの場所を調べると、時々、手紙などを送っている。若君（紫の上）を引き取る件について、先方からの返事は、以前と変わることなく同じであるが、それも当然のことである。その上、この数か月間、源氏は、藤壺との秘事の罪により、これまで経験したことのない悩みを抱え、藤壺の懐妊で、他のことは、まったく何も考えられず、日々は過ぎていた。

九月。秋も終わる頃、源氏は、たいそう心細く、悲嘆《ひたん》に暮《く》れている。月の美しい夜である。忍び通いをしている女方の家へ、やっとの思いで、出かけることにするが、時雨模様《しぐれもよう》となり、雨は、降ったり止《や》んだりしている。行き先は、六条京極《ろくじょうきょうごく》の辺り（六条御息所《ろくじょうのみやすどころ》邸）で、宮中からは、少し遠くに感じている。

途中、荒れ果てた家がある。庭の木々は、たいそう老木で、生《お》い茂《しげ》り、木暗《こくら》がりの場所もある。いつものように、供として、付いて来ている惟光《これみつ》が、惟光「こちらは、故按察大納言《あぜちのだいなごん》（尼君の夫）の家です。先日、序《つい》でがありまして、見舞いに寄りました。あの尼君が、ひどく弱っている様子で、仕《つか》えている者達も、どうすれば良いものか、何も分からないと言っておりました」

と、伝えると、

源氏「それは、気の毒なことだ。見舞《みま》いをすべきであった……。なぜ、そのような様子であると、私に、知らせなかったのだ。このまま、牛車《ぎっしゃ》を敷地の中に入れて、挨拶《あいさつ》せよ」

と、命じるので、惟光は、供人を中に入れて、取り次ぎをさせる。源氏が、わざわざ、見舞いに来たかのように言わせていた。それを聞いた、尼君の供人は、承《うけたまわ》ると、家の中に入り、

尼君の供人「源氏の君が、このように、わざわざ、尼君のお見舞いにお越《こ》しです」

と、伝えた。家の者達は驚いて、

女房「まったく、困ったことになりました。この数日の間に、尼君は、すっかり、ひどく弱ってしまわれて、対面など、できそうにありませんが……」

と、言うものの、源氏の君に、そのまま、お帰り頂くことも畏れ多く、寝殿南面の廂《ひさし》の間を片付けて、お入《はい》り頂く。

女房「たいそう、むさ苦しい有様ですが、尼君は、『源氏の君に、お礼の言葉だけでも』と、言われていています。思い掛けないお越しで、奥まった御座所でございますが……」

と、言う。本当に、このような、病人のいる邸《やしき》は、普通とは違う雰囲気であると、源氏は、感じている。

源氏「いつも、心の中では、若君（紫の上）を、お引き取りしたいと、心に決めながらも、尼君からは、甲斐《かい》の無いお返事ばかりでございましたから、お見舞いもご遠慮しておりました。ご病状の重いこと、お知らせ頂くことも無く、気掛かりでございました」

などと、言う。

尼君（伝言）「気分の悪さは、いつものことでございますが、もはや、最期《さいご》の有様になりまして、畏《おそ》れ多《おお》くも、お立ち寄り下さいましたのに、直《じか》に、ご挨拶もできませず……。以前、お話されていました、孫娘（紫の上）の件、もしも、お考えの変わらぬようでありますならば、今のような、幼い歳頃《としごろ》が過ぎましてから、必ずや、人並《ひとな》みに扱《あつか》ってやって下さいませ。たいそう心細い様子にしておりますゆえ、あの娘を、この世に置《お》き去《ざ》りにして、あの世へ行きますこと、極楽往生《ごくらくおうじょう》の願いの道の絆《ほだし》に、思われてならないのでございます」

などと、話が伝えられた。

　源氏の御座所と、尼君の寝床は、直《す》ぐ近くのようである。尼君の、女房に話す心細そうな声が、途《と》切《ぎ》れ途《と》切れに聞こえて来る。

尼君「本当に、畏《おそ》れ多《おお》いお話ですね。この娘《こ》（紫の上）が、せめて、ご挨拶《あいさつ》だけでもできる歳《とし》頃《ごろ》であれば、良かったのですが……」
と、話をしている。源氏は、しみじみと切なく、話を漏《も》れ聞いて、
源氏「どうして、浅はかな思いからの、好色めいた有様を、私が、お見せするでしょうか。どのような、前世からの因縁《いんねん》か、分かり兼《か》ねますが、初めて、お見かけした時から、しみじみと、愛《いと》しく思う気持ちは、不思議なほどでして、この世のご縁だけとは、思えないのです」
などと、言うと、
源氏「このまま帰るのでは、来た甲斐《かい》の無《な》い思いが致します。あの可愛らしい若君に、何か一《ひと》声《こえ》でも、どうにかして……」
と、言うと、
女房「さて、まあ。若君は、何事も、まったく分からぬ様子で、寝てしまっております」
などと、返事をしている丁度《ちょうど》その時、奥から、誰かの、やって来る音がして、
紫の上「おばあ様、あの山寺でお会いした、源氏の君が、お越《こ》しになったようですよ。どうして、お姿を見ないのですか」
と、言うので、女房達は、間の悪さに、決まりが悪く、
女房「しっ。静かに」
と、言っている。

紫の上「だって、おばあ様は、『源氏の君のお姿を見たら、気分の悪いのが、治《なお》ってしまった』と、言っておられましたよね」

紫の上（内心）「私、大切なことは、忘れずに覚えているわ」

と、思いながら、得意気《とくいげ》になって、話をしている。

（読者として……紫の上は、言葉を記憶《きおく》に留《とど》める、賢い性格であると知らされます）

源氏（内心）「なんて、可愛らしい子だ」

と、思いながら、聞いているが、
女房（内心）「見苦しいこと」

と、思っている様子に、源氏は、気を利《き》かせ、聞こえていない振《ふ》りをして、尼君へ、丁寧《ていねい》に、お見舞いの言葉を残すと、帰って行った。

源氏（内心）「なるほど。本当に、まだ、話し相手にもならない様子の若君であったな。今はそうでも、しっかりと、私の手で、育ててみたいものだ」

と、思っている。

（読者として……源氏は、六条御息所の邸《やしき》へ、行かず仕舞《じまい》であったと思われます。支度《したく》を整えて、待っていたに違いない六条御息所の心情は、いかばかりであったかと想像します）

［一六］

翌日にも、源氏は、たいそう丁寧に、見舞《みま》いの手紙を、尼君へ送る。いつものように、小さな結び文を入れている。

源氏（結び文）「**いはけなき鶴《たづ》の一声《ひとこゑ》聞きしより葦間《あしま》になづむ舟ぞえならぬ**

（幼い鶴《つる》のような若君の、可愛らしい一声を聞いてからの私は、葦の茂みの間で、進めずに悩む、船のようで、辛くてたまりません）

『同じ人にや』の、古歌のように、やはり、若君に……」

と、わざわざ、子供のような字で書かれ、たいそう美しいので、

女房達「このまま、手習いのお手本に……」

と、口々に言う。少納言乳母が、返事をする。

少納言乳母（手紙）「昨日、お見舞いを頂きましたが、尼君は、今日一日でさえも、持《も》ち堪《こた》えることができるかどうかの有様で、これから、山寺へ、移るところでございまして。このように、ご丁寧な、お見舞いを頂いたお礼には、この世ではなく、あの世から、お伝えされることでしょう」

と、書かれている。
源氏（内心）「まったく、悲しいことだ」
と、思っている。

秋の夕暮れ時、源氏は、ますます、心の休まる時もなく、思い乱《みだ》れている。あの方、藤壺のことが、心から離れない。執着するばかりの、藤壺の「ゆかり」（血縁《けつえん》、姪《めい》）である、あの若君（紫の上）に、会いたい気持ちは、募《つの》る一方で、小柴垣《こしばがき》から覗《のぞ》き見《み》をした際、尼君が、「消えんそらなき」（消《き》え逝《ゆ》く空もない）と、歌に詠んでいた夕暮れ時を思い出す。若君を、恋しく思う一方で、
源氏（内心）「若君は、藤壺に比べて、見劣《みおと》りするだろうか」
と、会いたいながらも、不安になっている。
源氏　**手に摘《つ》みていつしかも見む紫のねにかよひける野辺《のべ》の若草**
（手に摘み取り、早く、この目で見たいものだ。紫草《むらさき》のような藤壺の根につながる、血縁で、ゆかりの、野原の若草のような人を）

［一七］

十月には、朱雀院《すざくいん》に住む先帝（一院）への行幸《ぎょうこう》（帝の外出）が、予定されている。

（読者として……「紅葉賀《もみじのが》」の巻で、「朱雀院の行幸」の場面は、描写されます。一つの時間軸として、行幸にまつわる物語が、様々な場面で挿入《そうにゅう》されます。源氏が、晩年において、思い出す場面もあります。「朱雀院に住む先帝（一院）」について、詳述《しょうじゅつ》はなく、系統は不明です）

舞人《まいびと》などには、高貴な家の子供達や上達部《かんだちめ》、殿上人《てんじょうびと》達など、相応《ふさわ》しい者は、すべて選び出されていた。親王《みこ》達、大臣をはじめとした人々は、それぞれ、得意な芸能を練習し、誰もが、忙しく過ごしている。

源氏は、北山の尼君へ、しばらくの間、便りもせずに、過ごしていたことを思い出し、わざわざ北山へ、使いを差し向けたところ、僧都《そうず》の返事だけが、持ち帰られた。

僧都（手紙）「先月二十日頃のことですが、とうとう、妹尼君は、亡くなりました。見送りまして、世間の道理ではありますが、悲しい思いに浸《ひた》っております」

などと、書かれているのを見ると、源氏は、この世の虚《むな》しさを、しみじみと感じ、

源氏（内心）「尼君の心配されていた若君は、どうされているだろうか。幼い年頃で、尼君を、恋い慕《した》っていることだろう」

などと、自らの、故母御息所《みやすどころ》（桐壺更衣）に先立たれた際のことなどを、はっきりではないが、思い出し、丁重《ていちょう》に、弔問《ちょうもん》の使いを送った。少納言乳母が、嗜《たしな》みのある返事など、伝えてきた。

［一八］

故尼君の喪中《もちゅう》が明けた。

供人「尼君の家の者達は、皆、京の邸《やしき》へ戻ったようです」

と、言うのを、源氏は耳にして、暫《しばら》くしてから、自ら、用事のない、落ち着いた夜、邸を訪問した。たいそう無気味に荒れ果てた場所で、人気《ひとけ》も少なく、

源氏（内心）「どれほど、幼い若君（紫の上）は、恐ろしい思いをしていることか」

と、思いながら、辺《あた》りを眺《なが》めている。以前、訪れた際と同じ部屋（南の廂《ひさし》の間《ま》）に、源氏を通した少納言乳母が、故尼君の最期《さいご》の様子などを、泣きながら話すので、聞いている源氏も、もらい泣きの涙で、袖を濡《ぬ》らすばかりである。

少納言乳母「故尼君は、幼い若君（紫の上）を、父兵部《ひょうぶ》卿宮《きょうのみや》に、お引き渡しすることを、考えておられたようですが、尼君の娘で、若君の母故姫君は、生前、夫兵部卿宮の北の方（正妻）から、たいそう、思《おも》い遣《や》りのない、薄情《はくじょう》なことをされて、悩んでおられました。若君は、まったくの幼い赤子《あかご》の歳《とし》ではないものの、それでも、まだ、人の気持ちを慮《おもんぱか》ることはできま

せん。ですから、中途半端な、今の年齢から、多くの異母姉妹の中に入ると、邪魔者扱《じゃまものあつか》いをされるのではないかと、尼君は、亡くなるまで、常々《つねづね》、悲嘆《ひたん》して、心配されていました。世の中では、実際に多くある話で、源氏の君からの、このような、仮初《かりそめ》のお言葉にも、今後のお気持ちについては、分かり兼ねますものの、悲しみに暮れる中ですので、たいそう嬉しく心強い思いになります。ただ一方で、若君は、源氏の君には、少しも、釣り合う有様ではなく、年齢よりも、幼いままの振る舞いに、慣れてしまっておりますので、乳母としても、たいそう恥ずかしく思っております」

と、伝える。

源氏「どうして、私がこのように、何度も繰り返し、胸の内をお伝えしている気持ちに、気兼ねをされるのでしょうか。若君の、その幼い、あどけない有様こそ、私には、可愛らしく、愛《いと》しい思いになるのです。前世からの因縁《いんねん》が、格別なのだろうと、我ながら、思えてなりません。やはり、人を介《かい》しての言伝《ことづ》てではなく、直《じか》に、お話をして、お伝えしたい思いです。

あしわかの浦にみるめはかたくともこは立ちながらかへる波かな

(葦《あし》の若芽《わかめ》の生える、和歌《わか》の浦のような若君には、海藻《かいそう》の海松布《みるめ》のように、まだ、人を見《み》る目《め》はないのでしょうが、打ち寄せる波のような私は、このまま、立ち去って、帰らねばならないのでしょうか)

それでは、あまりに不愉快な思いになりますよ」

と、言うと、
少納言乳母「いかにも、ごもっともなことで、恐縮いたします」

と、言う。

少納言乳母「**寄る波の心も知らでわかの浦に玉藻《たまも》なびかんほどぞ浮きたる**
（寄せる波のような、源氏の君の心の内も知らず、和歌の浦の玉藻《たまも》のような若君が、波に靡《なび》いて行くことになりましたら、それこそ、浮草《うきくさ》のようになってしまいます）

無理なお話でございます」

と、返事をする少納言乳母の心得た振舞に、源氏は、少しばかり責《せ》めたくなる気持ちを、抑《おさ》えている。

源氏「『なぞ恋ひざらん』」

と、古歌を引用して、口ずさんでいる様子を、身《み》に染《し》みる思いで、若い女房達は聞いている。

若君（紫の上）は、故尼君を恋《こ》い慕《した》い、泣きながら寝てしまっていたが、遊び相手の女童《めのわらわ》達が、
女童「直衣《のうし》を着た人が、お越《こ》しですよ。父上、兵部卿宮が、お越しになったのでしょうね」

と、言うので、若君は、起き出して来て、

紫の上「少納言はどこにいるの。直衣を着ている方は、どちらにいるの。父宮がお越しになったのですか」

と、言って、近寄って来る声が、たいそう可愛らしく感じられる。

源氏「私は、父宮ではありませんが、それでも、まったく縁のない者でもないのですよ。こちらへ、いらっしゃい」

と、言うと、若君は、恥ずかしくなるほど、立派な、源氏の君であると、幼いながらも、聞き分けて、

紫の上（内心）「いけないことを、言ってしまったかも」

と、思い、少納言乳母の傍に寄って、

紫の上「さあ、行きましょうよ。眠たいの」

と、言うと、

源氏「今になって、どうして、隠れようとするのですか。私の、この膝《ひざ》の上でお休みなさい。もう少し、近くに寄って」

と、言うので、

少納言乳母「ですから、申し上げたのです。若君は、このように、まったく世慣《よな》れていない、お年頃でございまして……」

と、言いながらも、若君を源氏の方へ、押しながら近づけた。若君は、無邪気《むじゃき》に座ったままで、源氏が、御簾《みす》の下から手を入れて、触《ふ》れてみると、柔らかい衣を着て、髪は、艶《つや》やかに背中に掛かり、先端《せんたん》は、ふさふさと手に感じられるほどで、たいそう美しく思われる。源氏が、手を摑《つか》まえたので、若君は、気味悪く、見慣れていない人が、このように近づいて来るので、恐ろしくてたまらず、

紫の上「眠たいと言っているのに」

と、言って、頑《かたく》なに、部屋の奥へ入ろうとするので、源氏は、若君に付いて、御簾《みす》の中に滑《すべ》り込むように入ってしまう。

源氏「これからは、私が、貴女《あなた》を故尼君の代わりに、大切にしますよ。嫌《いや》がらないで下さいね」

と、言う。

少納言乳母「まあ、何て、困ったことでしょう。行き過ぎたお言葉でございます。お話をされても、まったく何の、ご期待に添《そ》えるはずもありませんのに……」

と、言いながら、困っている様子に、

源氏「いくらなんでも、これほど幼い娘に、私が、何をするものか。やはり、直《じか》に、この世に滅多にないほどの、私の愛《いと》しい思いを、知って頂きたいのだ」

と、言う。

霰《あられ》が降り、荒れた空模様の、恐ろしい夜である。

源氏「どのようにして、これほど人気《ひとけ》の少ない邸《やしき》で、若君は、過ごされるのか」

と、話しながらに、涙がこぼれ落ち、とても、若君を、見捨てては帰れない有様なので、
源氏「御格子《みこうし》を下ろしなさい。何とも、恐ろしい夜のようだ。私が、宿直人《とのいびと》になって、若君に、お仕えしましょう。女房達も、皆、近くに集まって控えるが良い」

と、言って、いかにも親しく慣れている者のような顔をして、御帳《みちょう》（寝所）に入ってしまう。

女房達「とんでもないことです。思い掛けないことを」

と、呆然《ぼうぜん》としながら、皆、その場で途方《とほう》に暮《く》れていた。

少納言乳母（内心）「気掛《きが》かりなことになってしまって、心配でたまらないわ」

と、思うが、事を荒立《あらだ》てて、騒ぐわけにもいかず、内心、溜息《ためいき》をついて嘆いていた。

若君（紫の上）は、本当に恐ろしく、
紫の上（内心）「私は、このまま、どうなってしまうのだろう」
と、怖さで震えながら、たいそう美しい肌も、寒気立《さむけだ》つ思いの様子である。源氏は、それを見て、愛《いと》しく感じ、単衣《ひとえ》だけで、若君を包み込むと、我ながら、一方では、異様な行動に感じながらも、情《じょう》を込めて、優しく語り掛ける。

源氏「直《す》ぐにでも、私の邸《やしき》、二条院へ、お越し下さいね。面白い絵などもたくさんありますし、雛遊《ひいなあそ》び（人形遊び）などもできますよ」

と、若君の興味を引く話をする。源氏の姿は、本当に優しそうで、若君は、幼心《おさなごころ》にも、それほど怖がらなくはなるものの、それでも、やはり、気味悪く、寝入ることもできず、身動きしながら、源氏の傍で、横になっている。

一晩中、風が、吹き荒れるので、

女房達「まったく、このように、源氏の君の御出《おい》でが無ければ、どれほど、心細い思いをしたことでしょう。いっそのこと、若君が、お似合いの年頃であったならば良かったですのに」

と、声を潜《ひそ》めて、話をしている。少納言乳母は、若君のことが心配で、御帳《みちょう》の傍で控えている。

〈風は、少し、おさまった様子である。深夜のうちに、源氏の出《い》で立《た》つ姿は、まるで、訳ありの、男女の仲のように見えるではないか〉

源氏「本当に、しみじみと、可愛らしく思う若君の姿を、今となっては、ますます、一時でも、会えずにいると、心配で仕方がないに違いありません。私が、いつも、もの思いに耽《ふけ》っている邸《やしき》に、お連れしましょう。尼君も亡くなり、このまま、こちらの邸に置いておくのは心配です。若君は、私を怖がってはいないようでした」
と、言うと、
少納言乳母「若君の父兵部卿宮も、迎えに来られると、言われているようですが、故尼君の四十九日の法要《ほうよう》を済《す》ませてから、その後にと、考えておられます」
と、言うと、
源氏「兵部卿宮は、若君の父上ですから、頼りになる方ではありますが、これまで、別々に暮らしていたのですから、若君にとっては、私と同じように父上にも、余所余所《よそよそ》しさを感じることでしょう。これからは、私が、若君のお世話をしたいと思っておりますが、浅くはない、若君への愛しい思いは、父兵部卿宮よりも、上回《うわまわ》っているに違いありません」
と、言って、源氏は、若君の頭の髪を撫《な》でると、何度も振り返りながら、邸《やしき》を後にした。

［一九］

〈濃《こ》い霧《きり》が、辺り一面覆《おお》う空模様は、いつもとは違う風情《ふぜい》である。地面には霜《しも》が、真っ白に降《お》り、もし、本当に恋する人との、別れの朝の帰り道ならば、趣《おもむき》深《ぶか》く感じるであろうが、源氏は、満たされぬ思いで、眺《なが》めている〉

六条京極《ろくじょうきょうごく》の辺り（六条御息所《ろくじょうのみやすどころ》邸）へ、忍《しの》んで通う道の途中であったことを、源氏は、思い出した。供人に、門を叩《たた》かせるが、中から、聞きつけて出て来る者はいない。供人の中で、声の良い者に、歌を読み上げさせる。

源氏　**あさぼらけ霧立つそらのまよひにも行き過ぎがたき妹《いも》が門《かど》かな**

（夜明けの空に、霧が立ち込めて、迷いそうですが、通り過ぎることのできない、貴女《あなた》の家の門ですよ）

と、二度ほど歌ったところで、上品な下仕《しもづか》えの女が、中から出て来た。

女　**立ちとまり霧のまがきの過ぎうくは草のとざしにさはりしもせじ**

（立ち止まり、霧の立ち込める中、垣根の前を通り過ぎることはできないと、言われましても、門は、閉《と》ざしてあるのですから、こちらは、何の邪魔《じゃま》もしておりませんが）と、歌を読み掛けると、中に入ってしまった。その後は、誰も出て来ない。源氏は、このまま帰るのも、情けない思いではあるが、空も明けて来た。目立つとみっともないので、二条院の自邸へ、帰って行った。

（読者として……六条御息所の、ますます、不満の高まる心情が伝わって来ます）

源氏は、可愛らしかった、若君の気配《けはい》が恋しくて、ひとり笑みを浮かべながら、横になった。日が高く昇《のぼ》り、起き出すと、若君に、手紙を送ろうと思うが、書くべき言葉を、後朝《きぬぎぬ》の歌（男女の朝の別れの歌）にすることもできず、筆を置いては、考えながら、熱《ねつ》を入れて書いている。手紙とともに、風情《ふぜい》のある絵なども、添《そ》えて送った。

［二〇］

源氏の帰った後、丁度《ちょうど》その日、若君（紫の上）の邸《やしき》には、父兵部《ひょうぶ》卿宮《きょうのみや》が、やって来た。この数年で、邸は、さらに荒れ果て、広く古めかしい家は、尼君も亡くなり、すっかり人の数も少なくなって、寂《さび》しい雰囲気である。兵部卿宮は、辺りを見回しながら、

兵部卿宮「このような寂《さび》しい場所で、幼い若君が、どうして、暫《しば》くの間でも、暮《く》らせるものか。やはり、私の本邸に、連れて行こう。何の窮屈《きゅうくつ》な思いも、するような場所ではない。少納言乳母には、曹司《ぞうし》（部屋）を設《もう》けるので、そのまま、仕えてやって貰《もら》いたい。若君には、異母姉妹などもいるのだから、一緒に遊んで、楽しく暮らすこともできるだろう」

などと、言う。

兵部卿宮が、若君（紫の上）を、近くに呼び寄せると、あの昨晩の、源氏の移《うつ》り香《が》が、たいそう趣深《おもむきぶか》く、沁《し》み込《こ》んで、薫《かお》っている。

兵部卿宮（内心）「良い香りであるなあ。衣《ころも》は、くたくたになったものを着て……」

と、不憫《ふびん》に思っている。

兵部卿宮「若君が、何年もの間、病《やまい》を患《わずら》う尼君の傍にばかりいるので、本邸に連れて行き、あちらの暮らしに、慣れるのも良いかと、お誘《さそ》いしていたのですが、尼君は、たいそう嫌がっておられました。あちらの北の方も、心に隔《へだ》てを置くようになってしまい、このような悲しみの最中《さなか》、移り住むのも、可哀想《かわいそう》な話ではありますが」

などと、言うので、

少納言乳母「いえいえ、どう致しまして。心細くはありますが、暫《しば》くの間、このまま、こちらで、お暮しになるのが良いでしょう。もう少し、物事の分別がつくようになりましてから、あちらに、お移りになる方が、ご本人の為《ため》にも、良いかと思います」

と、言う。

少納言乳母「若君は、故尼君を、夜も昼も、恋《こ》い慕《した》い、ちょっとしたものも、お食べにならないのです」

と、言う。

〈本当に、若君は、ひどく面《おも》やつれしてしまっているものの、却《かえ》って、たいそう上品な美しさに見える〉

兵部卿宮「どうして、そのように、夜も昼も思うのか。今となっては、亡くなった人のことを思っても、どうにもなりません。父親である私がいるのですから……」

などと、慰《なぐさ》めているが、日の暮れる頃になると、本邸へ帰ってしまうので、紫の上（内心）「寂しくてたまらない」
と、思いながら泣きだす様子に、父兵部卿宮も、つい、もらい泣きをして、
兵部卿宮「あまり、そのように、思《おも》い詰《つ》めてはいけませんよ。今日、明日にでも、本邸に、お迎え致しましょう」
などと、何度も言い聞かせて、帰って行った。父宮の帰られた後、若君は、たまらない寂しさで、泣いていた。

〈若君は、これから先の我が身が、どうなるか、などまで、分かるはずもない。今は、ずっと離れることなく傍で見守ってくれていた尼君が、亡き人となってしまったことを、思うだけでも悲しくて、幼心にも、胸の潰《つぶ》れる思いをしている。いつものように、無邪気に遊ぶこともせず、それでも、昼間は、何とか気を紛《まぎ》らわしているものの、夕暮れ時になると、ひどくふさぎ込んでしまうのである〉

少納言乳母「このような有様では、これから先、どのように、過ごして行かれるのか……」
と、慰めながらも困ってしまい、一緒に泣いている。

［一二］

源氏の邸《やしき》から、惟光《これみつ》が使いとして、若君の邸へやって来た。

源氏（伝言）「私が、そちらへ、参るべきところですが、宮中より呼ばれておりまして。若君を、気掛かりに思うばかりに、落ち着いた気持ちではいられず」

と、宿直人《とのいびと》（夜の泊《と》まり番）の惟光が伝える。御簾《みす》の中では、
女房「情けない話ではありませんか。戯《たわむ》れ事であったとしても、一晩を共に過ごしたのです。初めてのご縁ですのに、三日間、通われないとは。父兵部卿宮が、耳にされたならば、仕《つか》えている私共《わたしども》の不行《ふゆ》き届《とど》きと、お叱《しか》りになることでしょう。若君は、決して、何かの序《つい》でに、幼さから、うっかり、父宮に、源氏の君とのことを、お話されませんように」

などと、心配して言っているが、若君は、それを聞いても、意味が分からずにいる。

〈嘆かわしいほど、幼い若君であることよ〉

（読者として……実際の結婚であれば、その日から三日間、男性は、女性の家に通わなければなりません。源氏が、若君（紫の上）の御帳《みちょう》（寝所）に入り込んだからには、慣習に従うのが筋道であると、女房達は、思いながら、心配しています）

少納言乳母は、惟光に、しみじみと、不安な気持ちなどを話している。

少納言乳母「年月を経《へ》て、若君が、成長されてからならば、源氏の君との宿縁も、逃れられないものになるのかもしれません。ただ、今のところは、まったく幼く、源氏の君に、お似合いとも言えず、不思議なほど、若君に思いを寄せて、言葉を掛けられるのは、どのようなお気持ちからなのでしょうか。私には、理解ができず、困惑《こんわく》しております。今日も、父兵部卿宮が、お越しになりまして、『今後、心配することのないように仕《つか》えなさい。子供っぽい扱《あつか》いをしてはならぬ』と、言われましたが、それも私には、気の重いことで、これまでにも増して、源氏の君の、若君への色めいた振舞が、思い出されて、気掛かりなのでございます」

などと、言いながらも、

少納言乳母（内心）「この人（惟光）も、源氏の君と若君の間に、何事かあったかのように、思っているのだろうか……」

などと、思うと、誤解《ごかい》されるのも良くないことで、それほど、悲嘆《ひたん》しているようには言わない。

大夫《たいふ》（惟光）も、

惟光（内心）「一体、どういうことが、あったのだろうか」

と、事情の分からぬ思いをしている。

惟光は、二条院へ戻ると、若君の様子などを伝えた。源氏は、しみじみと思いを巡《めぐ》らして、心配になるものの、だからとて、兵部卿宮邸へ通って行くのは、やはり浅はかに思う。

源氏（内心）「『軽々しく、歪《ゆが》んだことをしている』と、世間の噂にもなるだろう」

などと、憚《はばか》られるので、
源氏（内心）「直《す》ぐにでも、若君を、二条院に迎えてしまおう」

と、思い至《いた》る。若君の邸へ、手紙を頻繁《ひんぱん》に送る。日が暮れると、いつものように、大夫（惟光）を使いに送る。

源氏（手紙）「不都合な用事が、色々とありまして、そちらに訪問できませんが、疎《おろそ》かな扱いをしていると、思われないかと気掛かりでして……」

などと、書かれている。

少納言乳母「父兵部卿宮から、急なお話ですが、明日、若君のお迎えに来られるとのことで、気《き》忙《ぜわ》しくしております。長年住み慣れた、蓬《よもぎ》の生い茂る、この荒れた邸を離れるのも、さすがに心細いもので、仕えている女房達も、皆、取り乱しているところでございまして……」

と、言葉少なに言うと、ほとんど応対しようともせず、縫物《ぬいもの》に精《せい》を出している様子などが、はっきりと分かるので、惟光は、二条院へ戻って来た。

［一二］

源氏は、左大臣邸に来ていた。いつもの通り、女君（正妻葵《あおい》の上《うえ》）は、直《す》ぐには対面せず、源氏は、つまらなく思い、東琴《あずまごと》（和琴《わごん》）を掻《か》き鳴《な》らし、「『常陸《ひたち》には田をこそつくれ』」という風俗歌《ふうぞくうた》を、声を優雅《ゆうが》に響《ひび》かせて、気の向くままに唄《うた》っていた。

惟光が、帰って来たので、傍に呼び寄せると、若君（紫の上）の様子を尋《たず》ねる。

惟光「これこれ、このような有様でした」

と、伝えると、源氏は、耐《た》え難《がた》さを感じる。

源氏（内心）「若君が、父兵部卿宮《ひょうぶきょうのみや》の邸に移った後、改まって、二条院に迎え取ることにすれば、好色めいて見えるに違いない。幼い姫君を、盗《ぬす》み出したと、非難《ひなん》を受けることにもなり兼ねない。その前に、暫《しばら》くの間、仕《つか》える者に口止《くちど》めをして、我が邸に、連れて来てしまおう」

と、考える。

源氏「暁《あかつき》（夜明け前のまだ暗い時分）に、あちら（若君の邸）へ、出かけようと思う。車の支《し》度《たく》は、そのままで良い。随身には、一人か、二人、命じておきなさい」

と、言う。惟光は、命令を受けて、支度の為に出て行った。

源氏（内心）「これから、一体、どうすれば良いだろうか。世間に知られれば、好色めいていると言われるのは当然だろう。若君の年齢についても、分別のある女として、心を通わせたのだろうと、思われるのは、世間では当たり前のことだろう。若君を連れ出した後に、父兵部卿宮が、探し当てたならば、我が身は、体裁《ていさい》悪く、はしたない思いをすることになるだろう」

と、心は乱れ、揺《ゆ》れ動《うご》くものの、

源氏（内心）「それでも、この機会《きかい》を逃せば、たいそう、悔《くや》しい思いをするに違いない」

と、思い、まだ、夜の暗いうちに、出かけて行く。女君（葵の上）は、いつものように、嫌々《いやいや》ながら、気を許すことなく、傍にいる。

源氏「自邸二条院で、直《す》ぐに、やらねばならぬ用事のあることを思い出しました。また、戻って来ますので……」

と、嘘を言って、出て行った。周りの女房達は、気が付かなかった。源氏は、左大臣邸の自室で、直衣《のうし》などを着替え、惟光だけを馬に乗せて、出発した。

若君の邸に着いた。門を叩《たた》かせると、源氏の事情を知るはずもない家の者が、門を開けた。車をそっと邸内に入れさせる。大夫《たいふ》（惟光《これみつ》）が、妻戸《つまど》（寝殿の両開きの戸）を叩《たた》いて鳴らし、合《あい》図《ず》の咳払《せきばら》いをすると、少納言乳母が、気付いて出て来た。

惟光「ここに、源氏の君が、お越しになっています」
と、言うと、
少納言乳母「幼い若君は、寝ていますのに。どうしてまた、こんな夜更《よふ》けに、お越しになったのですか」
と、どこかの帰りに、序《つい》でに、お立ち寄りになったのだろうと思いながら言う。
源氏「兵部卿宮の本邸へ、若君は、移られると聞きました。その前に、お話をしておきたいと、思うことがありまして」
と、言うと、
少納言乳母「何事でございますか。若君は、どんなにか、張り切って、お返事をされることでしょう」
と、冗談《じょうだん》を言いながら、控えていた。

源氏が、部屋の中に入るので、少納言乳母は、はらはらとして、
少納言乳母「寛《くつろ》いで、だらけた格好《かっこう》をしている、老いた女房達がいますので……」
と、言い掛けながらも止《や》める。
源氏「若君は、まだ、お目覚《めざ》めではないですね。さあ、私が、起こして差し上げましょう。こ

れほどの朝霧《あさぎり》を知らずに、寝ていて良いものですか」
と、言うと、奥へ入って行く。少納言乳母は、「あっ」と、言う間もなかった。

源氏は、無心に寝ている若君を、抱《だ》き起《お》こした。若君は、はっと目覚めるが、父兵部卿宮が、迎えに来たのだろうと、寝ぼけながらに思っていた。源氏が、若君の髪を、掻《か》き撫《な》でながら、
源氏「さあ、いらっしゃい。父宮のお仕えとして、お迎えに来たのですよ」
と、嘘を言うと、若君は、
紫の上（内心）「父宮ではなかった」
と、驚き、
紫の上（内心）「恐ろしい」
と、思っている様子に、
源氏「何と、悲しいことでしょう。私も、父宮と同じ人ですよ」
と、言いながら、若君を抱き上げて、外へ出る。大夫《たいふ》（惟光《これみつ》）、少納言乳母などが、
惟光、少納言乳母「これは、一体どういうことですか」
と、声を掛ける。
源氏「こちらの邸に、頻繁《ひんぱん》に来ることもできず、心配ですから、落ち着いた私の邸に来て下さ

いと、お話をしていましたのに、情けなくも、父宮の邸へ、お移りになるとのこと。それでは、ますます、お話をすることも難しくなるでしょう。女房のうち、誰か一人、付《つ》き添《そ》って来れば良い」
と、言うので、少納言乳母は、心落ち着かず、
少納言乳母「今日は、本当に、都合が悪くて困ったことになるでしょう。父兵部卿宮が、お越しになったならば、どのように、ご説明すれば良いのでしょうか。いずれ、時を経てから、そのようなご縁がありましたならば、それも結構《けっこう》なことと存《ぞん》じますが、今はまだ、若君は、たいそう幼く、物事の分別もつかない有様ですので、仕えている私共も、心配でなりません」
と、言うと、
源氏「それならば、もう良い。後《あと》から、誰か来るように」
と、言って、牛車の用意をさせるので、女房達は、驚《おどろ》き呆《あき》れて、
女房達（内心）「どうしたら良いものか」
と、互《たが》いに思っている。
　若君（紫の上）も、不安な思いで泣いている。少納言乳母は、源氏を引き止める方法も見つからず、昨夜、縫《ぬ》った衣《ころも》を幾《いく》つか手に持つと、自らも着替《きが》えをして、車に乗り込んだ。

［一二三］

源氏の自邸二条院は、若君（紫の上）の邸《やしき》から近い場所で、まだ、夜の明けない暗いうちに到着した。西の対（寝殿西側の建物）に、車を寄せ付けて、源氏は、降りた。若君を、いとも軽々と抱《だ》いて下《お》ろす。

少納言乳母「やはり、まったく夢を見ているような、現実とは思えない成《な》り行《ゆ》きです。私は、一体、どのようにすればよろしいでしょうか」

と、躊躇《ためら》っていると、

源氏「それは、そなたの気持ち次第《しだい》だ。若君を、こちらの邸にお連れしたので、そなたが、帰りたいと思うならば、送って行かせよう」

と、言う。少納言乳母は、愛想笑《あいそう》いを浮かべながら、車を降りた。突然の出来事に、驚くばかりで、胸《むね》も高鳴《たかな》り、心穏《おだ》やかではいられない。

少納言乳母（内心）「兵部卿宮は、どのように思い、何を言われるか。若君は、これから、どうなってしまわれるのか。いずれにしても、頼りにしていた、母君、祖母尼君に、先立たれたことが、悲しくてならない」

している。

と、思いながら、涙も止まらなくなる思いであるが、さすがに、今は、縁起《えんぎ》が悪いので、我慢《がまん》

二条院西の対は、源氏が、日頃、生活する場所ではなく、御帳《みちょう》なども置かれていなかった。惟光を呼び出し、御帳や屏風《びょうぶ》など、あちらこちらに設《もう》けさせる。御几帳《みきちょう》の帷子《かたびら》を引き下ろし、御座所《ござしょ》なども、簡単に用意した程度であった為、源氏の住まいである東の対に、寝具《しんぐ》などを取りに行かせ、源氏も、西の対で、寝ることにした。

紫の上（内心）「本当に、気味が悪くてたまらない。何をされるのか」

と、思いながら、震《ふる》えているが、さすがに、声を出して泣くこともできず、

紫の上「少納言乳母の傍《そば》で、寝たい」

と、言う声は、たいそう幼《おさな》い。

源氏「今は、もう、そのようにして、寝てはいけませんよ」

と、言い聞かせると、若君は、悲しみのあまりに泣き出して、横になってしまう。

少納言乳母は、まったく横になる気持ちになれず、何をどうすれば良いのかも分からず、起きたまま控《ひか》えていた。

　夜が明けるにつれて、少納言乳母は、辺《あた》りを見渡《みわた》している。寝殿の造《つく》りや調度品《ちょうどひん》は、何とも言えず立派で、庭に敷かれた砂は、宝玉《ほうぎょく》を重ねたように見えて、目映《まばゆ》い景色である。我が身の体裁《ていさい》の悪さを感じるものの、こちらの西の対には、他の女房などは、誰も仕えていないのだった。時たま、客などの訪れた際に、使う場所であったので、番人の男達が、御簾《みす》の外に控えていた。

男「この度《たび》、源氏の君は、女の人をお迎えのようだよ」

と、言うと、ちらりと耳にした者は、

男「どなただろうか。格別《かくべつ》な方なのだろうよ」

と、互いに、小声で、ひそひそと話をしている。

　御手水《みちょうず》や御粥《おかゆ》などは、こちらの西の対に用意される。日が高く昇《のぼ》る頃になって、源氏は起きる。

源氏「世話をする女房がいなければ、困るだろうから、故尼君の邸に残っている、信頼できる女房達を、夕方になったら、迎えに行くようにしなさい」

と、言うと、東の対の女童《めのわらわ》を、呼びに行かせる。

源氏「幼い者だけ、特に集めて、連れて来るように」

と、命じたので、たいそう可愛らしい女童が四人、連れて来られた。源氏は、衣《ころも》にくるまって、

横になっている若君を、無理に起こすと、

源氏「このように、私に、辛《つら》い思いをさせないで下さい。いい加減《かげん》な男ならば、このように、心を込めて、貴女《あなた》のお世話をするものですか。女は、心を穏やかにして、素直でいるのが、一番良いのですよ」

などと、今から、教《おし》え諭《さと》している。

若君の顔立ちは、遠目《とおめ》で見るよりも、たいそう上品で、源氏は、親《した》しみを込めて、優しく語り掛けながら、面白い絵や、遊び道具などを、取り寄せて見せるなど、若君の喜びそうなことを、あれこれとやっている。

若君は、ようやく、起き上がると、部屋の中の物を見回している。故尼君の服喪中《ふくもちゅう》で、鈍色《にびいろ》（濃《こ》いねずみ色）の喪服《もふく》は、萎《な》えたものを着て、無心に、笑みを浮かべながら、部屋の中を見る姿は、たいそう可愛らしく、源氏も、思わず笑みを浮かべて、若君を見ている。

源氏が、東の対へ行ってしまうと、若君は、立ち上がり、歩いてみる。庭の木々や、池の方などを、覗《のぞ》き見《み》ると、霜枯《しもが》れの前栽《せんざい》（植《う》え込《こ》み）が、絵に描かれたような風情で、見たこともない四位、五位の官職《かんしょく》の人々の装束《しょうぞく》の色も入り混じり、絶《た》え間《ま》なく、出入《ではい》りしているその様子に、

紫の上（内心）「本当に、面白《おもしろ》い所だわ」

と、思っている。

〈若君（紫の上）が、数々の屏風《びょうぶ》など、たいそう風情《ふぜい》のある絵を見て、我が身を、慰《なぐさ》めている姿には、今後、どうなるのかも分からぬ、頼りなさを感じるばかりである〉

（読者として……源氏は、左大臣邸を出る際、正妻葵の上には、二条院での用事を理由にして、「また、戻って来る」と、言い残し、出掛けて行きましたが、結局、戻りませんでした。葵の上の心中を察します）

［二四］

源氏の君は、二、三日、宮中へも参内《さんだい》せず、この引《ひ》き取《と》った若君（紫の上）を、懐《なつ》かせようと、親しく話をして過ごしている。「そのまま、手本にするが良い」と、思っているのか、習字や、絵画など、あれこれと書きながら、若君に見せている。たいそう趣《おもむき》深《ぶか》いものばかりを集めて、纏《まと》めている。「武蔵野《むさしの》といへばかこたれぬ」（古歌）と、源氏は、紫色の紙に書いた。墨《すみ》の濃淡《のうたん》や筆跡《ひっせき》が、たいそう格別なので、若君は、手に取って見ている。少し小さな字で、

源氏　**ねは見ねどあはれとぞ思ふ武蔵野の露わけわぶる草のゆかりを**

（見えない紫草《むらさき》の根のように、私とあなたは、共寝《ともね》をしてはいないけれど、しみじみと可愛らしく思う。武蔵野の露の茂みに分け入っても、会うこともできず、嘆《なげ》くほどに恋しい人の、「草のゆかり」であるあなたを）

と、藤壺を思い浮かべながら、書かれている。

源氏「さあ、若君も、何か書いてごらんなさい」

と、言うと、

紫の上「まだ、上手《うま》く書けません」

と、言いながら、見上げる顔が、無心《むしん》で可愛らしい。源氏は、嬉しくて、微笑《ほほえ》みを浮かべ、

源氏「上手く書けないからと言って、まったく書かないのは、いけません。私が、お教えしましょう」

と、言うと、若君が、少し横を向いて、書く手つきや、筆を持つ格好が、幼いながらも、源氏には、可愛らしく思うばかりで、

源氏（内心）「我ながら、怪《あや》しげな気持ちだ」

と、思っている。

紫の上「書き損《そん》じました」

と、恥《は》ずかしそうに、隠そうとするので、源氏が、無理に手に取って見てみると、

紫の上　**かこつべきゆゑを知らねばおぼつかないかなる草のゆかりなるらん**

（源氏の君が、何を嘆いているのか、理由が分からないので、気掛《きが》かりでなりません。私は、一体、誰の「草のゆかり」なのでしょうか）

と、たいそう幼い字ではあるが、これから先の、上達の感じられる、ふっくらとした書き方である。故尼君の筆跡に似ていた。

源氏（内心）「今風《いまふう》の手本《てほん》で習《なら》えば、さぞ、上達《じょうたつ》することだろう」

と、思いながら、見ている。

雛《ひいな》（人形）などにも、わざわざ家を作り、繫《つな》げて御殿にして、源氏と若君は、一緒に遊んでいるが……

〈源氏にとっては、この上ない、苦しい悩みの種である、藤壺との秘事の罪を紛《まぎ》らわす、気晴《きば》らしなのである〉

〈読者として……源氏は、紫の上の筆跡ばかりを気にして、歌に込められた意味には、思いが及《およ》んでいません。紫の上は、「自分は、一体、誰の『草のゆかり』であるのか」と、生涯、自《じ》問自答《もんじとう》しながら、人生を歩み、読者は、物語を通して、その姿を見ながら、共に生きることになります〉

［二五］

故尼君の邸では、若君（紫の上）と少納言乳母が出て行って、残された人々が、兵部卿宮《ひょうぶきょうのみや》の訪問に際し、説明の仕様《しよう》もなく、困《こま》り果《は》てていた。

源氏「暫《しばら》くの間は、誰にも話してはならぬ」

と、命じていた。少納言乳母も、同じように考えて、「固く口止めをするように」と、二条院から、伝えていたのだった。それゆえ、ただ、
女房「若君の行方《ゆくえ》は、分からないのでございます。少納言乳母が、どこかへ連れて行き、隠《かく》してしまったのです」

と、それだけを伝えると、兵部卿宮も、仕方がない思いになる。

兵部卿宮（内心）「故尼君も、本邸に、若君が、移り住むことを、たいそう不愉快《ふゆかい》に思っていた。それゆえ、少納言乳母が、出過《です》ぎた性分《しょうぶん》のあまり、素直に、都合が悪いとも言わず、自分の考えだけで、若君を連れて、邸を出て、どこかを流離《さすら》っているのだろう」

と、思いながら、泣く泣く帰って行った。

兵部卿宮「もし、若君の居場所が分かれば、知らせなさい」

と、言うが、女房達は、複雑《ふくざつ》な思いである。兵部卿宮は、北山の僧都《そうず》（故尼君の兄）にも、尋ねてみるが、手掛《てが》かりはなく、若君の、惜《お》しいほどの器量《きりょう》の良《よ》さなどを思い出して、兵部卿宮（内心）「恋しく、悲しいものだ」

と、思っている。

兵部卿宮の北の方（正妻）は、若君の故母君を、憎《にく》いと思っていた気持ちも、今では無くなり、我《わ》が意《い》のままに、若君を、継子《ままこ》として、扱《あつか》うことを考えていたので、行方《ゆくえ》の分からぬことは、当《あ》てが外《はず》れて、残念な思いをしていた。

［二六］

二条院西の対に、漸《ようや》く、女房達が集まってきた。若君（紫の上）の遊び相手の女童《めのわらわ》、幼い子供達は、源氏の君と若君が、まったく、見たことのない、今風《いまふう》な、お二人の様子なので、何の気兼《きが》ねもせずに、楽しく一緒に遊んでいる。

若君は、男君（源氏の君）が出かけてしまうと、心寂しく思い、夕暮れ時などばかりは、故尼君を思い出し、恋慕《こいした》い、つい泣き出してしまうこともあるが、父兵部卿宮を、特に思い出すことはない。もともと、一緒に暮らしていないので、居《い》ないことに慣れてしまっている。今では、すっかり、この新しい親である源氏に、たいそう親しみを感じ、絶《た》えず纏《まと》わりついて過ごしている。

源氏が、外出先から戻ると、最初に出迎《でむか》えて、可愛らしく話しかけ、源氏の懐《ふところ》に入って座り、少しも人見知りをすることもなく、恥《は》ずかしがることもない。

〈「草のゆかり」として、たいそう可愛らしい有様の、若君（紫の上）であった〉

源氏（内心）「もし、女に、嫉妬心《しっとしん》が芽生《めば》え、何かと面倒《めんどう》な仲になってしまったならば、我が心にも、少しは気持ちの変化が起こり、心に隔《へだ》てを置くかもしれない。相手の女も、恨《うら》みがちになり、思い掛《が》けず、別れることになるのかもしれない。しかし、この若君は、たいそう可愛らしい、『もてあそび』（慰《なぐさ》みの遊び相手）である。もし、実の娘ならば、おそらく、これくらいの年齢になれば、気軽に振る舞い、隔《へだ》ての物を置かずに、寝起きすることは、まったくあり得ないことだろう。この若君は、何とも風変《ふうが》わりな、『かしづきぐさ』（大切に育てる草のような人）である」

と、思っているようである。

（読者として……紫の上の登場により、舞台の準備は、整いました。これから、いよいよ、長い長い「物語」の、はじまりです）

あとがき

『源氏物語』を読む時、いつも気持ちの切り換えをして、現代社会の価値観を、持ち込まないように心掛けています。

千年前の、平安京で生きる紫式部。『源氏物語』は、「いつの時代のことか、はっきりしない物語」。私の、まったく知らない世界を、見に行くような、旅をする感覚です。

物語の中で、すべての登場人物は、いつも生きて、生活しています。その世界について、思考と感性を巡らせ、想像することは、とても大事であると感じます。

当時の牛車《ぎっしゃ》は、現代の高級自動車。速度の違いを想像することは、物語の中を流れる時間に、身を置くためにも大事なことです。

紫式部にとって、「物語」は、「物事の真実を語ること」。後世の我々に、人間として「生きる意味」を、伝えたかったのだと思います。

『源氏物語』を読む上での、私の最終的な目標は、原文を音読しながら、言葉の意味を体感し、描かれた物語世界を、味わい尽くすことです。

紫式部が、言葉に込めた意味の深さに気付く時、圧倒《あっとう》され、視点の鋭い「眼《まなこ》」と、筆の力量を感じます。複雑な人間心理を、どこまで言葉で表現できるのか。挑戦にすら感じます。花鳥《かちょう》風月《ふうげつ》。自然に、時の流れや感情を重ねる表現力は、物語世界を膨《ふく》らませ、読者として、現代の日常生活を無意識にも重ね、無限に、自由に、心の視野の広がる楽しみでもあります。

時空を超えた壮大《そうだい》な旅。「千年の時を超えて」、その感覚を、皆様にお伝えし、歴史、文化、言語……、楽しみながら、対話の広がりに繋《つな》がることを、願う思いでおります。

『源氏物語五十四帖』。紫式部の「心の宇宙の物語」。果てしない旅ではありますが、今後とも、お付き合い頂けましたら、幸いでございます。

二〇二一（令和三）年十二月

現代語訳者　月見よし子

〈参考文献〉

阿部秋生・秋山虔・今井源衛・鈴木日出男・校注・訳『源氏物語①〜⑥』（新編日本古典文学全集二〇〜二五 小学館 一九九四〜一九九八。ただし使用したものは①〜⑤は二〇〇六、⑥は二〇〇四）

新村出編『広辞苑 第五版』（岩波書店 一九九八）

鈴木一雄・外山映次・伊藤博・小池清治編『全訳読解古語辞典 第三版小型版』（三省堂 二〇一一）

〈訳者紹介〉

月見よし子（つきみ よしこ）

1969（昭和 44）年　奈良県生まれ。

本名　加藤美子。

京都府立洛北高等学校卒業。慶應義塾大学法学部政治学科卒業。

文化服装学院服飾専門課程服飾研究科卒業。

カルチャーセンター講師（著者と歩む『源氏物語』）担当。

独学で「源氏物語原文分解分類法」（色鉛筆による言葉の色分け読解法）を考案。

紫式部が、「思考と感性」の力で言葉の限りを尽くし、この世の全てを表現することに挑んだ『源氏物語』。その「情熱と孤独」に感銘を受け、原文の読解をライフワークにしている。

著書『源氏物語原文分解分類法　心の宇宙の物語　千年の時を超えて』（幻冬舎メディアコンサルティング刊）、『源氏物語 54 帖　紫式部の眼《まなこ》』（幻冬舎メディアコンサルティング刊）。

源氏物語五十四帖《げんじものがたりごじゅうよんじょう》　現代語訳《げんだいごやく》

紫式部《むらさきしきぶ》の物語《ものがた》る声《こえ》　［一］

桐壺《きりつぼ》・帚木《ははきぎ》・空蝉《うつせみ》・夕顔《ゆうがお》・若紫《わかむらさき》

2021年12月8日　第1刷発行

原　作　　紫式部
訳　者　　月見よし子
発行人　　久保田貴幸

発行元　　株式会社 幻冬舎メディアコンサルティング
〒151-0051　東京都渋谷区千駄ヶ谷4-9-7
電話　03-5411-6440（編集）

発売元　　株式会社 幻冬舎
〒151-0051　東京都渋谷区千駄ヶ谷4-9-7
電話　03-5411-6222（営業）

印刷・製本　中央精版印刷株式会社
装　　丁　都築 陽

検印廃止

ISBN 978-4-344-93768-0 C0095
幻冬舎メディアコンサルティングＨＰ
http://www.gentosha-mc.com/